亨利·戴维·梭罗

（1817—1862）

19世纪美国超验主义作家、哲学家。1837年毕业于哈佛大学，回到家乡以教书为业，1841年后转为写作。曾协助爱默生编辑评论季刊《日晷》，一生支持废奴运动。他选择了心灵的自由和闲适，强调亲近自然，追求“简单些，再简单些”的质朴生活，提倡短暂人生因思想丰盈而臻于完美。著作包括《瓦尔登湖》《非暴力抵制》《河上一周》等。

木刻插图本

四季之歌

梭罗日记选

[美国] 亨利·戴维·梭罗 著
仲泽 译

译林出版社

图书在版编目（CIP）数据

四季之歌：梭罗日记选 ／（美）亨利·戴维·梭罗（Henry David Thoreau）著；仲泽译. —南京：译林出版社，2020.10（2022.8重印）
（梭罗文集）
ISBN 978-7-5447-8118-3

Ⅰ.①四… Ⅱ.①亨… ②仲… Ⅲ.①日记－作品集－美国 －近代 Ⅳ.①I712.64

中国版本图书馆 CIP 数据核字（2020）第 107101 号

四季之歌：梭罗日记选 ［美国］亨利·戴维·梭罗／著 仲泽／译

责任编辑 刘 静
装帧设计 韦 枫
校 对 孙玉兰
责任印制 单 莉

出版发行 译林出版社
地 址 南京市湖南路 1 号 A 楼
邮 箱 yilin@yilin.com
网 址 www.yilin.com
市场热线 025-86633278
排 版 南京展望文化发展有限公司
印 刷 苏州市越洋印刷有限公司
开 本 880 毫米 × 1240 毫米 1/32
印 张 12
插 页 4
版 次 2020 年 10 月第 1 版
印 次 2022 年 8 月第 3 次印刷
书 号 ISBN 978-7-5447-8118-3
定 价 75.00 元

序　言

弗吉尼亚联邦大学教授　安妮·伍德丽芙

一八三七年，二十岁的梭罗已经从哈佛大学毕业，十月二十二日，他翻开笔记本写下了一段文字，第一句话是这么说的：

“‘最近在忙什么呢？’他问我，‘你写日记吗？’——那好，就从今天开始吧。”文中提到的“他”是拉尔夫·沃尔多·爱默生，此人是梭罗在马萨诸塞州康科德镇的乡邻，他写过一本名为《论自然》的作品，这本小书梭罗在春天就认真读过。

写日记对新英格兰人而言不足为奇。从第一拨清教徒在一六二〇年定居该地以来，认真写日记成了一桩虔诚的宗教活动，因为这些清教徒相信天命，因此在热忱的生活中搜寻自己身为上帝选民的诸种迹象。日记的旨趣到了十九世纪有所变化，爱默生等人开始通过日记表达对自然、宗教和哲学作品的体验和感悟。日记已经成了沉思默想和思想创造的记录，这些思绪一经完善便会成为布道和随笔之类的文字，甚至会演绎成书籍那样的长篇经典。

写下那段文字之后，梭罗便开始了毕生以之的探索。他在思考自己跟自然的关系，这是一种独一无二的文学尝试，坚持了二十四年之久，最终留下了四十七卷之多的手稿。梭罗的这一思考不仅源于童蒙时代在康科德池沼和森林的探索，也跟《论自然》一书中剔发的超验哲理有关，该书以质疑发端：人与天地的联系始自太古，我们何以不享受这一关联？爱默生在书中表达了自己的信念，自然是“圣灵在当刻的显现”，为人类的艺术和心智成长提供了喻象，“某种自然现象是与之相应的精神现象的反映，自然是精神的呈现，是人类心灵的显影和投射”。

梭罗对此欣然认同，两个月之后的文字便是明证：“若要正确地认识自然，领会其真意何等重要。这种领悟终有一天会绽放出真理的花朵，终会成熟，结出果实。”他已经成了当世科学家中的一枝独秀：“那种单纯汇聚信息的人是在替大匠收集素材，好似植物生于密林，‘有叶无花’。”

梭罗清楚，就禀赋和追求而言，他能生在当时的康科德真可谓既得天时，又获地利。当时的康科德堪称独具一格，虽然这座镇子早已有人居住，但是对一位游遨的诗人，或梭罗笔下的“漫游者”而言，每天还能找到些尚未丧失野性的天地打发光阴。池沼、湿地、森林、平缓的河流以及荒草丛生的原野，无不在召唤人们漫步徜徉，逐流而泛。梭罗有好几年做土地丈量，所以当地业主都很熟悉他，他们也知道梭罗对自己的产业构不成任何威胁。梭罗极为清楚，大片的荒野已然泯灭了野性，而现状昭示着未来的开发将毁掉大自然中他所珍爱的一切，所以，他跟自然契合无间的关系显得弥足珍贵。这是多么富有讽刺意味的对照。来日无多，刻不容缓了。

康科德及邻近的波士顿在当时成了人文荟萃的胜地，坐落在剑桥的哈佛学院吸引了大量学者。因为这里距康科德不远，所以爱默生会邀请名流前来造访，他们常常也会滞留数周。爱默生又是名为超验主义运动的核心人物，超验主义者频频聚会，就社会、教育、艺术、文学和思想问题展开讨论，并接连四年（一八四〇——一八四四）刊行了季刊《日晷》。他们的主张纷繁复杂又常常扞格不谐，对于青年思想家梭罗而言，这成了哺育他成长的一片沃土。

新英格兰四季分明。这里夏季干热，秋天五彩缤纷，尤以枫树的富丽色彩知名，冬季酷寒（因有“小冰河时代”之称），河流湖泊为层冰所封，连暮春的气候都一日多变。既然如此，梭罗在学生时代写就《四季》便不足为奇了，这也是他现存最早的作品。翻开他的日记，我们就会看到四季在林间、池沼及河流的递变（却没有关于农田和草坪的文字)，得以发现他为节候的转换满怀期待，放声喝彩，终生嗜之不厌。他写到了初放的花蕾，冰层的薄厚，候鸟的造访，林林总总的节候特征，以及气候转暖这一令人不安的讯息。这些记载详尽如许，连今人在研究当地气候变迁的时候都能从其中获得启示。

梭罗日记或可视为他对节候转换的敏感心得，这也成了他描画自然必不可少、源源不断的渊薮。可是，对普通读者而言，要阅读如此卷帙浩繁的作品，却需要一番选编辑录。由于梭罗对四季转换及其意蕴兴趣如一，所以，除了涉及他的探索和记录，选取那些凸显季节特征的篇什，自然也是顺理成章的事情。不过，要想理解这些篇章的意义，对他的日记全文做一番简要的梳理也十分必要。

梭罗的日记尝试始于一八三七年，翻阅他自此以讫一八四五年移居瓦尔登湖畔的文字，可以看出一位教养良好的艺文之士执着的自我塑造，以及他与大自然在康科德天地的真切交流。他跟兄长约翰曾经苦心孤诣地办过几年学校，不过很快就放弃了这番拼搏，而他从此做起了田野的丈量，这份工作跟他喜欢户外活动的秉性十分契合。所以，这段时期的日记旨趣多变，零散驳杂，也充满探索意味，并且包含数量相当的诗作，以及后来敷衍成论文和演说的素材。这是记录了观察、思索和质询的文字，也是怡悦情性的篇什。看似随意写就，他却常常能够从中披沙拣金，发现宝藏，虽然这些内容在数月或数年前就出现在他自命为“诸神日札”的文稿之中。

这时期日记的开篇总是他在田野中记下的短笺和小札，以及文学作品的摘录，这都是有待加工成日记的材料，有时在几天甚至数月之后才着手处理。他几乎每天午后都要在康科德漫步，跟该地居民谈上一番，谈话对象则从樵夫、农民到文学同仁，不一而足，尤其是跟对他奖掖有加的导师爱默生。上述内容便得益于这些活动。此外，他还会在摘录簿中写下札记，这些文字是他泛观博览时的思绪和片段摘抄。他在写作的时候大量援引此时期的日记，所以，这些手稿常常会有亡佚的篇页。

虽然这些日记记录了一己之我所做的真理探寻和深刻的自我反省，可是，它们有普泛的价值和意义。他挚爱的兄长在一八四二年元月因破伤风而猝然离世，他本人也几乎因此罹受了性命之忧，可是，如是遭际并没有见诸日记，他却因此连续六个星期辍笔不作，日记文字也从四月到十月付诸阙如。他的首部作品是《河上一周》，创作灵感便源于兄弟两人一八四一年的泛舟游历，可是，就连在这样的作品中，他也不曾直接提及兄长的亡故。不过，细心的读者会发现这是一部怀恋之作，也可借此理解《瓦尔登湖》

何以要注目于“真切的生活”，并明白其中的深切思考源自这致命的创痛。

《日晷》曾在一八四〇年到一八四四年间出版，这是一份超验主义期刊，成了梭罗发表作品的园地，尤其在爱默生于一八四二年充任编辑之后。这些作品都是他由日记改写而成的散文和诗歌，诸如《马萨诸塞自然史》、《冬日漫步》、《店家》、《复乐园》，以及译作和文艺评论，为了拟写这些作品，好多片段直接从日记本文中摘出。一八四三年一月，他在《波士顿杂谈》上发表了《华楚塞特山漫步》一文，还以“瓦尔特·罗利”为题发表演讲。这些手稿已经亡佚，而且他曾在一八四一年打算誊录前两本日记近乎九百页的篇幅（今已亡佚），所有这些都成了后世编辑的难题，尤其是在一九八一年着手于普林斯顿版《全集》的那批编辑。普林斯顿版虽非全帙，却为世所重，享有盛名。

梭罗移居湖畔主要是为了完成《河上一周》，这部作品大多源于日记中关于那次游历的记述，不过，他在《瓦尔登湖》中并没有提及这番缘由。彼时的日记也记载了他在湖畔为期两年的生活实验。一八四二年到一八四九年之间的日记还是他勤勉笔耕的园地，他希望这番劳作能让这段岁月丰腴充实。可是，《河上一周》在一八四八年出版后却遭到了冷遇，加之他又被爱默生疏远，所以，他不得不重新审视未来，对自己的日记再次定位，很大程度上，那是一份文学练笔。到了一八五〇年，他清楚自己的下一部作品，亦即《瓦尔登湖》，也会面临相同的局面，所以他没有急于出版，而是反复做了修改（该书直到一八五四年才得以问世）。这时最大的收获则是，他注目于取之不尽的灵感之源——大自然，尤其是四季的变迁。这种转向见于《瓦尔登湖》以季节轮替为其结构模式的经营。而且，通过日记，他记录了对大自然日渐深入、愈益丰富的感悟，也促使他对记忆的库藏不断丰富和挖掘。如下文字便是明证："我很想有本日记，用来储存各种思绪和印象，因为我常健忘，而日记会使这看似遥不可及的一切显得亲近无比。"这是一八五一年的记录，在一八五二年七月十三日他又写道："日记将会再现你的欣悦，甚至会让你再度狂喜。"

本书所选篇章大多采自一八五一年到一八五四年间的文字。他坚持日记是为了"能在每个季节来临时活在其中"（一八五三年八月二十三日），这的确是他的生活写照，纵是离开湖畔之后也是如此。《瓦尔登湖》中描绘了冬日的层冰和春日的复苏，这成了他重生主题的典型意象，他还呈示了自己浸淫于自然的日常生活，呼吁读者借鉴这种死而复生的生活方式。季节的轮回不只是作品的结构模式，还成了他赖以生活的方式和日记记述的主线。他摆脱了取悦读者的修辞藩篱，而在日记中喁喁独语，他的笔端不只是思想的征象，更是让自然显身道白的不懈努力。他将自己视为大自然的平等谈伴，礼赞它怡悦身心的快乐，为它神秘的渊奥放歌。他期待隐微难察的节候递嬗，也融身其中，得到了莫大的乐趣。他不再从中提炼寓意，不再类推归纳，无意于题旨中心，也忘却了自己。他活在当下，不时而至的困扰也对他了无影响。

梭罗在后来将自己的日记视为文学杰作，“这是一部关于四季的作品”（一八五一年六月十一日），它确实独一无二，无与伦比。就算大自然看似遥远且了无人情，他却做了一番尝试，通过自身让大自然显身道白。让大自然倾诉是没有可能的事情，不过，谁能找到更为可行的方式？他对各种植物做了单纯的记述，就此而言，他的日记别无其他意旨，当然，这很有可能会让读者掩卷而去。甚至在生命的后期，他还做了名为“日志”的记载工作，那是对季节轮替时各种自然现象的图文记录。

他关注的对象是自然而非社会，大自然也融入了他的生命，当然，这取决于读者的理解。尽管他挚爱科学名物和现象，但是，面对大自然，他是个诗人，是个画师，寒暑易节让他心醉神迷。节候的轮替整饬有序，亘古如一，他从中读出了生命的律动，享受着生命的乐趣。

梭罗清楚自己年寿不永（他于一八六二年辞世，终年四十四岁），所以写下了若干关于自然的篇什，其中尤以《秋色》和《漫步》饮誉文坛。他在日记和札记中为几本著作搜罗了丰富的素材，一本是关于印第安人的题材，另外两本问世不久，是《种子的传播》和《野果》。他在故世前好几个月卧床不起，只好跟自己的日记挥手作别，可是，我们未尝不可以说，他并没有辍笔不作，让他停下来也没有可能。他间或隐隐流露出自己的作品能在身后出版的心愿，并期望有朝一日有人能够翻开它，与他一道探究大自然的律动，领略大自然的美景，徜徉其中，分享他那芳馨馥郁、异彩纷呈、令人陶醉的探索之旅。

Contents

目录

春之卷

3月1日

1838年

春

三月将她叫醒，四月为她施洗，五月给她披上夹克，穿上长裤。她始终是个长不大的孩子，像亚历山大体的诗行那样“永远延迁不休”[1]，永远生机勃发，永远在叶片近旁抽出芽蕾。切莫认为寒冬会让她死去，她不过像鼹鼠那样溜进了雪下。虽然如此，她偶尔还会露脸。冬日的泉眼烟汽缭绕，冰封的河上水雾氤氲，那不正是她在亮相显身？

但愿她永远与人相伴，但愿我们在成熟之后还能葆有青春，更加健硕，永远挺进，还能在叶子周围冒出芽蕾。但愿我们收了一茬玉米之后还能收一茬豌豆，甚至还有一茬芜菁，好让大地新绿蔽野，满目葱茏。如果这样，焦枯的草丛里偶尔就有紫罗兰绽放，间或也会有毛茛挺出腰身。

1855年

尽管春寒料峭，但就这个时候来说，日子已经算相当地暖适宜人，堪称美景良辰了。不过，冬天还没走远。空

---

1 “永远延迁不休”典出英国大诗人亚历山大·蒲柏的长诗《论批评》。作者原句意在讽刺创作中一味考究音韵所致的流弊，梭罗反其意而用之。亚历山大体由法国诗人首创，每行六音步，十二音节，敷衍成句，难免拖沓，因此为蒲柏所诟病。——译注（本书脚注若无特殊说明，均为译注）

气极端清澈，远处的林中点缀着清新宁静的农舍，屋顶的轮廓清晰可见，赏心悦目。我们一直在寻找蓝知更鸟的歌声，不过耳边只有乌鸦和山雀的啼鸣。田野一片褐色，浓浓的雾气缭绕飘荡。残雪消融，斑斑驳驳，显出了铁道路基上的坑坑洼洼，唯有某些干净的角落依然反射出悦目的白光。太阳渐升渐高，那些光彩也越发耀眼。

3月3日

1841年

夜色宁静，我听到有人吹响了号角，此时此刻，这声声呜咽好似大自然的幽怨泣诉。这号声有世人难及的某种高明，宛若大地在倾谈诉说，又好似一位言者在出语之际挺胸昂首，而让大地更加寥廓，天际愈益邈远。这来自西边的号角似乎向东方发出了邀约，响彻大地，好像在絮絮耳语的回廊传响。它若非西天的精灵在召唤东边的友伴，便是光阴的车驾在延迁之际传出的吱吱轧轧。暗夜沉沉，寂然无声，这声声号角遥遥传来，伟岸崇高的一切似乎在那里显身。它温婉友善，好似远方隐士的微茫烛火。它震颤起伏，袅袅绵绵，将天幕化为时光，粼粼不绝的浪涛便在那里延宕波动。

在这亦冬亦春的时节，它传递出不可思议的强健讯息。每当田野上传来牛群的颈铃跟放牧的号角，圆润和谐的感觉就显得格外强烈。这时，我领会了“圆满”这个辞藻所示的美丽意蕴和丰盈内涵。大自然的歌声永远饱满低沉，不论是百虫嘤嘤，冰块爆裂，还是晨鸡报晓，午夜犬吠，无不在展示它的圆满与和谐。上帝的诉说无非一声清脆的钟声，让我在奇妙的健康里酌饮，在热忱的和谐中陶醉。天际的泠泠隐微难察，成了测试我健全与否的参照。我对上帝的诉说满怀感激，它永远保持强音，声声不息，也让我昂扬奋发，进取不止。既然我能轻而易举地阔绰宽裕，又何故受累于世间的财富。此刻，我陷入了沉思，绞尽脑汁地思量：但愿我能拥有一处产业，一如这用以聆听的无垠田园。美好的东西往往价格低廉，糟糕的东西却每每价格高昂。

既已处身社会，我宁肯在地狱里茕茕独居，也不愿在天国中置办房产。一旦划地建房，你难道觉得那些板材也能将美德留住？美德从来不会与投资的收益相伴，也不会依赖它而存在。构筑房屋便没有家园。我希望自己能在天堂中烤食面包，清洗被单。围栅而居、百般役使的屋舍是墓园，或许黄土覆身的茔窟，才会成为我们共同拥有、相互仰赖而一无所失的去处。

3月4日

1852年

若将短促的冬日形诸画幅，我会如此着手：先描画两座冰山以为晨昏，两山洞穴深幽，巍似高塔耸立，又如海岬相迎，中有旅人茕茕而行，但见斗篷紧裹，倾身弯腰，顶风冒雪，只身穿过山间隘口；然后是一座小屋半掩雪中，午间灯火惨淡飘摇，透出窗口，天际群星韬彩，林间斧斤丁丁；画面前方是丰收的景象，一脉小径伸向远方的田野，播种者和春的征象构成了远景；两山渐次趋近，右侧不复午间的天光，左侧不见子夜的星辉，满目晦暗，一片蒙明；太阳很低，垂在天空。

此刻大概十一点半，天空开始阴云微染。冬日的主角是西北，正如西南是夏天的中心。云朵的姿态意味盎然，好似火苗，铺散之前更像翻腾的浪涛。我不禁想起古时的船头，其造型也取法于波涛，这天际的云朵也仿佛阵风在薄雾中掀起了浪花。如此看来，我们昂首观云彩好似群鱼仰面视浪涛。我穿过矮栎丛生的原野，前往大悬崖那边，雪上的山月桂果实依旧，悬在枝头，绿叶红意微泛，赏心悦目。

山上岩石遍布，我在西边找了个能坐的地方，这里落雪消融，露出了青灰色的山岩，覆有苔藓和地衣，坑洼中铺满了厚厚的橡叶，无形的火苗和烟气似从落叶中逸出，太阳暖适怡人，都能想见蜜蜂在花丛间嗡嗡嘤嘤。干枯的落叶反射出太阳的热量，虽然我坐在雪原中的一块“绿洲”之上，却不禁想起了鲜嫩的马齿苋，想起了长比冬日的夏天午后。

山石上积雪正在消融，细流熠熠生辉，苔藓清新鲜亮，最先复苏的草木就生在虎耳草的根部。

3 月 6 日

1859 年

蜜树山的峰脊上有一株高大的黑栎，无比俊秀，堪入图画。

3 月 7 日

1852 年

晚上九点，满月当空，我来到林间。

今夜相当暖和，外出散步都不用戴上手套。西边的山坡落雪犹在，反射出清幽的月光，朦胧氤氲，似有蒸汽逸出，那是春的征象。我站在大深沟西侧张望铁路，胸中也好像腾起了希望。月亮、星斗、林木、积雪、裸露的沙土，天地间一片寂静，博大无涯，笼罩四野，那浩瀚的空寂唯有思想可以填充。它抽绎出观者的思绪，宛若吸罐吸涨了皮肉。人类又是何其神秘幽邃，让人沉思默想，欲说还休！树上没有积雪，月华似乎缺了少许，不过，单凭地上的雪光，我也能看清自己写下的东西。月亮今夜如此，明晚，它又是怎样的一番景象！

如是思绪何以会钟情有所陈示的事相，我获知的新闻何以如此琐碎无聊，个中缘由我不得而知；若就希求和梦想而论，人类的进步又是何其微不足道，个中缘由我也不得而知。对我的智识而言，我听到的多数新闻并非什么新闻，无非因循往复的陈言套语。那些事情浮在空中，像伞菌上无关紧要的孢子。我只消片刻走神，那浮皮潦草的点滴思绪就会成为线索，而后推衍铺排为新闻。我们该远离这类新闻，让自己清净安恬。我想，纵然可靠的信差告诉我太阳已在昨晚淹毙，我也会漠然无谓，满不在乎。

3月9日

1852 年

昨晚来了一场春雨。

下午三点去了铁道那边。

天空多云却是春日的阴天，霜气从地下逸出，人也在消融解冻。半数积雪已消失不见，斑斑驳驳。三月的阵风在林中呼啸，让世间生机奔腾，也好似唤醒了冬眠的树木，使树汁在枝干间开始流动。很明显，春风不仅在加速融雪，促进蒸发，也在忙于这类事功。

现在，铁道上的人们也手握家什忙了起来。春光暖怡，蓝知更鸟乘风而至，传来声声啼鸣。大深沟的沙土正在消解，不论在沙堤边侧的下方，还是在脂松的根部，红色的沙团和地下的泥土都显得松软潮湿，此情此景让人深为触动。在所有的路中，铁道可谓悦目赏心，粗犷霸道，难与伦比。唯有它能冲入丘陵，横贯山岳，上方既没有屋宇，也不见行人。我走在这条路上，无忧无虑。筑路时留下的树木枝柯婆娑，垂在上方，尽管铁道笔直刚挺，一路却有林木相随，镶有毛边而不失野性。就连这里的劳工也异于同类，他们若有房屋，也是粗陋的工棚，迁走之后唯有一堆破烂。他们在修筑铁路，自己却庇身于这堆框架之下，打磨的石块也散见于四周。此刻，消融的雪水在铁道两侧的树槽中奔流，声声激荡，令人振奋。即便暴雨倾注，走在这里却干爽宜人，就算风雪大作，这条道路却也轻松易行。铁路划破了地皮，烟火从眼前的工棚中袅袅而出，就连这番景象也让人兴致勃发。铁道路基的坑洼中满是积水，映出了周边的松林，让我想起了夏日的湖泊。

每当听到悦耳的电报声响，我就觉得自己定然是在阅读希腊诗作。周遭一片寡白或满目暗黑，这声响便好似鲜亮的光彩，若非红色，便是蓝色，而或绿色。它肇示着一重纤细的意味，亮丽的生活，甚或金色的时代。那是铁道的吟咏，是爱尔兰劳工付之辛劳的表白，充满英豪气质和诗情画意——整个世界陷入狂惑为时既久。难道，难道这是诸神借以抒发快意的创造发明?

消融的沙流自雪中涌出，漫过此前落雪覆盖的地带。堤岸上堆积了厚厚的沙土，足有数车之多，好像解脱了冬日的郁积而终于获得了自由。这些沙土来自哪里却不易得知。

雨又来了，我便转身回家。

雨水溅落在山岩，轻风掠上林木，声声入耳，几无区别。

天气虽然阴沉，春风却让人振奋。昨天我好像桎梏加身，难得自由，今天却一身释然。天地间万象一新，非复昔日。茂密的山坡上雪已消尽，透过蒙蒙的水汽看去，自己仿佛杯酒下肚，恍恍惚惚。大地不再那么恒久如一，清晰可见，似乎富于弹性而能随遇赋形。冬日新铺的栗木枕木已经泛为深蓝，乃至深黑，散发出涂料气息。湖冰上满是消融造成的坑洼。回来的时候，我看到有个农民在修剪树木。

3月10日

1852年

清早躺在床上时，我想起了夏日的清晨：芬芳四溢，无可言喻，让人难以忘怀。鸟雀充任晨曦的前导，成百上千，娇娇鸣啭，好像因商讨英雄史诗新的章节而争执不休。静谧的清晨，无垠的希望！鸟儿在枝叶间咬舌歌唱，宛若声声露滴，我们的生活也着上了神圣不朽的光彩。那时，我住在林间，每每置身床榻目睹晨光破晓，聆听百鸟嘤嘤。

下午，穿过大深沟前往大悬崖。

我看到数十只蓝知更鸟，声声叽喳，洁净单纯，尘纤不染，一似它那鲜亮的羽毛。林间积雪尚在，有只麻雀在橡树幼枝间疾飞，像是歌雀。由此可见，稍南方的大地已然落雪尽消，春鸟恐怕从来不会飞临雪原。林中车前草的网状叶片翠绿鲜亮，大悬崖顶上已有草木破土而出，这小似繁缕的又是什么？崖顶上还有别的植物，油光鲜绿，微微冒出地皮，挺过了上面的冰冷积雪。草木在雪下挽臂携

手，向夏日挺近。悬崖上山岩裸露，不复冰凉，微微传来阵阵欢笑，毫无疑问，那肯定是地松鼠。青苔像新生的嫩草，无比悦目。我还听到山雀在今春的第一声鸣叫。我知道，它们起初会忘恩负义地嘚嘚不休——拜托了，别再将我的思绪拽回严冬——不久也会改腔换调，变为春鸟。春气所感，鸟雀亦受。

1853 年

这是第一个真正的春日，到处是太阳的反光，明亮耀眼，街巷的北侧已能勉强徒步穿过，你都会觉得扣紧上衣已属多余。

下午前往二支溪。

我站在河畔投去一瞥，河桥、水流和涡旋映入了眼帘，河水色如巧克力，几乎不曾相识，远远的地方传来鸦叫和鸡鸣，一切都春意盎然。阿纳克里翁尝谓“人类的事功光彩熠熠”，所以，人类的歌唱也像鸟儿的啼鸣悦耳动听。地上冰雪消融，空中似乎也发生了与之相类的现象。残冬将尽，有段时期我们在日日期盼春天，这不，终于盼到了眼前。

我看到雪地旁有好多不大不小的黑色蜘蛛，非常活跃。很明显，不少草木的近地叶片已然浸于春气，眼前傍水而生的一束臭菘便是这样。好多植物在一定程度上属于常青家族，一似这已经拔节的毛茛。我想，春的征象首先见于沼地中散放的柳絮，而后见于吐蕊的杨花，接着便是绽放佛焰苞（以及水下的阔大叶片）的臭菘。这是我意中的次序，当然，也容有其中一者领先居首的特例。

沟渎底部那青如腌菜的会是什么水藻？它好似枯败的水芹，果实犹如地衣。

走到纳特草场小溪汇入的地方，我们倚着栏杆歇息了片刻，也得间琢磨水中的漩涡。小溪的沙底上波痕粼粼，银色的亮斑泛光耀彩，黑色的石蚕弃壳寄于沙室下方。水中的涡旋隐隐约约，影布沙上，反射出五彩斑斓的虹光。米诺鱼划开水波，躁动不安，鳍尾轻摆，忽左忽右，可能是盯上了水中的无形埃粒。由于我们起初在探寻形体更大、更为有趣，当然也格外醒目的东西，所以忘了关注溪水，因而没有发现这些鱼儿留在水底的影子，每道鳍翅在水中了无痕迹，见于影子却一目了然。水中的一切美丽无比也振奋人心，堪称偿赎冬日不满的一道美餐。整个冬天，米诺鱼都在这样泳戏？水底的木贼生气勃勃，已经长高了几英寸。面诸此景，难道我不该在上一页优先交代这缕水草，或者水底的其他植物？我想这样没错，连手中的纸页也似乎意有所动了。

桥栏上的一只幼龟让我眼前一亮，其甲壳长为一又十六分之一英寸，不知是刚爬出小溪，还是正要爬往水里。可以肯定，这是星点水龟，因为它的背甲和侧甲上都有醒目的硕大黄斑，并且背甲的第三块形呈六边，而非锦龟那样所谓的四方，虽然我见过的锦龟第三块背甲也并非四方形。不过它甲缘外凸，跟书中所述的木雕水龟特征相似，除却尾甲两侧的两块黄斑，以及头部颜色隐暗的纹斑，我便能据之以断定它的种属。这只幼龟宽约八分之七英寸，反应极为迟缓。它何时破壳而出，又是在哪里孵化的呢？

水底的细沙上斜坡陡峭，沟壑遍布，关于这种现象可有什么解释说明？行至草场，在这种小溪边逐岸而走意味无穷，当然，趁霜气尚未全然从地下逸出则感觉更佳，而看着那高低不平的沙地，端详其中深幽的孔洞和岸际的深沟也饶有趣味。水面震晃，影布沙上，迅疾掠过陡坡边缘，好似沙粒在水中遽然前移。水底的流沙变化万千，良多意趣。

空气绵绵，那边传来了什么声音？原来那是蓝知更鸟的歌声，它刚刚飞临，在枯槁憔悴的果园中放歌。有它绽放歌喉，春天便循声而至。

柳条不管是黄是绿，颜色绝对更加鲜亮，我不会走眼。

看那亮色，好像树汁已经涌至树皮，赋予了鲜活油亮的光色。早发的杨树也在吐弃杨花，只是不比柳树张扬。

可是，林中还有乘橇驰雪的绝好地段。走到二支溪，脚下踩过狗舌草，它绝对是常青草木，香气馥郁，缕缕不绝，又将新的一年带回了大地。那是来自牧场的芬芳，清爽甜润，令人难忘。溪水里有只乌龟，黄斑相覆。樱草的叶子全在水下，虽然极少，却也在亮相露面。水中的虎耳草大多遭霜，随处可见。金盏花近旁有绿色的蛙卵，钱宁说他都看到了蝌蚪，恐怕这块地方格外暖和。早放的杨花散开绒絮，蓬松轻盈，相互钩锁，连成了一片。

萨姆·纳丁是个猎人，亦名福克斯·纳丁，外号老狐狸的便是此人。他来自韦斯顿，住在林肯的雅各布·贝克的家里，七十左右便已死去，至今已逾四十年之久。迈诺特[1]提到，纳丁跟他说过，他在丽津山上的胡桃林里不仅猎杀过熊，还打到过驼鹿。

1859 年

站在伍德桥上向林中张望，温润的空气让我感到了春意。三月至今，还没有这等美好的景象让人如此感动。地

1　迈诺特是康科德农民，系梭罗朋友。

上几乎落雪犹在，但太阳无比暖怡，日子宁静清澈，蒸汽在空中悄然腾起，为万物披上一袭轻盈的罩衣，又好似敷上了一重薄薄的涂层。伴有橡树的松林特蒙恩宠，分明领受着不复往日的和蔼气息，放松了身段，显得格外精神。望得更远，空中亮光微闪，显出了地上的蒸腾。透过清新的蒸汽看去，柳树更为活泼，解冻的水流分外跳脱，世间一切无不鲜亮动人。冬日卸去了严妆。

林木陷身美悦的洪流，仿佛在一里之外就能知道树汁已经躁动不安。万物包围于阴冷、干燥和寒栗的空气是那般光景，浸润于和暖、潮湿和温润的空气却又如此不同。树木伸出了纤嫩的触须，无比敏锐地领受着上苍的嘉惠。无法想象，它还能怎样清新悦目，又能怎样美丽动人。

演说家若能对混沌的心灵成功施教，则是较影响开化的大脑更为壮丽的事功，因为教育总不免浮露浅薄，乃至不会关注受教者的心灵。

河流好似冬眠的野兽，涉险探出了洞口，放眼望去，此刻它已解冻，在蚀出的水道间静静地奔涌。换个角度看，这熔化的银流仿佛混入了青铜。它缓缓向前，咬噬着两侧厚厚的河冰边缘。有只麝鼠沐浴着阳光，在河冰边上享用河蚌，时而这里，时而那里，将蚌壳撒得到处都是。它不时没入清澈的河水，旋即又叼着一只浮出水面。

空气妙不可言，我们坐下时，耳边传来若许声响（诸如伐木的斧柯），虽则闷然隐钝，却似山鹑的嘎哒深惬人心，不复冬天或前日的尖厉刺耳。山鹑若在冬日振翼，林间的回声可能不会如此温润，也不会传得这般邈远。就连我们的声腔也迥然有别，透出春的气息。我们仿佛在温暖的室内谈话，一身轻松，出语舒缓。这声声话语好似洞口的旱獭，在和煦明媚的阳光下释然无拘。静静地谛听，山坡和屋舍南侧似乎微微传来片言絮语，飘出门廊，宛若昆虫喁喁而谈。

早春的日子欣悦无比，一年中很少如此明丽的光景，我都要忘了今后一个月可能还会寒烈刺骨，风暴大作。空气暖适温润，让人无复他求，地上层冰犹在，落雪依然，南边的山坡冰雪不再，落座于赤褐的泥土便能感受到春日的魅力。夏日宛似故交，已在寒冬准备露面。褐色的地皮斑斑驳驳，为你搭就了舞台，任由徜徉漫步，往来其间。冰雪之上艳阳高照，和暖怡人，时而甚或有枯叶在脚下窸窣作响，恍若秋冬相交，风和日丽。

苹果树上鸣啭娇娇，那是蓝知更鸟纯洁的歌声，在询问佳偶能否听到它的声声召唤。春的天使，你清新美丽，一派天真，却依旧是大地的子裔。天色跟泥土相映成趣，让人想起悦耳清纯的歌声，这旋律超尘拔俗，却孕于天地，来自霄壤。

3月11日

1842年

乔叟谈及上帝轻松随便却不失圣洁，这种谈风基于他的性情。他随意切近话题，心中却没有虚妄的敬意。如果大自然是我们的生母，难道上帝的恩德不更加深厚？我们意中的上帝该是掠过耳畔的一缕轻风，而非其他形象，只有不解真意的外人才会举行仪式以求显圣。表达圣爱的英语篇什何其贫乏！对上帝的爱博大无涯，任何陈说都难及万一。唯一的例外恐怕只有赫尔伯特——“哦，慈惠的神啊！”乔叟对祂柔情满怀。莎士比亚则质朴坚信，遇到奇伟人物或瑰丽物象，他几乎总会将自己那位上帝的“天功”引为荣耀。新教似乎不曾为天主教会的圣徒留有一席之位，而这些圣人起码是圣爱所凭的渠道和途径，新教的上帝有了太多的斯堪的纳维亚神祇色彩。

唯有安于天命才有健康的生活，我别无选择，得像临水拂动的柳叶那样活着。我不能为一己而活，必须参赞造化之功，因为上帝的事功永远不会有错。我愿静候那缕轻风，在它框定的天地间生长迁化。若非如此，我的生命终点就不会呈现为瑰美的壮丽。我们可以像植物和动物那样活着，却要斥绝禽兽气息。这种生活蕴含着永恒的快意和普泛的乐趣，它操于上帝那静默的掌心。我似乎觉得可以随时将生命和使命付与上帝，从而贞洁真纯，如草木和石块那般一无牵挂，无忧无虑。

生命啊，我的生命！你何以要逡巡逗留？难道是岁月短暂而无足轻重？曾几何，久久的延迁浇灭了我的愿想！难道是上帝竟然要让我将他忘却？难道他对我的生命漠然无谓？难道无所纷扰天国就会延迁不至？既然赋我双耳以聆听充盈于生命的不朽旋律，为何又有乏味枯燥的声响让它蒙受玷污和亵渎？

我们的质疑太富于乐感，因而淹没了问题本身。

上帝啊，你是否将我纳入了你那宏伟的谋划？你难道不想让我最终身与其中？你难道不需要自觉自明的材质和原料？

朋友啊，我的朋友！我向您坦明心迹，请为我祈福，好让我多少留住自己，因为我担心迷途走失。向您告白我满怀欢悦，这番道白一尘不染。我将它呈奉于您，若言之生人，它将止于双唇而不啻沉默，或犹疑不定而无从表白。[1]

1856 年

有人建议我去海外走走，以磨去身上的锈斑，也好让自己富于世界格局，每每此时，我总是担心自己的生活会丧失若许质朴气息。这里有旷野平川，溪涧森林，这里充满自然气息，这里还有质朴劳作的居民，如果它们不再予我欢乐，不再予我启示，任何文化和财富都难以弥补这一损失。无论社交的档次多高，无论智识的盛宴何其诱人，游走所示的那种挥霍消遣都会让我心生惧意。纵然巴黎对你不可或缺，纵然在你心里它益渐尊崇而康科德越发渺小，可是，拿荒陋无比的巴黎来换生我养我的这座小镇却是一宗糟糕的交易。巴黎这所学堂充其量是教人们如何生活在康科德，如何走向这里，如何向这所大学看齐。普通事件能让我满足，日常现象能予我启迪，我就想永远这样生活，时时感受领会，每日徜徉漫步，跟邻人对答交谈，而最终汲取灵感，也好沉醉于周遭的天国而不复他求。人若

1　读者谨记，梭罗心中的至高存在没有人格色彩，仅有泛神意味。

沉湎于葡萄酒和白兰地而最终不想喝水，这种人难道不该同情?

鹰在康科德草场的沼地上飞翔，我宁肯仰面此景，也不愿步入巴黎的柱石门廊。若就此而论，我没有宏图远志，我不想冷落了故土而任它荒瘠废弃。若能呈示故园的价值，并让我珍爱有加，赴外旅行方算可取。人在娱情遣兴时耗费越低则越发富有。

人们何以对说教的声望汲汲以求，却对求知的美名无动于衷，让人费解。

3月13日

1841年

人注定独自生活！我们居于海滨，面前唯有大海，其间一无他人。人类是我快乐的友伴，是我朝圣的同道，让我一路上满怀欢欣，可是，遇到拐弯就会离我而去，因为，没人会像我这样在一条道上如许之久地前行。

人都在开拓自己的道路，连虚弱无比的孩子也得赤裸裸地直面命运，跟父母当初的情形没有两样。父母亲故的护持仅限于幼年，而无从干预他的命数归趋。人的未来都空白待划，没有任何藩篱，可谓寥廓无垠，畅通无阻。

生而为人，何须在乎他人评论？只要活得正确，那些声音就不会在你幽寂的生命门廊中激起任何回响。你的生活空寂幽淡，一如池沼。有些声响无比刺耳，多少传入了我的耳鼓，如此说来，它得向我致谢才对。

1842 年

忆及亡友我们会黯然神伤，不过这种哀思很快就会染上崇高悦人的思想色彩，恰如他们的碑石终将青苔覆身。上苍就是这般慈悲，会慈悲如斯地抚平一切创痛。只消数以千万的苔藓和真菌居间调解，不忍目睹的惨象就会放射出瑰丽的光辉。世界似乎有两重面貌，分别在不同的时候示于我们，好比我们会从成长生存和迁化毁亡的角度看待万物。若像上帝那样从诗性的角度审视，一切都生机奔腾，美丽悦目；若从怀旧或曰历史的角度观照，则一切都陷于死亡而不堪忍受。如果自然在我们眼中停滞不前，万物会顿然衰朽溃烂；如果认为它生生不息，整个天地瞬乎之间便会光彩照人。

尽管我储藏匮乏，上帝居然让我如此丰裕。我所需无几，不过阳光下的一束禾稻，信口而出的三言两语，以及若许书本中静默无语的片思段绪。一旦天国敞启，亡灵升天，号角不会吹响，可能倒会刮来南风。你我死去又复如何？上帝依然活着。[1]

3月15日

1852年

下午我扔掉了外衣。今日天气和暖，我得跑到大草原上去。空中满是蓝知更鸟，地上残雪行将消失。人们都在镇子上晒太阳，户外的劳作无不喜气洋洋。我取道瞌睡洞前往大草原。我倚在栏杆上倾听空中的响动，空气因蓝知更鸟的鸣啭而澄澈浏亮。我的生命融入了无垠的时空。空气深邃悠远，好似人的天性。在吸入支撑生命的空气时，难道我们只是创造了眼前所呈的奇迹？空气宛似天鹅绒靠垫，容我倾侧双耳。我快步向前，对生命饱含新的期待。我希望今年夏天是个新的开端，好让我做点事情，既无愧于它，也不辜负我；好让我高于自己的日常轨迹，也能胜过同乡的生活路径；好让永生的体验既见于当下，又呈于日常生活；好让我赋税纳捐，在康科德无出其右，以赢取至高的报偿!！为了自身的尊贵卓越，我愿倾其所有，为

1　梭罗挚爱的兄长约翰于1842年1月11日不幸故世，他满怀悲恸，自当月10日到2月18日长期辍笔不作，故而这段时期的日记在全集中也付之阙如。虽然他自19日又再次记录，但至本书所辑的3月13日，其间也仅有八天留有文字。3月11日、12日和本篇日记都在叩问生死，那是梭罗的痛定之思和自遣之辞。

了赢得成功，我愿终身付出。但愿这春夏的生活永驻记忆，美丽如常；但愿我勇敢强毅，有逾往昔；但愿我坚忍执着，前所未有；但愿我身心二途获得升华，如同经受水火的洗礼；但愿我与节候鸣和，永远歌唱；但愿我直面挑战，猎取美景而一无遗漏；但愿我获得前所未有的朝气与活力。我切愿将天地的大美公之于众，但愿我拥有这重资质，但愿我能得偿所愿，却又不曾因为专注于神圣的价值而漠视了人世的意义。人在年终比之年初有所进益，这是理所当然的事情。

我乐意被昨天的雨浇个透湿，它加快了春的步伐，替它廓清了道路。山后的小路、小溪和板桥埋在雪下为时已久，突然之间显出了身形，好像我们回到了阔别已久的大地，因切近无间地目睹离去之际的场景而欣然不已。

我们脱去上衣走出家门，在街巷间悠然信步，盯着既已散放的柳絮，欣赏枫树和榆树那日渐膨开的芽蕾。大草原上冰雪不再，到处是水，不过水下尚有一层薄薄的白冰。

多数人发现农耕无利可图却又无法放弃，可是有人不论置身何处都能生活。假如将他们逐至荒寒的裸岩，他们照样会勃发生机。真正的农夫是改良大地惠及子孙的前导和先驱，他像裸岩之表的地衣，生长于斯，兴旺于斯，终使岩石碎裂，为园中栽植的蔬菜提供腐殖和沃土。

3月17日

1858年

今天听到了蓝知更鸟的第一声啼鸣。

下午去了山上。

日子格外煦暖舒适，吹着一缕南风或是西南风。天上满是蓝知更鸟，声声鸣叫漫山遍野，远近都是。它们栖身树端，虽然不见身影，却送来阵阵啼鸣。草场上的桤树伐去不久，我站在东边山脚的墙侧向那边探望。阳光和煦，南风送暖，眼前的棕红迷宫显得尤为迷人，点缀着似曾相识的斑斑点点。它虽然沉入睡眠，但我想很快就会醒来。草场的水洼寂然如镜，差不多已经摆脱了冰的桎梏，我仿佛听到了水声——那似乎就是草场在诉说吟唱。

听！远方的枯叶上传来了点点音符，晶光斑斑，熠熠有辉："维克—维克—维克—维克—维克—维克"，侧耳倾听，又好似"快克—快克"，一唱三叹，朴质单调。这单一的声响居然能汇入丛林，溢满旷野！旷野异于昨天，丛林也不复昔日。这点点音符真的唤醒了死去的一切，仿佛为荒草枯叶和秃枝残柯注入了生气，自此以始，日子就会跟昨天迥然相异。此情此景好似一家人（比如你的邻人）重返闲置既久的空屋，炊烟从厨房袅袅而出，既能听到大人忙碌之际的愉快哼唱，也会传来孩子们的欢声笑语。屋门敞开，孩子们在门厅里疯疯癫癫。这晶晶光闪也在林间小道上蹦蹦跳跳，时而这边，时而那里，拱出扇扇窗户，使音符破窗而出，好让房屋透气通风。这串音符飘到了楼上，也传到了楼下，好像在为住户和我们整治房间，打理居所。它施恩布惠，仿佛在为整个天地举行暖房仪式。此刻，它愈益洪亮切近，攀上了白橡长臂的尖梢，像平日那样正襟危坐，似乎在呼朋引类，召唤已然赶来的故交和友人。

山那边有棵猩红栎俊美挺拔，坐在树下，耳畔传来一声隐隐的鸟鸣，让我想起了旅鸫。又是一声，就是它，一只早早赶来的旅鸫。早春的鸣禽似乎在用歌声诱劝草木，难怪藏身地下的植物会在闻声之际欢欣满怀，它们早已在等候这份凭信和保证。

正当我走过南边的山坡，或刚刚举步穿过遥在西端的枫林湿地时，听到了黑鹂的两声“特鲁克”，随后又是一声清亮的“考克乐”——难道是红翼鸫?

看吧，这四种鸟儿在同一天都赶回了镇子，毫无疑问，几乎到处都能见到它们的身影。

1860 年

下午前往瓦尔登湖和古斯湖。

一大群雄麻鸭可能从湖上腾起，掠过我的头顶向林间飞去。这十几只健壮的鸟儿列出了密簇的阵形，振翼疾飞，雄浑有力，在空中紧盯行人，寻找陆地。那凌厉呼啸的翅翼此刻还在眼前，转瞬就淡出了视界。何其强健又元气淋漓！相形之下，人这种生物好似爬虫，鬼鬼祟祟，呆钝虚弱。

空中出现了一群红翼鸫，多么健美！众鸟奋翼，后鸟赶超，那状似椭圆的阵形始终变换不一。

3月18日

1858年

早上七点行至河边。

今早，差不多每株灌木上都有一只歌雀，清脆的曲调随处可闻。待你走过时，它们就会猝然四散，要么隐入树丛，要么在别处找个庇身之所，或紧贴跟自己色彩无异的地面掠飞而去。在我听过的鸣禽之中，唯有歌雀的吟唱动听无比。梅尔文先生整日猎捕麝鼠，已经跟他那条白犬置身船头。他溯流而上，但河水尚未涨高，几乎连小船都难以撑起。

下午取道胡博浴场前往丽津山。

三两只鸟儿就把旷野装点得亲切宜居！冬末的荒野百草凋零，满目焦枯，单调得不堪忍受，我们的生活条件似乎降到了最低限度。可是，只消蓝知更鸟来这里放歌，顿然之间，世界便焕然一新！消融的雪水汇成细流淙淙远去，初临的蓝知更鸟在天上娇娇切切，唱和对答。这歌声温润纤嫩，熨帖人心，好似温度计那般准确地告诉世人，气温已经在升高。那是南风的声腔，那是南风的土音，也是南风成就的作品。

水畔的灌木窸窸窣窣，歌雀在一路相和而鸣，它比蓝知更鸟更加活泼，却也格外富于泥土的气息。初临的啄木鸟在空屋里高声尖叫，推开门窗呼朋引类，以照会邻里它已然返回。可是，远远听去，这声声鸣叫却让漫长的夏日时光历历在目，个中关联隐微难察却妙不可言，也为这尖厉的叫声赋予了动人的歌唱意味。我这才发现，欣赏啄木鸟歌声所需的官能在我身上居然沉睡了如许之久。黑鹂开始放歌之际，似乎总是渴望眼前有一束枝条以供栖身。飞抵的旅鸫无意吟唱，言说之中不无忧虑和探询。唯有歌雀是个例外，刚刚飞临就落落大方，无所拘禁。

新年总会给我们带来惊喜。一年伊始，我们这才发现竟然忘却了鸟儿的吟唱，再次聆听方始恍然如梦，往昔的生活与光景才会浮现在心头。所幸它唤醒的回忆总让人满怀欣悦，一无伤悲，总会是我们神志清醒的所作所为。自然的诉说永远富于感召，催人奋进。

攀过山腰举目四顾，眼前的景象让人又惊又喜，虽然向来如此，今天却兴致依旧：河谷风景如画，天际峰峦叠加，蓝色晕染。那是春的画幅，半月前却不曾如此，一似群鸟尚未放歌。较之冬日，那抹蓝色深幽有加，格外暖适。群山落雪尽消，仿佛群鸟再度归来。杨柳在冰原上一线走去，镶就了峻峭的崖畔，河流宛若蔚蓝的水带，光亮闪闪，起伏奔涌。西风劲吹却暖意融融（所以书写之际我不得不按住纸页），在树丛间呼啸而过，嘎吱作响，虽则如此，歌雀那泠然尖亮的歌声依旧清晰可闻。西向俯瞰豪顿森林，啊，光彩熠熠，那是一枚枚松针。天光明丽澄澈却极端柔和，松树每隔两株便显得光艳挺拔，宛若纤巧的冬日霜花，反射出泠泠的光芒。每当劲风驶过，林木震颤，松涛阵阵，即便在一英里之外看去，犹见道道光芒随波俯仰，好似游走于麦田之上。松涛明暗交叠，松林上方似乎有架织机，任梭子在明艳的织物和暗淡的织网间往复抛掷。我目睹此景意气飙扬，浑如光鲜劲挺的松树。并行的松枝摇曳生辉，一似把玩的梳齿。春光所及，不仅柳枝和松枝亮丽有加，箭镞铁道及林林总总的其他物什也分外耀眼。阿纳克里翁便将这春的光辉形诸歌咏。太阳渐高，空气澄澈，大自然活跃有加，难道不会成就这般光景？苍鹰在矮栎上方盘旋掠飞，天空的尾翼和地上的树叶一片红光，格外暖怡。

我坐在崖畔向萨布里望去，那边的教堂和民居历历在目，旷野平畴也离我平日徜徉的地带不远。有座镇子其实就在我们眼前，可我们心中一旦升起庄严，它就变得遥不可及。只要给我一副望远镜，我都能看清那边钟盘的指针。我们的步履终究有限，我们的天地何其促狭！纵然费尽气力，我们依旧无望搞清哪怕六平方英里的世界，可我们还要装腔作势地赴外旅行，以熟知西伯利亚和阿非利加矜伐自诩。

3 月 19 日

1851 年

湖冰已经变得松疏，都禁不起岸边扔去的一块巨石。环湖的冰面已然消融，有一杆之宽，岸上的积雪不复可见也有好几个星期。但是，昨天东北风呼啸凌厉，携裹着一场暴雪骤然而至，积雪之厚连冬天也不曾出现。雁鹜来仪，春鸟翔集，可是现在，春天似乎依旧遥遥难期。

3月20日

1853年

美国的冬天和夏日对比鲜明，英国人自然无缘享受这种乐趣，因为那边的冬天绿色太多，春意过浓，一年之中也没有盛衰交替、生死轮回的奇妙景象。我们的鸟儿跟初春系出同源，他们那边却留给了冬日；我们的花朵会响应早春的召唤，他们那边却提前到了一月。英国没有我们这种意义上的冬季，他们的冬天相当于我们的春天。

今天的景象便与英国迥然不同，你会闻到一股预示夏日的燥暖气息，它来自山坡和崖畔的橡树枯叶及其他落叶。这气味让你嗅出了遥远的夏天，这暖意会让你重返青春。道路约略散发出近乎尘意的干燥气息，山上却白雪皑皑，茫茫苍苍。如果风起西北，此刻便是冬日，可现在西风尤甚。群山轮廓隐隐，混入了苍穹。因视觉之助，我们跟这辽远的峰峦有了关系，不禁意下触动，所以如此，实则因为我们瞥见了天国的界域。春风漫吹，银色的松树生机充盈，那勃勃生气可能就蕴于叶片的背面。纸皮桦的幼芽跟其他桦树没有两样，一派赤色或橙红，可它不久便会脱去这件夹克，亮出白色的躯体，在微微泛红的婆娑须发间摇曳身姿。有只小鸟在大量使用这些树须筑巢，而后衬以蓬草，这又该是什么鸟儿呢？

3月22日

1853年

只要春日伴着鸟鸣破晓，我准会早早起床。到时候我就会醒来，耳畔萦绕着寂然无声的美妙旋律，我沉浸于一片静谧，满怀欣悦，心存缅想，才发觉自己是在等候黎明。我跟春天有个约定，她来到窗前，把我从梦中唤醒，而我也会比平素早上一两个钟头出门。我特蒙恩宠，并非猝然一惊，而像婴儿那样悠悠地淡出了梦境。睡醒有两重意蕴，若能告别夜间的酣眠，又能摆脱白日的沉睡，寻常生活就会抽出芽蕾，我们也会意有所钟，心有所求地走向清醒。

3月23日

1856年

为了观察野生动物的习性，我花了大量的时间，那是我的化外高邻。它们徙动的方式虽然各不相同，却将新的一年带到了我们身边。大雁返飞和胭脂鱼洄游意味深远，影响极大。美洲狮、美洲豹、猞猁、狼獾、狼、熊、驼鹿、鹿、海狸和火鸡等动物尤为高贵，可是，每每想及这些种群已在本地灭绝，我不禁觉得自己生活的这片原野服帖驯顺，甚或遭到阉割而野性不再。这些动物体格更大，性情更野，它们的行止难道不更加重要？我熟知的这块天地难道没有惨遭损毁，不复完整？在这里钻研，恰似探究勇士不再的印第安部落。时至今日，我不曾目睹也难以想见，驼鹿的头顶能有尺幅森林借以庇身，海狸的身边还有方寸草场以求出没，我们的森林和草场还谈何感情？林林总总的歌声和吟唱，形形色色的徙动和事功，皮毛和羽翎的更新替换，如是一切无不在春日应召而至，标志着一年四季的运转轮回，可是这些景象现在到了何种天地？念想及此，我总会想到，我借以栖身的自然，我们名之一年而循环往复的特有现象，已经沦落得残缺不全，令人伤悲。我在欣赏一场乐手严重缺乏、乐段大幅残损的音乐会。在某种程度上，文明国度已经成了一座城市，我本人也跻身于自己可怜的市民之列。印第安人曾以动物迁徙和其他现象记录节候，不少景象今日已经不复可见。我力求熟识自然，以了解她的处事方式和脾气性情。人工未施、一派荒昧的自然会激发我的莫大兴趣。我在竭力认识春的一切现象，心想完整的诗篇就呈于眼前，可是转念之间便满怀沮丧，因为我曾经诵读、而今拥有的是个残缺不全的副本，先辈们撕去了原作的不少书页，勾掉了壮丽无比的若许句段，已将好多地方弄得支离破碎，疮痍满目。我不愿想象，某些半神之物先我而至，已经掠走了璀璨无比的星辰。我渴望认识完满无缺的天国，渴望了解浑然一体的大地。伟岸的树木、健硕的走兽、瑰丽的游鱼、迷人的飞禽，一切都荡然无存，可能连河流都缩减了少许。

3 月 24 日

1857 年

若要描述事件或人物，应在不同的时候写两份甚或更多截然相反的文字。尽管你觉得已经做了周全的记录，但到次日才会想起有些现象迥然不同，当时可能让人无比着迷，却又不曾形诸文字。我们若遇到某人且与之交谈，而不久要记录此事，最初的文字通常会显得非常片面，因为我们忽略了那些无比重要、鲜活如画又激动人心的关键信息。我们所录的只是有暇消化且能加工的东西，不曾想到有些现象其实格外新警迷人，最终会不折不扣地浮现于眼前，铭刻在脑际。好多现象以各种方式不期而然地发生，而我们当刻又能感受多少，理解几许？我们最初只能看出少许皮相，所以，为了全面地保存认识成果，我们应将自己的经历置于多重角度和各种心境再加审视。

3 月 25 日

1860 年

三月掠影

三月来了，阳光明媚，天气晴朗，日子颇为宁静，约略透出春意。积雪早已不见踪影，橇运因而停止，马拉着车子在泥淖积水中费力前行，让人看着不禁心疼。再也听不到雪橇铃声的叮叮当当，有些雪橇封置不用，有些恐怕被远离家门的商贩改成了车子。路边积雪不再，或有木制雪橇扔在那里，两根木条置于滑板下方。周围的野草渐高渐绿，它就停在那里，静候冬天回来。而就在近处，因为上一年十二月的积雪太厚，农夫草草撇下了一辆马车。三月来了，游走的商贩起码会因之受惠。他们在雪橇下装上轮子，只消一个钟头就轻而易举地改成了车子。连孩子们也慢慢丢了雪橇，或者，一旦觉得它碍事，心思就会渐渐转到跟雪无关的游戏上面。现在，只要来到路边，玩水就成了他们的特权。

精明的农夫运走了场子上的最后一车木柴，或拉回家中，或送往市场，也不想把年前捆好的那些留给蛆虫，或任由日晒雨淋。他可不想来年冬天橡木柴禾已经朽去一英寸，只得降价售给熟人。他已把最后一根原木拖进了磨房。我们再也看不到闪亮的雪橇辙迹，也听不到一路留下的吱吱轧轧。

孩子们把雪橇搬进了棚厩、库房或阁楼，整个夏天它就在那里休眠，像是冬日蛰伏的旱獭。旱獭刚出洞门，它就钻了进去，所以，你可以说旱獭没见过雪橇，雪橇也不认识旱獭，除非旱獭早生或雪橇过时。两者居于两极，永不相见，雪橇尚未登场，旱獭便已谢幕。地松鼠也跟旱獭否泰同享，休戚与共。三月来了，太阳也从雪橇的星域移向了旱獭的分野。

雪犁现在也是这种境遇，只能远离寒冬忍受干枯，就像完成使命的物什，让人见了不可思议，不知它到底能派什么用场。

我常常会在路边碰到木制雪橇，置于两根木条之上，横木下面垫着木片，小心翼翼，生怕滑走，好像樵夫在一心等候，巴望哪怕一场大雪好让它启动，却不曾想到已经享用了一年的便利。虽则如此，它好似人们搁置的规划，撇在那里陷于土中，比樵夫料想得还深。它借以溜行的滑板已经腐坏，上面的铁件也已生锈，你不禁纳闷：它还能再度启行？

设计者说过，如果我们非停下来不可，那就搁置规划，以便在条件最佳时能够重启。可是谋划一旦搁置便会生锈腐坏，就算滑板撑有两根木条，横木垫着一块木片又能如何。顽固的荒草会将它掩埋，一年后若要套上役畜，可能还得看看它是否依旧牢固。你需查验框架，看它还否撑于木条能够重启，还需查看接头，以确保启动之后运作连贯。

找到木条和木片并非难事，溜行的雪在哪里却是个问题。它睡在那里，陷于土中，一心要重返渊源所自的大地。情势如此，不论榫头榫眼，还是木栓铁钉均无济于事。

万物终将朽坏

雪橇亦非例外

橇影、橇铃和橇痕已然远去，现在出行运货开始用车，役畜得格外用力。蠢笨的货车和漂亮的小车驶出了藏身之所，好似过冬的苍蝇满身尘土，钻出了墙缝，我们耳畔也出现了轱辘的嗡嗡粼粼。不论精巧的小车，还是呆拙的大车，都像小虫、家蜂或黄蜂一般，纷纷亮相，哼哼不休。

滑板深深地陷进了泥土，在沟槽中寻觅积雪，侵占了行人的地盘。赶车人回家后牵马进圈，觉得驶橇还是比不上驾车。是的，林子以北还有段路可以驾橇飞驰，但大多地方却会陷入土中，就像做馅饼时分切面团十分爽利，一旦碰到砂粒则发出刺耳声响，牙齿就会磣得难受。

3 月 26 日

1856 年

罗马人将农艺引入了英国，那里此前几乎不谙稼穑，英国人又将它传至美国。所以，读一读记述农艺的罗马史书就可明确得知，我们的耕作方式跟他们没有区别。

成年之后，人好像被派上了特殊而小气的用场，在穷其一生贯彻某种特定的部署，因而不遑四顾，以领会生活和生命的诸种事相。念想及此，我便心生感触。既然好多目的势必难以实现，甚或不曾料及，我们便该清楚今生的某些旨趣转瞬即逝，缈若云烟。我们系念家国利益，热衷于传播自由，这种情怀强烈执着，甚而与生俱来，不会随着生命终结而匆匆逝去。有些志士虽已殉身，却无一不跟自己的家国连在一起。

1860 年

枯草在日光下愈益鲜亮，原野干燥泛白，一片土黄，赶车人就身穿这种颜色的上衣。一旦太阳钻出层云放射光辉，原野上就会呈现出这种无比迷人的光效。那是辉赫年景的序曲。时至三月，农人、车夫、猎手和牧者均需来到户外走进这幅画卷，穿这种颜色的外衣就格外合适。这种衣服跟大自然和谐般配，这样，置身原野便不会太过醒目，因而也方便靠近野生动物。有鉴于此，跟同伴相比，我对自己的帽子更加中意，我戴土色，他是黑色，不过，他的外衣颜色却十分理想，比我还好。反过来，对这幅风景而言，我的土褐长靴比他那双闪亮的黑色胶鞋却要合适。

我原来有套衣服，穿上后，在农夫窗前半英里之外的原野上飞奔都不会被发现。那件衣服设色精巧，棕褐间杂，深浅相宜，还竟然饰有若许绿线。它质地松疏，呈为草绿，缀以色似枯蕨的块斑。穿这件衣服走过田野，就可以大胆放松而无暴露之虞。我很清楚，好多时候，多亏这身衣服我才能靠近野生动物。

3 月 27 日

1841 年

豁达慷慨，处事以大，在眼下似乎代价高昂，长远视之则是永恒的简约之道。成就伟业唯能如此，并无权宜可循。若将真正的生活委之将来或预期的尊贵人格，如此延迁我们担待不起。如果认为厉行节俭便能自立自主，则应该慷慨大方，不必迟疑。我们因眼前的鸡零狗碎而牺牲了伟岸的品性。人若索以八百则付之八百五十，如此，我们的余额也会干净利落，没有拖泥带水的零头。大自然丰盈充裕得好似江河之畔，而非精确逼仄的堤岸沟渎，道理正复相同。

这总是获得内心安宁的捷径。

我绝不愿身为农夫或地主而丧失自由，一旦执业则大多下场悲惨，连世界都会当即献上挽曲。农夫肌肉结实，长期从事农耕而做不了好多事情。他似乎就此注定按部就班，从不注入一丝生气，于是，严苛公正的惩罚便成了他的宿命。只要惠风吹起，抑或星辰召唤，我能即刻扔掉庄田草场，而不必命笔立嘱或结算遗产。若要购置土地，我会像买条光洁的彩带那样轻松释然。我难以想象自己会面东启轩，因为那边有条山坡绵延而去。我的生活仍需浪涛和波澜，划地定居那是习俗予我的规矩，一旦染指势必让我敛翼下降，此非愿中所望。我想目睹乳鸽长大，让飞翼[1]就在自己的脚边。

1853 年

榛树彻底开花了，在二十三日记录此事或许显得太早。就各方面而论，这是迄今最美的花儿，不过花朵极小，唯有专事观察自然或仔细探寻才能发现。榛花的芽蕾生在光

1　飞翼为希腊神话中诸神的鞋履，相关文字亦见于《瓦尔登湖·柏克农庄》一章之末句。

秃秃的枝干末端和两侧，十到十二条细线从芽尖放射而出，目前为止，要数它鲜艳无比，极端富丽了。这种花色呈暗红，深浅各异。这无叶甚而无花的寒冷季节，这渺然难睹的秾丽色彩！此时，葇荑尚未吐絮，树丛也没有生命迹象，它已经向春天奉上了美丽的问候。榛花又极端娇嫩，我都从未完好无损地带回家里，因为它摘下便萎谢凋零，成了黑斑。

布朗的池塘里传来微弱的蛙鸣，我前往林中查看，但愿能看到它们张开鼻孔和双眼来上几声。可它们十分胆小羞怯，我离塘边尚有一杆之距，它们就打住叫声，纷纷没入水中藏了起来。我站在塘边的树丛里，一声不响，纹丝未动，这才有一只出场亮相，最后跟出了五六只。它们看着我，渐渐靠近，在不到三英尺的地方勘查侦讯。我等了几乎半个小时，可它们始终盯着我默不作声，很显然因为好奇而忘了一切。这些青蛙或为茶褐，或呈墨绿，体长两英寸上下。但愿它们鸣叫时能张开鼻孔，睁大眼睛。若要交代种属，它们若非豹蛙，则属狗鱼蛙。

1857 年

我乐于在日记中保留两份记录，首先是当日的琐事和观察，然后是次日的回顾和补遗，这些内容往往极端重要且富于诗意。我最初并不清楚是什么让我着迷，人和事每每呈于次日的回忆才显得更加客观真实。

人们会跟我谈及朋友，似乎我孤身一人，而他们交游甚众，似乎进入社交圈或前往波士顿才能找到朋友。

恭维和奉承透出的那股自命不凡让我心生反感——意欲恭维我的那人是谁？恭维者每每以优越自命，其实那是一种别富心机的谤讪。

3 月 28 日

1856 年

诸位朋友，我想告诉你们，我们之间有道鸿沟。你们在这边，我在那边。我清楚这道鸿沟多宽，多么难以逾越，你们也同样心知肚明。我尽量不责怨你们，你们也不必如此，还有什么好说？认清事实，从有桥的地方过去吧。

别了，我的朋友，我的路向山的这边延伸，而你们却跟我相反。你们渐行渐远，非复一日。我清楚，终有一天你们会彻底消失。没有你们，今年春天我可能会在自己的路上茕茕独行，连草场之上也会寸草全无。我的身影在渐渐淡出你们的记忆。我的路越发逼仄，越发陡峭，黑夜在向我逼来。但我坚信，未来天高地迥，仍会有太阳冉冉而升，仍会有平原在眼前伸向远方；我相信，我也会在这里跟朝圣的人们邂逅，他们具有我曾认同于你们的诸般美德，也会像昔日的你们那样高尚纯粹。那年春天我们初识，当时我认可永远富于教益的交游之道；今年春天目送你们远去，此刻我依旧会铭记在心。

昔日的朋友，我在一座荒圮殿宇的柱廊间漫步，权当来这里拜访你们，你们属于另一个时代，那辉赫的文明早已成了绝响。即令我们昨天身膺痛苦，即令身旁曾荒草丛生，群狼环伺，我仍旧清楚你们优雅的和谐与均衡的性情。我行至这里忆故怀旧，阅读你们的题铭，阅读那厥旨渊放、归趋难求的圣谕。我已告别昨天，你们也非复昔日。

爱是永远难以餍足的渴求。粗糙无比的果皮下藏着芳醇无比的果肉。若想认清朋友，你得识力敏锐，能够看透密过角质、暗逾蜡层的东西。若能看清朋友，一切语言都不在话下。敌人会显形宣战，朋友却永远不会。

1857 年

眼前有六只蝴蝶，翅膀镶有米黄边沿。我捡起了三只，它们已经死去或处于垂死，其中有两只翅缘已残损不见。另有几只在悬崖下的干燥岩屑上翩翩振翼，这里的石缝恐怕就是它们过冬的去处。捡起的蝴蝶有两只尚未死去，不过已经无法翻飞了。它们的生命实在太短，是谁为这脆弱的生命设置了大限？这种蝴蝶翅缘米黄，内呈黑色，缀有形似椭圆的天蓝亮斑。如若直视，这些碎斑在黑色底纹上熠熠生辉，换个角度，则起先紫若罗兰，而后却晶似玫瑰。这些蝴蝶上下翻飞，那米黄翅缘跟土黄岩屑很是般配。它们过冬时将双翼拢在背上，显出浅棕的翅背，寄身岩石罅隙就难以发现。

大地会滋养埋于地下的种子，我对此早已不抱指望，但目睹早春的犁铧破土耕种时，我心里又升起了希望。我突然想起，泥土也充满温情，我们不仅有温暖的天空，还有温暖的大地。寒霜已从地下逸出，我们可以放心地将种子付于大地。

昨天，有位农夫在耕地，我在耕畜旁陪他走动，看着一道圆润的犁沟绕田而出。人类的耕作何其高贵，有宽阔厚重的大地为料，敦厚质朴的耕牛相伴，工具则是高效的犁铧。田间耕作无法施之店铺，也无法施之狭窄的场所，它独属人类，也跟全人类息息相关。艳阳高照，雨水飘落，鸟儿在头顶吟唱，人们翻出了土壤的腐殖，翻出了若许蛆虫，为大地赋予了全新的容颜。他几乎创造了一个世界。

出色的农夫就是田间的吟者，谁都知道，他驱动耕畜时会伴着阵阵口哨，声声吆唤。

我常常将奇险的经历无比翔实生动地笔之文字，因为那时我没有干扰，多年之后，唯有极其重要、留驻记忆的事情才会形诸篇幅。岁月已逝，我依旧着迷的一切肯定没错，我会安心地存录记住的东西。

1859 年

现在寻觅箭镞正是时候。每年春天，融雪和雨水都会淘出一茬收成，我也会花上几个小时掇拾收集。或许为了种植黑麦，犁铧终会在秋天翻破草场的若许干地和别处的沙地，春天地上干爽的时候，我便不失时机地前往抢收。如果这些地方碰巧尚未垦殖，我就成了最先在这里获取收成的人了。农夫恐怕不会想到，他们辛勤劳作的成果却成了外人的收获。今日的犁铧只消一天就会开翻大片土地，印第安人的工具纵使一月也不能相比，因而我来到这里搜寻，搜寻或许数逾千年的古老生活遗留的征物。如果激流在去年秋天犁过的草场坡地上漫过，冲刷的沟壑就会更深，水流过处便会显出石块，间有箭镞和皂石器皿，好似留在沟渎水槽的金子，来这里寻觅尤为方便。今天下午，我便在两处坡地上捡了数十枚箭镞。猎手追逐雁鹜麝鼠，学者钻研奇书秘籍，旅人赴外冒险猎奇，诗人抽绎片思段绪，举世都在追逐金钱，而寻觅箭镞也是我消遣的一种方式，每当春回大地，我便会出门搜寻。我因之活得有益，也热爱自己意中的生活。在光秃秃的地上搜寻，注目凝视之际有不错的养眼之效，会像安泰[1]那般为全身官能注入活力。如此娱情遣兴别无所求且有益身心，几乎想不到比这更好的方式。

这些器具垂之久远，它喻之印第安工匠似乎专为一个目的：供我在后世把玩沉思。经历若干工序成形之后，箭矢或许只能发射一次，与之相连的箭杆已然朽坏，唯有箭镞埋于土中等我前来。它们满怀期待遍布山丘，时机一到，农夫便奉命而至，存愿收获玉米和黑麦而犁破地皮，将它们翻出地面呈于我的眼前。我搜寻既多，拾取第一枚满心欢喜，捡起最后一枚依旧兴致不减。箭镞遍布美洲大地，你可能要说，在过去某个时候，空中势必箭如雨下。你可以别有偏嗜，可以基于社交而觉得所居之处乏味单调，不宜人居，可以因那片土地尚有经济价值而为之讶然，也可以对据说幸存于周边的穷人心怀怜悯。可是，如果在那里犁出一片农田，你就会发现箭镞四处散落，无所不在，由此得知印第安人亦曾栖居于斯，不管距今日的道路多远，

1　安泰，希腊神话中的巨人和英雄，海神波塞冬和地神盖亚之子，只要不离地面就威力无穷，而一旦离地便会失去生存能力。

也不管离当今的教堂多近，他们也都有自己的嗜好和交游。这些箭镞弃落于教堂的地窖，散见于牛群吃草的遥远牧场。百年之前，也有人像我一样满心好奇地拾取收集，而今，这些藏品又复遗失，不过依旧完好如新。虽然这批箭镞几度转手而数易其主，你却看不出它跟别的有何不同，它便如此执拗，如此执着于曝身户外的耐久脾性。制作箭镞主要为了射发，它们好似迟迟发芽的谷物，掩埋地下且四处播扬。播种龙牙培育了一群斗士[1]，这些种子催生的却是哲人和吟者，而与之相似的其他种子也值得反复播下。它们都是核果，每一颗都让人沉思。纵便找到工匠的尸骨，也不会像手把箭镞那样离他更近，因为他们的骨骸无从解说昔日操弄的匠技，一似不会道明如何打造这批箭镞。它们遗落四方，将人性铭于大地之表，却不曾藏身于地窖陵寝或金字塔之下，待落雪尽消便会即刻呈于我的双眼。它并非丑陋的尸干，而是洁净的珍宝，是传之于我的上乘标识或曰字符。它是印第安人的记录，每走一步便寓目入眼。它并非见之石块的单一铭刻，而是流于四表且漫不可识的足迹或心声。纵然汪达尔

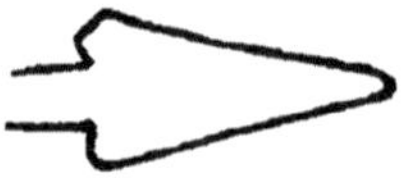

1　据希腊神话，英雄卡德摩斯杀死毒龙后，遵从神示而将这怪物的牙齿播在地下，于是长出了许多勇士。

人[1]是艺术的天敌，也不会处心积虑地毁掉它们。

时光很快便能毁掉绘画名家和雕刻巨匠的作品，印第安箭镞却能规避岁月的侵蚀，永恒之力终将借以达到目的。它并非石化的骸骨，而是石化的灵魂，永远让我想及为它塑形的双手。我满怀欢悦，清楚自己是在循着人类活动的足迹寻绎他们的灵魂，而这批小小的遗物总会提醒我处身以正。看到这批征物我便清楚，那幽微的灵魂并未消失，却化为其他形制犹然存在。它铁锈覆身，默然无语，这重品质意味着特立超拔，卓然秀出。杆杵和枢轴恐怕已然损毁而愈益稀少，箭镞却会穿越时光，一刻不息地向永恒挺近。它本来只为飞上一小段距离，但在我心中，却捎着射手的讯息穿破久远的时光向前飞去。流星在太空旋飞，大地在时时转动，无数的箭镞沉睡于地下，那是人类远在洪荒的足音和心声。若许汪达尔酋豪将不列颠博物馆夷为了平地，尼尼微的翼牛[2]恐怕也已面目全非，但是，藏于博物院的箭镞可能会复归于熟悉的泥土，一旦新春来临，便会

1　汪达尔人为古代日耳曼人部落的一支，公元4、5世纪入侵罗马帝国西部，占据了高卢和西班牙，428—429年徙往北非。汪达尔人所过之处野蛮地杀戮劫掠，毁掉了不少文明成果。在英语里，以“汪达尔”为源，引申出了表示“野蛮、残忍”，以及不谙艺术等意思的词汇。

2　尼尼微为亚述古都，毁于北方游牧民族，翼牛史称人首翼牛，为萨尔贡二世宫殿的护城神兽。

在光秃秃的大地上再次放光耀辉，任由牧者或游浪的野人一次次捡起，向他们五次三番地述说自己的故事。

它们无所谓遗失或发现，其效用与其说系于领受宿命的禽兽或人类，莫若置于地上永远唤醒一代又复一代的来者。我们何需博物馆，还是让大自然保管我们的古物。较之伦敦塔内的垃圾，这些古物是更加久远的甲胄，也会激起格外清新的思绪。须知，它们隐约难睹，只会呈于碰巧寓目的双眼和偶然触及的灵魂。

你若捡起一枚箭镞置于口袋，它可能要说："以为得到我了，是吧？可我终究会磨出个洞来；若将我陈于橱柜，你的传人或子孙会将我忘却，甚或径直扔出窗外；如果房屋倾塌，我将落入地窖，重获安宁，等待有人再度发现。或者，还会来一位印第安人为我装上箭杆，引弓扣弦让我奉命。管他呢，谁在乎？"

3 月 30 日

1840 年

拜托，此刻是什么让我如此着迷？眼前一场透雨，雨滴落上了断茬残茎。我在光秃秃的山边，置身于去年的一片野燕麦上，浑身湿透，咂摸思量。一切转瞬即逝。这璀璨晶亮的雨珠从天而降，跟我融为一体。乌云四合，蒙蒙阴雨笼罩万有，我俩灵犀相通，契合无间。始而疾风劲作，聚拢阴云，继而新枝垂雨，嫩叶滴露，款款而下，温润的暖意拂过心头。田间的残茎已浸透雨水，行走之际，树上的水珠滴在身上。树木身形朦胧，枝叶纷披，跟你休戚与共。毫无疑问，这里归我所有，这是大自然用英语奉上的抚慰。鸟儿挤在簇密的树叶下面，显得格外亲密，它们栖身枝头，在替明艳的阳光谱写新的旋律。

1853 年

哦，青春时光，难道你一去不返？一旦漫步者丢开满怀嫉恨，摆脱一隅之偏，仅将一己之我作为对象而谛视，而聆听，而闻嗅，而品味，而感知，便会发现一切现象汇于一身，汇于渐次膨大的躯体，汇于自己的灵府和心田。他便不再执着于鸟兽鱼虫，而成了博大无涯的宇宙本身，放眼看去，连飞鸟也渺如烟尘。

3 月 31 日

1852 年

早晨本想早起，好在春光中漫步，却为阴云和睡意所沮。我的窗户面西而开，所以老早就看到了那边的云彩，那时它炫若玫瑰，此刻却抹去了徒悦人心的光彩。春日破晓，鸟儿就开始叽喳放歌，人怎么才能尽早起来外出漫步？

随着老去，我们可能不再伴着春光起床，对年岁的递嬗漠然无谓，仿佛那是不具标识意义的月份在轮替。新年伊始，如果没有新的决定可真够悲哀。

沼泽何以让人心生喜悦，某种天气何以让人惬意欢欣，个中原委值得一谈，容我分析这些感受。比如，沉郁哀怨的急风暴雨何以让我觉得悦耳动听？我想，是它摧垮了我们一帆风顺的生活所致的鸡零狗碎，而且，至少为它赋予了一重悲剧意味。那哀鸣好似悦人的挑战，让我们精神抖擞地应对生命遭受的侵蚀。那是敌方的号角，动听悦耳又悚然惕厉。我们好似风暴中的地衣，精神为之一振。遭遇障碍和威胁之际，我们的生命才富于价值。当生命趋于终点，辉煌的命运景象会让我们欣喜若狂，而这壮丽的奇观同样会呈于这些标划起点的时日。有时夜晚暗黑如漆，黑得仿佛可以触摸，并用刀子割破，若非如此，我们的时光，我们的生命又有什么意义和价值？若非如此，心灵的烛火又如何能大放光明，我们又如何能够谛视理性的光芒？若非肉身所遭的寒冷，我们怎能明白慰人的温情？有时我想，若有持续三周的暴雨，又冷又湿，我得置身一处遥远的洞穴，好为周身赋予某种格调和意味。三月的阵风已将春天引到人间，伴着浸润万物的雨水，它又将行至四月。

一切生灵都各有遭际与欢欣，为此，我愿跟它们一道默默受苦。歌雀来了，狐色麻雀稍事驻留，难道今年它们不曾为我捎来什么讯息？难道我还能梦想，世间还有什么比狐色麻雀飞临更为真切，更有意义？它在林间疾飞，时而这里，时而那里，我是否听到了这精致信使的话语？如果我尚未领会而任它飞往鲁伯特的庄田，难道我会原谅自己？上帝创造了这个世界，郑重其事，满怀温情。这迁徙的麻雀身携信息，无不跟我的生命息息相关。它们属于春天，我不会摘去这些果实。飞禽走兽就是神话，我热爱这些作品。那只麻雀在叽叽喳喳，瞬然掠过，那阵阵歌声跟宇宙的崇高匠心相应相辅。世人无法与它交流，也不懂它的倾谈诉说，因为他跟自然存在冲突而扞格不谐。我满心自责，居然一度认为自己优于鸟儿，而对它们的迁徙无动于衷。

清醒思绪和梦中臆想自有轩轾，哪位哲人能言明究里？

夜色深沉，雨妙不可言，伴着轻快的雪花敲打窗棂，在替春天布设场地。

4月2日

1852年

早上六点，来到河边，又行至摩雷克的牧场。

太阳升起来了，草场上的水洼无比温和宁静，映出了山丘、云彩和树木。空中满是鸟鸣，歌雀、鸫鸟（曲调悠长）、红翼鸫、蓝知更鸟，我还听到了云雀，大地似乎突然间张罗了一场歌唱的盛宴。群鸟为这四月的晨间清氛所化，整夜不曾归巢，都不用担心在这样的早晨会睡得过头。几周前，鸟儿尚未飞来，我在晚上突然想起了早春的晨间鸟鸣，现在看来似为预言。昨夜谛听之际，耳边仿佛传来好似狂欢、又如梦幻的仲夏蛙鸣，因之意下明白，这叫声充满了多么瑰美的启示。期待既久便成预言。云彩不似冬日，一片白色而浸有水意。早晨清爽怡人，眼前是麝鼠在河岸一带丢下的贝壳，还有它们延至草场的地下回廊。鲜红的越橘也历历在目，由河水送至岸边，嵌入了旧日的水痕。突然掠过一丝轻风，水洼顿时清亮不再，涟漪微兴，蒙蒙似雾。此情此景只堪品味，示之外人未免可惜。

4月3日

1842年

今日阳光明媚，但我记得，湖畔照临的几束光芒就让我格外富足[1]。财富确实生有翅翼。今日的沉沉哀思是昔日欢欣的写照，每当伤恸来袭，往昔的欢欣就会悄然浮上心头。冬日的蜜蜂难酿新蜜，便会使用旧藏。

往事可施于手指和头颅，心灵却不堪重负。

哀恸呈于无比伤感的吟唱，那是“锡安的女儿”和“摩尔人临了的叹息”[2]。

欢乐是花蜜，蜜蜂的集取却是哀恸。

感谢上帝予我哀恸，祂从不妄施滥用。祂让南风吹起，将温煦的阳光洒在我身上，难道祂不再慈惠？

山坡的橡树林中刚刚传来飘忽的鸣唱，它唱出了一个全新的纪元，那是青春时光和全盛时期。上苍啊，你何以要在心膺创痛的人面前炫示诱惑？永恒借春天肇端，无比可靠，莫此为重，它便在这声声吟唱中重启征程。目之所见，耳之所闻，不仅呈之当刻，亦且示于永恒。待永恒的景象音声扑入眼帘，叩击耳鼓，便会让人沉醉流连，欣喜若狂。

有时，我们好像透过暖暖烟雾瞥见万物系于永恒，好

1 兄长亡故，梭罗尚未走出伤恸，“湖畔照临的几束光芒”系兄弟俩泛舟共游的往事。

2 系指《圣经·旧约·耶利米哀歌》对锡安城遭劫后惨象的记述。

似矗立的巨石阵和金字塔，至于由谁所立，又因何而置，我们却无从得知。

人的归宿无法叩以理性，因理性不以狂喜为据。纵便我精于计算，长于呈示，也无非一己的嬉乐。我不想作茧自缚。

我无法详明究里，上帝一清二楚。我能以算术解疑释惑，施之道德则不然。

操行不可限量，一如难以估价。如此说来，人的归宿仅为操行，或曰为人。一切教益便在这里，只能倾尽毕生之力恪守操行予以印证。上帝也无法称量。祂没有道德哲学，也没有伦理体系。理性尚未施于问题，便不免要设定桎梏和藩篱。若不明归宿何在，又怎能一步步地踏上漫漫行程？若不解导向终点的依凭，又怎能指望顺利地跋涉行进？

人的一面是现实，一面是梦想。现实是理性的界域，纵便由神性的光芒烛照引领，若非弃绝理性，也难以驶入梦想的天地。月亮受夜晚管辖，太阳由白昼统御，及至神性的一缕光芒要启迪灵魂，理性便昏如月色，惨似灰云[1]。

1 这是梭罗的所谓超验思索。笃信超验的思想者对智识和理性有所区分，理性会鉴识征诸依凭的存在，智识却会洞见难以验证的一切。1834年5月31日，爱默生曾致函其弟爱德华予以论说：智识是灵魂的无上职能，灵魂每每借此诉说，它只是摄取而从不推衍，从不论证。理性却无时不在忙碌，比照、发掘、创获、辨析，有所察鉴却不及要害，囿于当下而依循惯例以为权宜……智识乃与生俱来的圆满秉性。

如果允准好多月亮不分昼夜地消耗放光，天地将何其奢靡，何其挥霍，其实没人需要如许之多的光芒。上苍绝不会如此奢侈地照料她的畜群，不过，虽则她厉行节俭，却也供给充裕。贫者当效法她俭省节约，富者该学习她慷慨大方。她慈惠宽厚却持之有度，经过审慎揣度方始确定了永恒之道，借以施放保障的年金。她将蜂蜡施与蜜蜂，不多不少，刚够筑巢，已经简省得无以复加。可是，传播福音的人到了沙漠之后，可怜的户主在招待之际却因虑及移民而未雨绸缪，将饭食藏进了林间的洞里。

4月5日

1859年

我站在伐去树木的一处山坡上，向下望去，就在六杆之远的地方，有棵高大的柳树正在吐絮，嫩条深棕，柳叶干枯，葇荑嫩黄。大地一片焦褐，萎叶满目，相形之下，这早开的花儿宛若早春的蝴蝶，分外亮丽稀罕，如果在上个月偶然绽放，便成了耀眼无比的三月之花。目睹这朵朵飞絮，心间居然掠过了暖意和阳光。只消这斑斑嫩黄和娇娇飞絮，数里之远的枯黄林地和沼泽便显得亲切宜居，就像有人住在那里。

4月8日

1859年

皮草交易实在可耻，却已有千百年的历史。多年来，本地的几家知名公司在垄断赢利，操控了大片土地。他们搜罗猎捕小动物而嗜之不厌，另有一批怂于酒品和金钱的闲汉充任帮凶，剥取人类小小伴侣的毛皮，以装点或加厚他们的外衣，做成时髦的物什顶在头上，甚而当作得体的袍衫穿着向同胞宣教垂诫，倡言正义！从哲人的视角看，此举不啻流浪者在街巷拾荒。印第安人原本活得正经体面，后来却因白人大肆教唆也开始作践自己。试想，哈德孙湾公司将多少麝鼠皮和黄鼬皮堆满了仓库，又将多少血红的尸身撇在了英属北美[1]的河流两岸！是的，北美主要因此而属于英国，这里成了大不列颠设局下套的地方。我们知道河狸这种动物奇妙无比[2]，可如此叹赏无非一种姿态，相对于录存河狸族类的诸种信息，我们更加钟情于一顶河狸皮做的帽子。

男人和孩童在射杀诱捕麝鼠水貂，若非已然料及此等卑劣行径，则面诸此景，我们会感到格外反感。然而哈德孙湾公司和西北皮草公司挟其影响而操控了世人，它们呼

1　梭罗时代的英属北美即今日的加拿大。

2　河狸会筑巢过冬，拦坝捕鱼，享有动物王国建筑师的美誉。

朋引类共与其事，还有数千闲汉和顽童在效劳卖力。一边是哈德孙湾公司，一边是巴黎阴沟中清理秽物的那类拾荒人等。熏杀户内贻害的鼠类无可厚非，可如果它们远在哈德孙湾那种地方，我想，最好还是任其自处为好。可我们终究殚思竭虑，片刻不停，无远不至，而将自己挥霍于这等平庸无比，乃至极端下作的营生之中。立法部门不时抵制颇富意义，说明社会尚有认识和良知，可这番抵制却收效甚微。我们对射杀鸣禽的阿伯讷本人会出手惩罚，却在纵容由他成立的哈德孙湾公司。

荒唐如许，人们闻言无不付以微笑，明示鄙夷，听到巴黎猎捕麝鼠亦复如此。可是，捕捉臭鼬和水貂跟剥皮能有什么区别？只是说法不同而已。你若路过哈德孙湾公司某经理的气派府邸就会明白，为了毛皮他收拾了多少麝鼠。我们就活在一片嚎叫和血污之中，难保自己的衣衫会干净清白。情况至少如此，我们盗取了奴隶的食糖和棉花，就算跳离了火堆，常常却又跳进了煎锅。对贵重财物予以考量并非多余。你若前往欧洲，也许会遇到心肠极软或教养极佳的女子，此人可能在领导团体废除奴隶制度，或倡导善待动物。她在游行呼告，她在组织吁求，秀发别有玳瑁（获取此物，要在龟背置以烧红的炭块使背甲翘起），纤指套有原本裹着麝鼠肉身的毛皮，身着装点华美的披风，那可能就是猎捕百只臭鼬所获的战果（我们当然相信已处理得无臭无味）。心智错乱的女人啊，你表现多糟！为人道而战你就不会换身铠甲？

4月9日

1859年

是日狂风大作，天气寒冷，我们在寻找南边的山坡、树林或深山幽谷以便散步。后来，我们坐在小小的古斯湖边观察波纹。它起初平滑如镜，转眼之间便宁静不再。虽则僻居山间，冰冷的北风却凌空而至，寒栗似刀，亮出刀尖或锋刃击向湖面，迅疾掠过而留下了一片幽蓝的水波。此时，寒风身携四五支飞矢，或锐或钝，从四面八方一齐射出。北风从高迴的天空发现了下方的这片美丽塘水，它威猛凌厉却无歹意，分明是在俯身取乐，嬉耍逗弄。坐在这里就可以看上好几个小时，欣赏这幽蓝的光影在水面戏玩，仿佛丝绸那般变幻多彩。目睹此景，我眼前又出现了迅疾穿过谷田的卡米拉[1]。这股疾风仅用刀尖或锋刃划破水面，顺光看去便是这种效果，可如果绕到背光的位置，这

1　罗马神话中的女杰，见宠于女神黛安娜，事迹见维吉尔作品。

幽蓝的水波就成了无法直视的炫目亮斑，因为此刻波峰会反射日光。

在三四月起风的日子里，来到林间的低洼水泊欣赏浪涛闪拍适足怡心遣兴，这番景象也唯有在这种山间幽谷方能看到，方能研究，因为遇到开阔的大湖，风会刮个不停，而在这种幽僻的水洼，它只能挥施刀尖或锋刃反复切割。

湖上碎波微兴，林间亦复如此。疾风驶过，枝柯碰撞，七弦琴便开始了吟唱，让人觉得音乐好似在俄耳甫斯[1]的时代那样方始诞生。俄耳甫斯和阿波罗定然在那里开讲授徒，没错，现在连松鸦和蓝知更鸟也明白该去哪里盗取“霹雳”[2]，所以不得不默然无声，酝酿着新的曲调和旋律。

轻风在水洼上嬉戏游乐，左右闪转，宛若小猫轻拨漫扑，逗弄枯叶。

林地焦褐枯黄，几至满眼不毛，却将这些小小的水洼揽入了臂膀，而它本身就是灵动无比的活物。它们可能在对林间的初生花朵说，你们尚未出生，那就容我们先跟北风玩玩吧。

---

1 俄耳甫斯为希腊神话中的歌手，发明了音乐和作诗法，相传为阿波罗之子。又，赫尔墨斯发明了七弦琴，后为阿波罗所得，因而阿波罗又成了音乐之神。

2 英谚“盗取霹雳”意谓剿袭他人灵感。

4 月 10 日

1853 年

虎耳草越来越多，花儿也在渐渐挺起。它叶片微红状如水杯，美丽的叶缘浑似锯齿，那纯白的花儿就点缀其间。天光日渐明丽，大地奉上白色的虎耳草花朵予以印证，太阳越发温暖，黄色的毛茛就是它做出的回应。

农夫清理沟渠我就感到难过，因为他谓之杂草的好多花儿会就此消失。桥那边有条路较低，在我看来，其魅力主要见于一片小树林，那里长有刺槐、桦树和山毛柳等树，爬上小山，这片林子就会冒过河岸映入眼帘。昨天，有人为了在附近建房而砍了这片树林。我看他要尽数砍光就说，如果换我就不会为了一百美元而砍掉这片林子。他说："为啥不啊？那不过一片扎手的灌木，又算不了什么，我要在这里砌道新墙。"所以，为了装点房子的入口，他拿光秃秃的丑陋墙体换掉了漂亮的树林。

4 月 11 日

1852 年

白菖冒出溪水已有两英寸之高，米诺鱼在水里窜来窜去。

清澈的溪流无比美丽，真堪详究细察，就连水中的气泡也不例外。这些泡泡瞬息万变，附在水底，恰似小小的水珠。金色的云母在溪沙中斑斑点点，晶光闪闪，阳光洒在上面，让人想起了书中读到的金色沙粒。一切无不洗得清洁透亮，一尘不染，溪水本身就成了据以观察的最佳镜片。

就算我对朋友之情太过冷淡，但我相信自己绝不会对自然的感召漠然以对。人无法对自然和人类兼有深情，这好像是条规矩，走近一方势必会疏远另一方。

人若愿意，定会成为诗人，然后才是哲人或科学家，由此可见诗人无比尊贵。

唉！如果赴外旅行，就会颠覆故园天际所示的那份神秘，那抹诗意，和那无边的希冀。一旦迈动双脚，远方群山的隐隐微蓝便会黯然无色，破坏殆尽。果真如此，人便会思索另一个世界，可是，这个世界在他那里又能维系多久？

成就伟业需要什么代价！若想满意就得终生以之，难道其间还能做好其他事情？

4 月 13 日

1852 年

夜来风劲雪猛，此刻还在肆虐，早上七点积雪已有五六英寸。所有鸟儿都成了雪鸟，树木屋舍都换了身冬装。

行旅的车轮，农夫的大车，都成了白色的雪盘，辐条也不复可见。不过，待在室内读读写写也算不错。现在不用到户外游荡闲逛，意在监禁的风暴浓缩了我们的思绪。天气晴好时难得一听的钟表嘀嗒也传入了耳鼓。我的生活变得富足。我爱暴风的怒号。我耽于幻想，若能身携书本纸笔在明显不利的糟糕地方落座又会如何，比如前往厨房，就在那里继续手头的事情，只是微感寒冷，略欠舒适而已。较之陈设便当、温暖怡人的书房，我的思考在这种地方更有价值。

现在，唯有旅鸫仍以吟唱为业，它歌声不断，在刻刻不停地倾吐纯洁的欣悦，那是源自灵魂的旋律，那就是圣诞颂歌。歌雀的叮当尽管质朴清婉，却因时长不够、音量不足而难以控摄局面、引人关注；蓝知更鸟的歌声娇娇切切，转瞬即逝，那歌喉溢满天际的湛蓝和静谧的缅想；旅鸫栖身榆树或橡枝，歌声饱满清亮，从镇上的街巷远远传来，为春日唱响了相宜的终曲；百灵数量不足，故而音声不济。旅鸫依旧是主角。黑鹂若在初春娇鸣，会因唤醒春的缅想而让人意下欣然，河上行舟之际聆听效果最佳，它是河流的鸟儿。若要说此刻的林间不论晨昏都有音乐，只是因为旅鸫在放歌，因为，虽然其他歌声依旧可闻，却无法像这种鸟儿那样响彻天空。如此看来，画眉也不例外。

雪下了一天，最后在地上积了八英寸。昨晚有雨，旅鸫的歌声却一如既往。榆树的嫩芽跃跃欲试，意欲展示花色。昨晚十一点我穿过街巷，踏雪回家，想起若许黄花，因而兴奋不已，它已在漫天风雪中向阳而开，而此刻，那隐隐的芬芳就在河畔的温暖沙地上。那是早春的柳树在开花吐絮。这微不足道的斑斑亮色垂于天地之间，映衬在满目雪白和举世寒冷之上，让人觉得不可思议。

4 月 15 日

1852 年

春秋两季我们自然少不了一两列雁阵，若无雁鸣谈何春天？它们翔至北方，专为河流解除桎梏。这些空中列车每年都会驶来。

瓦尔登的冰雪比昨日仅仅消了少许。

除却极端暖适的地带，匆匆一瞥会觉得野草在雪前毫无春的迹象，但我清楚，一旦雪消它就会绿得不可思议。其实野草就在雪下生长。我们的水泵尖顶阔大，让我想起了火苗，野草就像火焰的绿色盟友，因为它是太阳的作品。

4月18日

1852年

春天来了。鸟儿北向返飞，翔至育雏的去处。消融的积雪在逃往海洋。雨无可名状，好似希腊的冬日。水意无处不在。河流涨波，远远地溢出了河道。上苍为臭菘指派的位置何其醒目，大地满眼不毛，她让初春的第一枝花朵就在这里显身。这植物跟人类之间透露出何种玄奥的关联？多数芽蕾已然绽开，大方地亮出了嫩绿或鹅黄。普天之间，大自然约略放松了身段，向融融的暖意做出让步。草叶日日见长，越来越绿。臭菘的花朵藏入了苞片，柳絮却无畏无惧，将鲜亮的黄色葇荑吐向梢头，榛树的雌花渺然难睹，那斑斑殷红也出现在凝重荒寂的大地之上。

有条亚口鱼漂至草场，目睹此景我格外触动，它好似来自神话或寓言水族，让我对何谓游鱼有了理解。我的脑际出现了河豚或盲螈，我明白何以如此：那并非真正的游鱼，而是神意的美妙征象，是艺匠的设计和用心。那色泽身段，并那鳞片鳃鳍，完美得无与伦比，只因它向我彻底展示了其中的命意和构思。它略似鱼类，又如化石。这形象承载寓意，既铭于古代的碑石，亦将垂之无限，流向永恒。每当飞禽游鱼宛似在寓言中振翼戏水，每当迁徙的大雁不无寄托，意味深远，每当寻常事件富于神话色彩，琐事冗务具有象征意味，我总是满怀恬静，无复他求，因为那寓意就近在眼前。

这个春天我才明白岁月是一个轮回，才清楚地领会了春的意蕴，这幅图画成于硬挺的线条。世间没有偶然，一切都是伟大导师呈示的寓言。越橘漂至草场，冲入堤道，现在尝来，那股酸味深惬人心。

为何恰好是这些光景和声响呈于我们的生活？我为何每年会嗅到麝鼠的气息，听到黑鹂叽叽喳喳？个中关系神秘难解，我愿探明究里，至少搞清这不可免却的一切到底是什么，好为我们的生命绘制指南，明确其岸际的走向，明白蝴蝶何时重现，又何以如此，清楚何以恰好是这些生灵让世界显得丰盈圆满。我可能心存缅想介入自然的运作，终有一天为她赋予一重新的意味？

4月19日

1852年

雨还没住，清爽怡人。现在，鸟儿就只能巴望天气尽快放晴了，大自然还没有什么能款待它们。

德比家附近有棵橡树，从哪边看去都伟岸劲挺。它像壮士巍然耸立，挑战四面八方的风暴雨雪。它一无缺陷，洋溢着抗争的强力，将劲柯虬枝刺向天幕，为沉郁的闪电提供了范本。可我担心它会给卖掉，那壮实的躯干和树根要么会充作造船用材，要么会用来加固船体去挑战大西洋的风暴。它像个竞技健将，展示出一身训练有素的肌肉。

在自然界发现新现象何其美妙！那意味着还有多少世界有待揭去面纱。与太阳相对的仙女座让我极其兴奋，而在发现之前它根本就不会存在。人有时会经历一种难以言状的乐趣，这种快意博大无涯却非臆造幻设，它说明你所感知的真相卓越尊贵。如果没有这种经历，则谈不上追本溯源，或探明原理。三天来，我的莫大乐趣就是发现了梫木[1]，在我看来，它长在哪里，哪里就格外迷人，格外幸福。它就是自然魅力的写照，在我的天地之中，它那小小的叶片就是教堂的彩绘窗户。我就是一头牛，看到红色便会激动。

4 月 23 日

1857 年

我在雷克松家遇见了一位年轻女士，名为凯特·布拉

1 梫木跟前文提及的仙女座拼写相同，均为“andromeda”。

迪，今年二十岁。其父系爱尔兰人，不值一提，其母则是位风姿绰约的美国妇人。这姑娘起先从事缝纫，现在则办学为生。她生在布拉迪家，我想该在弗里敦，十二岁之前她都在那里帮父母干农活。她曾驾马耕地，又被果树撞翻在地，也曾在那里牧羊捕鱼。我从未遇到姑娘或妇女像她那样倾吐对自然的爱意。她打算重返那片僻远的荒地，只身住在那里，因为妈妈和妹妹都不愿陪她。她说耕田放羊，纺线织布，自己样样精通，只是不知道如何给旧宅挂瓦。她觉得在那里能“自由地生活”。我饶有兴致地听她的打算，因为那些构想非常阳光，也相当新颖。这绝非言不由衷的革新举措，而源自她对斯夸耶溪流和密道巴勒池沼的挚爱。如此热爱户外的自然，不论男女都极为罕见。她家庄田附近的景观其实非常普通，可她不似常人，能够欣赏并加以利用。她痴迷己见，适足令生性温驯的女人视为笑柄，可她心志坚定且喜欢读书，会克服障碍渡过难关。我无由劝阻打击，也未予特别鼓励，既然她矢志不移，务求成行，还是让她自己应对干扰的俗见好了。

有人居然会如此强烈、如此执着地热衷于一处风景，甚或整个自然（我是说全副身心地投入），我闻言之际觉得颇不寻常。人无非自然的生灵，可大多却娇弱稚嫩，将屋舍当作披挂在身的外壳，一旦步出户外，非要安全无虞，获得保障才行。这些房子饰以板条，涂抹灰泥，以防源于自然的侵蚀，住户则纤嫩秀气，终生在跟消化不良持久作战。有人则深深地植根于泥土，也是那里长出的植物，尊贵无比，比栗色马匹还要强悍天然。他们是黄金时代的孩童，注定不会走进医院和济贫场所。得悉有位理性的天人对一方泥土居然如此执着，大地似乎因首次获胜而兴高采烈，仿佛它存在的意义就是如此发挥作用。有人挚爱自然竟然到了据以处事的地步，这有多么难得，一似青年迷恋女子，只是更为执着长久！整个自然就是我的新娘。在有些人眼中，大自然荒凉贫瘠，僻远冷清，而在有些人心里，她反倒是恬美亲切、温和友善的佳游。

4 月 24 日

1856 年

由于日前下雨，或因积雪消融，有些路旁的水洼已经芳草萌发，苜蓿挺身了。我看到这些坑洼溢满了四月的雨水，无比清澈，向下看去，翡翠满眼，艳绿盈目。在纳特草场溪流交汇处的牧场上，昔日采挖破碎石块留下了丑陋的坑洞，现在反倒成了璀璨悦目的宝石。就连这些纯净至极、巧加装扮的高脚酒杯和花瓶也盛满了露滴和雨水。再

看那底部，还有什么能比早春雾水和明艳阳光点染的这些绿色更加惬意称心？世间可有光彩如许的水井？其中若有蚱蜢淹毙，都会让人称羡它的归宿是如此美丽。这并非幽暗神秘的坑洞，其中也没有臆想的巨怪和泥淖，这里唯有一派天真，意有所悟便会和盘托出。

称它四月之井吧！这花瓶干净纯洁，好似瓷釉敷身。

1859 年

物皆有盈亏消长，错过良机，某种特定现象就难以发现，除非在其他时期也能名以相同的称谓。无论是去观察雷普尔湖的涟漪，到户外寻觅箭镞，还是前往沙漠漫步，或研究岩石与地衣，都有最佳时机，要观察自然就该趁时而为，就像农夫不失农时。孩子们放风筝、玩冰球各有时节，全国上下莫不如此。明白人知道今天该玩什么，也会如此行事。我们断不可受制于严苛的教条，比如历书，却该顺势而举。人的心境思绪会往复循环，恰似大自然那样稳步有序、生生不息。事不宜迟，揪住额发[1]，错过今天便无明日。人须活在当下，即时出手，在每一刻发现永恒。

1 “揪住额发”为英谚，原文作“Take time by the forelock”，意谓抓紧时间，机敏处事，典出费德鲁斯拉丁诗体《寓言集》：时间为一老翁，其人唯有额发，余皆童头，揪住额发便揪住此人，亦即抓住了时机。

移心旁骛则会后悔不迭，世上不曾给惋惜遗憾留有空间。

5月1日

1857年

早上路过教堂前的公地时，首次听到了蟾蜍的叫声。一阵清凉的南风吹过，这初鸣的蛙声也间入了声响的洪流。可多数人并未留意到这一响声，由于磨房的流水泄入河道，行人连自己是在入口的上方还是下方都搞不清楚。集会的钟声敲响了，所有人都听得清清楚楚，但没人听到这更为古老且无所不在的钟声。这阵阵钟声响遍美国大地，敲钟人是格外本色的美国土著。这声响来自空中之海的波涛，随着浪花拍打我们的车厢，它几乎伴着阵阵风息，而这风儿唯能吸入肺叶却无法受之耳鼓。它来自邈远的地方，像海燕那样跃出了空中海涛的波谷，谁人能知，这歌者踞于哪个塘边？在教堂的马厩之后，在荒冢累累的山丘那边，还是来自江河之畔？一个新的王朝就此诞生，蟾王一世由南风引领，身登大宝，驾临大地。这双下巴的王者鼓足气息，踌躇满志，发布诰命：小伙，脱掉外套！准备夏营，步子大点，向目标跃进。本王推行如下措施：暖意、润湿和低飞的昆虫。

5月5日

1852年

今天听到了蟋蟀的初鸣。它歌声轻柔，不像其他鸟雀，也处之低调，清醒而聪慧，不似别的歌手。蟋蟀来自下方而非南方，只因徙入地下，领受暖意最迟。群“鸟”之中数它最小。现在，它又回到桃金娘丛中，娇怯而怕羞。

小小的水塘里隐隐传来牛蛙的歌声。

落日向晚，猩红悦目。我凭轩而坐，欣赏草场上反射的霞彩，不由心想，水不可或缺，有它就会多一重天空。

5月6日

1854年

世上没有纯粹客观的观察。人的观察无论多么有趣，多么重要，也难免主观色彩。不论命笔者身为何人，来自什么阶层，陈之笔端则无非人的感受，且不管他是哲人吟者，而或科学人员。笃信科学的人最富活力，他的一生就是奇观和壮举。若官能仅仅针对外在世界，则一无所用，你行至何处、行程多远皆无意义——越远反倒越糟——有多少活力才是关键。纵或知悉跟人类没有干系的现象，那也毫无意义，即令行星爆炸亦复如此。富于影响的事功都在陈说作者的生命情怀。诞生诗人的沙漠到底如何无关宏旨，即便邻人都谓之撒哈拉，在他心中那却是天堂，因为我们眼中的沙漠是往昔荒寂体会的沉淀。着意为之，则不会有真正的诗歌和科学，纵使形诸诗行或汇为数据亦属枉然。人若真的患病则未免可惜，因为他无法达到身体健康时的那种水平。人的言行只要跟人类相关，则是他爱意体验的写照和陈述，只是表现相异、形式不同而已。他若有幸不失活力，爱就会始终充溢在心田，仅此便能永葆勃勃生机。生为灵物，人怎能沦落得怯懦沮丧，漠然无谓？如若心田为冷漠所蚀则更加可悲。我曾详阅某科学学会的活动文案，那略无生命气息的报告令人愕然，他们在拿一堆枯燥的术语敷衍搪塞。但凡活物，都会不待思索而轻松自然地见之俗语。我不禁心下生疑，那些教授固然学识渊博，可他们的生命几乎热情尽丧，枯如槁木，若非观测雨量的工具，便是自动记录的磁性机器。他们陈述的现象绝不会升至鲜血的温度，综其全部，还不及一首诗歌。

5 月 7 日

1854 年

花朵是自动记录良辰美景的仪器，柳絮和榛花便是如

此。我记得曾经守候榛花散蕊，抹施花粉，可它却迟迟不见动静。一次在林间测量，是日天朗气清，温煦和暖，我都脱去了大衣，待午饭回家的时候，那怒放的桼荑在路旁的岸际方始摇曳弄姿，黄色的花粉也沾上了我的衣衫。若对恬适暖怡的日子心存谢意，便更有理由感激花儿。

5月8日

1854年

下午，划船前往丽津。

许久不曾在开阔如许的水面命楫弄舟。若非地上的这些水域，大地将显得何其死寂，遑论正值阳春。我们在慢慢认识江河，那份明艳，那份美丽。它意味无穷，探索难尽。大地之表居然有这天国之水，汹涌起伏，将我和船儿抬起又复推送，奔腾出生命的熠熠光辉。这灿烂的水面晃动不已，它尘纤不染，洁如玻璃，无人行走，也不见足迹，不禁令人举目四顾，意气飙扬。船行离开霍洛威尔，我才发现自己身在壮阔的大海之上。劲风扬波，拍击尾舷，我料定至少二十英寸甚或两英尺之高。但见黑浪轰鸣，巨涛狂涌，让人颠簸俯仰，我乘风破浪，壮怀激烈又不无骇然。这时几乎难以站稳，只好躲开波谷奋力前行。浪峰泡沫飞溅，不复洁白，两峰相距十到十二英尺。这波浪硕大黑暗（我不曾目睹这种海浪），狂暴威猛，在身边咆哮怒号，让人不得不将它视为水下作祟的巨怪。这便是迈拉娜——这该是希腊人描述波浪的辞藻？——我们的黑色之海。眼前这团块纯然黑色，高两英尺，厚四五英尺，其长无算，其背呈圆，或耸起一道着有黄白冠羽的峰脊，翻滚之际好似一条躁动的鲸鱼跃在眼前。迈拉娜，υελαινα θαλασσα[1]——唯有诗人描绘海色的辞藻适于这片浪涛。这条河一向宁静平和，居然会如此汹涌激荡，这一发现让人心生望外之喜。

5月12日

1857年

十三日下午，太阳刚落，我正在泰克萨斯的园子里种豆子，田野那边传来燕八哥的叫声，“快来—来—来—要不我就走了”（它肯定在篱笆杆柱或横栏上）。就在我忙碌的当儿，它突然让我醒过神来，回到了它与我共同栖居的那方天地。我想起了如许之多的午后和黄昏，鸟儿在遥远的

1 希腊文，意为“黑色的大海”。又，迈拉娜（Melaina）为克里希亚的仙子，与阿波罗相恋并育有神子，“迈拉娜”意为“黑暗”，以示司掌冥界。见于其他神话，她容貌娇美却面色黝黑，而不为人所喜。

田野上鸣唱，我循声而去，跨过一片又一片原野。这尘世之歌的灵魂，并其恬适和真正的智慧浸入了我的心田，似乎让我透过玻璃瞥见了那永恒的世界。那野性的满足，乃至温驯的快意，都让我心醉。它道出了永恒的真理。这只八哥在今晚吟唱，一似它千年之前的歌咏。上帝在创世之初就听到它的吟唱并予首肯，于是，这歌声便垂之永远，万古不废。我想起了如许之多的夏日黄昏，绵延数里的灰色栏杆，徜徉漫步的那些草场，远方田野上的农舍、奶桶、井边的压杆，还有离开牧场进圈的牛群。

所以，我愿常常向鸟儿求教，聆听它的歌声以矫正我生而为人的谬见。这灰色的小鸟是诗人的同行，用它的灵感予我启迪。它在歌颂牧场，也在吟唱田园，比任何经典都要古老迷人。它的栖居之处跟自身颜色无二，它或许就隐于田野，纵使在旷野平畴也让你不易发现。暮色渐浓，你一步一步地靠近，看啊，它给飞了，你只好费力搜寻它去了哪里，可是不久，那泠泠的歌声又从别处传了过来。

我想，只有拼力做事，或至少身心遭役而无端蒙羞的时候，我才能听到这些歌声，旧事也会涌上心头。我需要类似的慰藉，以偿赎基于所谓本分的诸般作为，我对此一清二楚，乃至成了浑然不觉的要求。往昔的经历是一笔资金，任是如何也难以转走，只要在未来出现相同的场景，我们就会想起这笔储存。你若想在千年之后依旧乞灵于这鸟儿的歌唱，那就从今天起跟这旋律默然相契，灵犀暗通。

我的心绪常常陷于漠然无谓，甚或卑身顺从，老是步履沉沉地挨过一似灰白的监牢入口，懵懵懂懂，不知道自己的使命。我已使灼目的光芒沦为飘忽的闪烁，而投身于自己指派的某些任务。我的识见无比促狭，在夹缝中维系生计而忘了纯粹的真理。俗见、规矩和制度加于我身，将我挤进狭似蘑菇的天地之中。可是，我突然在瞬间领受了福惠，这鸟儿的吟唱送来了永恒的智慧之声，它让我释然，予我诱引，使我清醒，足以面对自己以出场验证。

5月15日

1853年

金色的柳絮开始凋零，它的繁华已然落幕。毛茛吐蕊，委陵菜一片银色，苹果花开始绽放，身姿摇曳的芳草也栗色微染。草木将我们带入了另一个季节。越橘绽开了红色的花瓣，在相宜的地方或许早已如此，引领风气的灌木和暖适地带的猩红橡树可能会在今天开花。一只红色的蝴蝶振翼飞过，我想它在日前已经显身。扁萼花争奇斗艳，迎风怒放，在形似蛛网的叶片之上挺出六到八英寸，宛若一朵红色的火焰，燃烧在草场和山丘相衔的坡陀之上。它用炽烈的光色宣告七月，预示着我们前所未经的炙热燥闷。这片田野离夏日最近，黄色属于春光，而红色归于仲夏。淡金葱绿过后便是黄色的毛茛，猩红显身继而是热烈的七月和红色的百合。

蟋蟀初鸣的唧唧偶尔传入耳鼓而让我忘了一切，它永远居于地下，上方的一切都成了能够移动的轻薄表皮。这只蟋蟀已经唱响了秋的序曲，它就在这片山坡上，深居于石块干燥的边缘下方，它的歌唱源自内心，饱含诚意，相形之下，连无比动人的鸟鸣也显得言不由衷，无关紧要了。侧耳聆听，这歌声促人沉思，富于哲理，也蕴含教益。那并非动人的宣泄，比画眉的歌唱明智而成熟。这枚灵丹让我视力清晰，透过夏日看到了秋天，也使夏日的事功显得微不足道了。我真想问这张皇失措、嗡嗡而过的黄蜂，它可否明白自己在忙些什么。我只需一纵，便从刚刚绽放的毛茛跨入了永生。这位吟者先于秋天，它的曲调优于节候。蟋蟀让时空失去了意义，也显出了夏日那趋炎附势的面孔。

5 月 17 日

1853 年

离日落还有一个钟头，我坐在丽津果园西坡的岩石上。

黄昏迫近，闷湿燥热，空气芬芳馥郁，弥漫着苹果花的香味（本周苹果开花），或者我想，主要还是牧场的芳香。一朵云彩低垂在天，尚未完全遮住太阳。昨晚雷雨大作，空气澄澈如洗。一阵暖风轻轻拂过，河水却沉寂如镜，阳光满河，映出了静谧的天空和上方的阴云。刚一转身，我蓦然一惊，天地间沉寂静穆，美得令人永生难忘。我不想回家吃饭而错失这份美丽，它风姿绰约，恬美安静，秀丽清新，但愿我能拥有这般心境。对岸的原野平旷出奇，宛似草坪，它曲线巧施，优雅地描出树林的边沿。昨晚的雨露唤醒了落叶树木，它迅疾绽开叶片，一派动人的嫩黄，点亮了我们常去的那片幽暗松林。一里或一里半之外是星星点点的树林，有些一片葱茏，怡人悦目，有些呈为灰色，甚而依旧红色微泛，那是白橡。空中略无风片，水上寂然无波，无比动人的歌声清晰入耳，好似水面的倒影一览无余，那是画眉在轻舒歌喉，不停地吟唱。我想，若非昨晚的那场雷雨，几乎不会有这静谧芬芳的美景，因为雷雨虽然浇不到我们，却会洗净空气，唤醒草木。对岸的榆树星星点点，却苍翠幽绿，堪比松木，而如前所示，落叶林木则明媚鲜艳，一派嫩黄。远远看去，这些树林居然会如此迷人，别的时候几乎难得一见。一日将终，这最后的一个钟头展示了怎样的美丽！无形的巨掌凝滞了空气，抹平了水波，也安抚了灵魂。它既能遮蔽耀眼的日光，又能揭开沉沉的夜幕。

5月22日

1853年

两天来风雨交加，今日风还没停。天地间一尘不染，这个季节常常如此。野草在雨后疯长，好像已经着魔。怡人的风儿送来阵阵鸟鸣，轻风过处，万物精神抖擞。

这简直就是清朗的六月，夏天的第一个日子。上次看见时，黑麦只有一英尺高，现在已经长到了三英尺，随风摇摆，频频点头。田间麦浪起伏，一片葱绿，好像印第安杂耍艺人施展了手段，一夜间就让它们迅速跃起。我们策马而过，前往森林。看啊，长镰和配禾架很快就要亮相。我每天都出外漫步，不承想黑麦会这样疯长。三个月的时日似乎将我推入了夏日。酢浆草染红了田野，牛群已在张罗六月的奶桶。苹果树落英缤纷，洋洋洒洒，路上野外斑斑点点，有些已经枯萎变黑。大地升温，轻风漫吹，空中水汽氤氲，此前不曾经见。家家户户丁香传芳，林间小燕娇娇切切，声声送暖。我们穿过暖暖的沙路，沿途矮栎丛生，鸟足堇镶了蓝边，沙樱和稠李抹上了白色。时至今日，蟋蟀的歌声才随处可闻。茜草染白了原野，风华正茂，刺荆满目芬芳，一棵高大的檫木正在开花，黄似柠檬，浓施艳妆。

5月29日

1854年

近日，由洛雷先生裁定马萨诸塞的一位公民算不算奴隶[1]。难道，难道会有人认为正义之神或上帝会依凭洛雷先生的决定？情势如此，此人身居此位实在荒唐，恰如我书页中有只小虫。我们不会请他判定裁决，我们要他卷铺盖走人。且看，联邦政府自诞生以来，何尝做过正义的判决！联邦政府的军人抓了一位规矩的公民投入了监牢，而你尽可以说，这些军人大多是身着彩装的蠢货。管理者和立法者又有何用？他们无非一批政客。最近听过一位官员讲话，此人是马萨诸塞的驻军司令，但我耳边只有蟋蟀的唧唧，和时下空中虫蝇的哼哼。此人的功绩就是在集结日亮相阅兵，我曾见他骑马脱帽，听牧师祈祷，我见过的官员只是这副德性。我想，没这种人我一切照旧。眼见自由

1　当月25日，逃奴安东尼·伯恩斯在波士顿被捕，依照1850年通过的《逃奴法案》，他须回到弗吉尼亚的奴隶主身边。该法案推波助澜，明显使北方诸州沆瀣一气，疯狂更甚。伯恩斯案激化了北方人的废奴情绪，梭罗便在这天的日记中做了声讨。又，爱德华·洛雷系伯恩斯案的主审法官。

行将绝迹，他却安然无恙，高枕无忧。有位可敬的教士跟我说过，他所以选择教职，就是想有充分的闲暇从事文学。我倒想荐举此人管理施政。我发现报纸上尽是市长、官员及其编辑同仁的软媚说辞，也发现法院里尽是荷枪实弹的军人，他们拘捕狱囚，讯鞫审理，以断定对面的那个人算不算真正的奴隶。这是个问题，而这个问题本身就疑点重重。

这确实是发生在马萨诸塞的审讯。只要她片刻犹豫而不释放此人，她就有罪，就会面对上帝的审判。此事令人痛心，但悲哀之甚可能莫过于波士顿报界的声腔口吻。它们关注此事，意在像过去那样顺理成章地抓住大部分读者以维系求生。它们固然无能为力，可只要事关道义和真理，它们就在造孽，那副趋炎附势的嘴脸昭然若揭。若非遇到这种情况，我从来不看报纸。报界奴颜婢膝，甚至跟水手卑贱无二。政治向来无德，从不保障正义，它从来只是考虑如何“权宜处事”：在既有的候选者中加以挑选，而这种人只要事关道义总会成为恶魔——难道人类永远看不透这些把戏？美国的总统就是明证。马萨诸塞秉持何种立场？（去你的马萨诸塞，那是主子在裁定！[1]）她居然交由洛雷先

1　马萨诸塞英文名称为“Massachusetts”，读音与“Massa chooses it”相谐，意为“主子裁定”，“Massa”为黑人对主人的书面称谓。其实，马萨诸塞因土居该地的同名印第安部落而得名，马萨诸塞人为讲阿尔冈昆语的印第安部族，这一名谓的字面意思是“傍大山而居的部族”。

生裁决她的一位公民究系自由人还是奴隶。所谓“她就是自由和保障”与我何干？我倒想让她有朝一日将“马萨诸塞的自由”装入一个金质棺材给我——恐怕得用加州的黄金做成法院的样子。我会一脚踹远她或奴才奉上的任何贿赂，我决不参加选举，就想在这里登记自己的选票。大多北方人，大多南方人，还有大多东部人和西部人，都没有原则和立场。若由他们投票，他们不会选出奉行人道的议员，非但如此，就在他们的兄弟姐妹因热爱自由而遭受鞭笞、送上绞架的时候，就在连恶魔都认为一切残暴行径在这里肆虐的时候，他们念念不忘的倒是木头、铁片、石头和金子管理不善，存在漏洞。永恒的主宰啊，您到底意欲何为？我甘愿随同生身父母和兄弟姐妹一丝不苟地遵从您的诫命，您若伤害他们，您若将他们交给监工，任由恶狗驱逐，遭受鞭笞至死，我确实会感到痛心。虽则如此，我仍旧祈愿人间公平，仍旧会心平气静地继续这心仪的追求，直至有一天，或许能让您变得慈悲仁厚。这就是马萨诸塞的态度，这就是她的道白。我不会就此答应在人间修建地狱——不会成为这一机构的一党一派——我愿擦亮一根火柴照亮人间和地狱。我热爱生命，我愿跟光明同在，使这黑暗的大地从我脚下滚走，让父母兄弟左右相随，一道行动。

5月30日

1852年

夏天即将来临。今日微风轻抚，天朗气清。阴凉开始抢手，云朵飘过天空，田野上芳草摇曳有姿。狗舍草开花了，草丛中有个鸟窝，盛着色似咖啡的鸟蛋。委陵满目，茜草蔽野，在野草间争胜竞辉。阳光劲射，浓荫斑斑。

夏之卷

6月1日

1853年

午后行至瓦尔登。

气候温暖，树叶展成了密荫，夏天亮相已有一个星期。田间作物也是一样，玉米和土豆在拔节扬穗。大多树木过了花期开始结实，新生的浆果正在成形，鸟儿也即将破壳出巢。阵雨过后，夜间变得暖适怡人，金龟子和其他昆虫也大量出现了。

鸟儿都（?）回来了，自此不再结伴群飞。蟾蜍的叫声不复传来，牛蛙继而喇叭高鸣。晨间开始出现了浓雾。草木飞速生长，迅疾如箭。玉米已经锄草了。这是生长的季节，一年的首批盛景就此谢幕。野生动物告别稚龄开始成长，水中的鱼儿不也如此?

林间美不胜收，最耀眼者当为白栎幼树上的节瘤，看似白色的粗质羊毛，向外的一面缀有鲜红，乃或深红的斑点。初看之下它仿佛异变，但它居然长得如此悦目，浑似树木之花，一场病变，一块赘物，有时居然成了沧海珠泪那般罕有的美景。其实，那无非节瘤，实在令人不可思议。那该是绚丽夺目、猩红如血的罪孽。若非诱惑考验，是啊，若非堕落挑战，何以彰显美德。好比在不少人，不少诗人身上，美会泼辣地呈为疤痕，而这块疤痕注定会开出花朵。

节瘤虽为节瘤，却系造化之功。诗人会呵护心中的悔意，并将太息付之歌唱。这节瘤便是树木的“忧郁颂”。荆棘的鲜亮成果，那枚果实，碰巧只是一块节瘤或一场萎病，这种现象何其常见！在霑溉雨露的成长时期，人会遭遇若许毁灭性打击，使有望成就的甘美果实徒为肿块赘瘤，最终一无所成，而他们却说自己接受了宗教信仰的洗礼，这种人又是何其之多！结果育种是攸关死生的大事，由于放任失检，纵容挥霍，他们成就了一片肿块，一团肉瘤，一块赘物。因此之故，不少植物没有果实。

1854 年

昨晚很静，冷得出奇，我都担心地上的甜瓜准会遭霜。还好，不知是风向转了，还是云朵飘过，反正此处没有落霜。今天还是很冷，我跟昨天一样，坐在屋里就关着窗户，外出散步便会穿上一件厚外套。这些是常态，六月一日前后不都这样?

午后，我走上瓦尔登大道，穿过古斯湖前往拜厄山。

昨晚，在萌芽林的坑洼处却留下了寒霜的痕迹，连白栎、山胡桃和别的栎树都已遭霜，尽管叶子没有变黑，却也发皱掉落了。不论是林间小道，还是其他地方，满眼都是初生双翼的蜻蜓，或五颜六色，或周身泛蓝，漂亮精致。

有只螯蝇狠狠叮了我一下，它翅翼半黑，前身呈绿。

半月前林中还是光秃秃的嫩枝，现在已成了青翠的海洋，幼芽在相互争胜，一竞高下。所到之处，树叶都摊开了手掌，像一把把阳伞。树荫铺开后，鸟儿不仅有了藏身之处，还会络绎不绝地前来觅食，走兽也在这里找到了庇身之所，而成千上万的爬虫和飞虫却将这鲜嫩的新叶当成了美食。树木突然撑开了如许之多的小小阳伞，让地皮和树根免于骄阳的炙烤，微风拂过，窸窣有声，风姿翩翩。白珠树的有些浆果已经早熟可食，又鲜又嫩，走得时间久了，我就可以用它们提神。从拜厄山放眼看去，远方为一片薄雾所罩，微泛青绿，莽莽苍苍。

午后安恬宁静，绅士淑女也走进了大自然，泊舟湖上，手撑阳伞。看来他们也并不是老在考虑如何攒钱。人怎么能在船里一动不动地坐上老半天，这一幕总是让田间挥锄的农夫既感到不屑又心生优越。可他是否清楚，他挥锄劳作也只是为了让自己多出那么一块美元，他又曾否想过，他残忍刻薄地对待家人和雇工，也无非为了达到这个目的而已。他每月都会雇一个爱尔兰人或加拿大人，那么，如果依据箴言和先例，他又能从中总结出什么心得？难道他会因此而体面地对待那位雇工？难道大地会因此更像是天堂？

6月2日

1841年

我不由自主来到户外，拿起望远镜，静静地观察今夜的月亮行迹。群蛙在四周探头探脑，远方的大厅里灯火辉煌，似乎飘来阵阵手风琴声。我想，月亮定然游走于人类的天地，无非人间戏剧的一处远景。这是神灵为我们提供的辽阔剧场，我们须从命出演。那里有更多的海洋陆地，山岳江河，那是更为渺远的西部，生气昂扬，野性勃勃，堪为大地尽数遭毁的预防。

我看到山间有三面小湖，湖面反射出日光，飘忽明灭，仿佛水在玻璃杯中轻摇微晃。万里之遥，反射定律依旧有效。我似乎又看到了人们的肋骨，这是白天的景象，他们在户外活动。他们的天国也在头顶，接受他们奉上的祈祷和心愿。我们相去何其之远。那边恐怕正是午间，船只若非泊于天宇，便在海上命楫扬帆；这里怕又是扰攘的市井，喧闹嘈杂，人声鼎沸；又复烛火点点，而或暗夜沉沉，有人优游裕如，默想玄思。

可是，一只金龟子披甲飞过，将我带回了地面与黑夜。

6月3日

1857年

我有几位朋友和旧交，若在室内共处定属良伴，若在午后相与散步，也非常不错，可是，我却拿不准该不该跟他们一道远足。因为，一眼就能看出，他们彬彬有礼、装束得体、举止高雅，十足的绅士派头。不看也知道，他们上装墨黑，衬衫笔挺，靴履铮亮，若要远足，如此着装很成问题。行旅在外如此示人极其不利，这样会遭受盘剥，沦为店主的玩物。跟这种人结伴进入陌生市镇或人家，会造成极大的轰动，你非但无法默然游历，乃至会见诸报纸。因此，你该像常人那样出行。这种人若要远足，迈步之际就会显形，谁都清楚他在做行走试验，好似跛者就是跛者，只消跛行便昭然若揭。本地人会向他鞠躬，绅士会邀他骑乘，乘务员会提醒他这是二等车厢，多数人会将他目为教士，所以他会缩手缩脚，麻烦不断，遭到纠缠而漫无休止。他根本就见不到本地人的模样。他无法安静地坐在灶火前面，而会被引入冰冷的客厅，坐在壁炉遮板前方，让全家骚动不已。因他驾临，家中女性将四散逃离，丈夫和儿子会立马翻腾黑色的上衣，这种衣服一钱不值，他们却尽数拥有。他在大路上拖着双腿，无非让胖胖的店老板心痒难耐，仿佛人们沿河拖着蛙腿以诱捕梭鱼，就谋利而论，他跟青蛙扮演的角色没有不同。不，你绝对得像常人，起码也该像常人出行，这样，没人知道你在哪里，也不知道你去过哪里。一次简单的远足，我无须跟这种人同行，因为，跟他一起进入市镇、旅店还是私宅都是大事，都会激起轩然大波。如此出行走不完一半路程，因为走到哪里食宿费用都会涨高，穿这种衣服不得不付出如此之高的代价。当然，问题倒根本不在衣服，因为皮屑究系何物，还是取决于下面的真皮。店主、车夫、车员、教士只消一瞥就清楚谁是徒步行客，因而会置之不理，就算你把绑腿撇在一里之外，他们也一清二楚。有时因为缺乏变通，因循而为，如此，则是衣服在穿人；有时因为自大作祟，不愿让人目为常人，如此，则是人在穿衣服。他们执意见赏于人，至少得车夫和学生膜拜艳羡才行。他们也确实想到新地方看看，但又喜欢被人尊为人物。他们永远不会屈尊枉驾在下等舱显身，假如因此致使姓名落选于列示的名单，他们就会觉得遭遇了不幸。

6月4日

1855年

　　早上晴了。一日采来置于室内的木贼开始盘旋拔节，明天就该传芳吐蕊了，桑树却迟迟不见动静。白三叶草开花可能已有几天，展示红色也有许久了。

惠雨初访，连日绵绵，今日勉强放晴。天蓝得出奇，硕大的云团依旧飘在天上，任意东西。云影撒于原野和林木，在嫩黄的枝叶反衬下格外醒目，见于常青树木则越发幽暗，好似六月之眼的浓黑睫毛。这巨大的云朵中心泛白，镶有浓黑的下沿，飘浮在澄澈的天宇之上。背后的蓝天干净得尘纤不染，未曾寓目，叹为观止。好雨应时而至，初临大地便洗出了美丽如许的天空。鸟儿唱得格外欢快，似乎转换了音调，新的季节就此降临。林间传来唐纳雀和红眼小鸟的歌声，夏日如此美丽，蚊虫也开始发力叮咬了。蒲公英在草丛中尽数亮相，撑起了绒绒的毛球，委陵菜随处可见，趁势拔节。紫菀已有十六英寸，分布在铁道一侧的壕堑左右，斑斑点点，清秀悦目。

6月5日

1855年

揭去草皮就会给草场留下创伤，我倒很想看看，大自然接下来会如何着手疗救。那巨大的创痕一无所余，仅有黑土，创面近乎水平，或间有状似碟子的浅微坑洼。太阳和风先将它分为若许图案，形呈多边，不算规则，直径一英尺左右。尔后，整个刨面会覆以类似苔藓的植物，低矮纤嫩，簇密茂盛，由它长高提供保护。小坑和斑痕则会植以红草，或曰莎草，郁郁葱葱，高可寸许。那斑痕宛似地毯上规则而精巧的图案，余则齐整平坦，却薄薄地覆有小小的金丝桃和白色的鼠曲草。如此一来，伤疤就彻底愈合恢复了。这些草籽分明较沉，由雨水冲入了坑洼和斑痕，主人在这里播种的可能则微乎其微了。

6月6日

1857年

这就是六月，属于芳草和枝叶的月份。落叶树木在装点常青植物，让它们显得越发深幽。山杨再度抖动身姿，为我送来了又一个夏季。我心中波澜微泛，好似落下了太多的脚步。所有季节无非一瞬，来去匆匆，转眼即逝，从不延迁滞留。它只是给我的思想赋予了一点色彩和意味。各种景象一年一度，向前推进，也唤起了回味和追忆。我们的思想意绪跟节候的迁变相应相辅，恰似齿轮相互咬合。我们仅在碰触的那刻契合交流，刚获得点化推动，下一个齿牙就迅疾而至，我们便在碰触之际迈入了新的季节。一年由续断相连的系列现象，及形诸自然的若干片思段绪构成。我时而是冰，时而是酢浆草，所有的感受最后都沉淀为一重心境和意绪。比如，我看到有人在修枝嫁接，物主得到了苹果，他得到了面包，可是，尤为重要的却是，我获得了一种心境和思绪。这番修剪的意义对我便在于此，不论它对别人意味着什么，即令是苹果或面包等等，我都无由断定，因我无须咬牙切齿地妄言臆断，只能无比清楚地肯定其他事情。

6月7日

1853年

前去探看我那巢中的夜鹰。简直让人不敢相信自己的眼睛，就在离巢不到七英尺的时候，我看见它正迎面向我，伏在蛋上。简直就是斯芬克斯[1]，简直就是怀恋大地的萨杜恩努斯[2]，简直就是朱庇特难以毁掉的萨杜恩努斯的统治遗迹，此情此景困惑难解，简直就是令人撞向巨石的难解之谜。它并非活物，更非空中生翼的物类，而是一尊石

1 斯芬克斯，希腊神话形象，其名意为“女扼杀者”，系狮身女面的长翼怪物，坐于忒拜城附近的悬岩之上，向路人出谜，为俄狄浦斯猜中而跳崖身死，索福克勒斯将此事写入了剧作。斯芬克斯后为谜局的代名。

2 萨杜恩努斯系罗马神话的播种之神，或曰农神。翱翔九霄的夜鹰居然静伏于大地，梭罗因之想到恋土播种的罗马神祇。

雕或铜像，好似格律普斯或菲尼克斯[1]，成了艺匠构思的作品。它前胸向我，更兼毛色身形隐去了喙钩，看去好似林间空地上的死灰残烬。这只夜鹰胸脯毛色斑驳，或深棕浅灰的纹路交替而行，而那间好似山巅之冠的寓所也微泛灰白。它几乎双眼全闭，以免那两颗晶亮的珍珠暴露了自己，如此用心，一如斯芬克斯那般诡诈冷酷。这件浪漫的铜像真堪作为摆件，陈列在壁炉架前作为装饰。它足以令人心生敬畏。这静卧孵卵的生灵触目入眼，就让我腾起对大地的深深敬意。世间再无奇幻如许的景致！观察许久，这睡觉的铜质斯芬克斯始终静若大地，纹丝未动，透过双眼的眯缝盯着我，显得焦躁不已。我向前又跨了一步，它便从山巅飘至地面，左摇右晃，宛若翼尖点向地面，时而左翼，时而右翅。它掠过水面，仅有几杆之高，然后扶摇而起，在我的顶上翱翔盘旋。神奇的精灵！你双目紧闭，两翼收起，静卧卵上，置身满目不毛的荒瘠山巅，置身咆哮怒号的疾雨风暴，好像那就是巉岩或地皮，那就是大地的一个部分。人们认为，两天的暴雨会是罹患风湿的不二信号，不承想有只鸟儿会陡然腾起，直击云霄。柔韧轻捷、优雅标致的灵物，你双翼松弛，关节灵敏，若要迎会缚于高加

1 格律普斯亦名格里芬，系神话中狮身鹰首的长翼怪物。菲尼克斯即希腊神话的凤凰。

索巉岩的普罗米修斯[1]，你堪为前奏和序曲。

6月8日

1853年

本地最小的湖泊在威尔草场附近，站在湖边时，耳边传来鹰的叫声，抬头看去，但见一只硕大的鹰在天上盘旋。它飞得不高，叫声不断，起初我以为它在惊动寻猎。但它叫个不停，并且，我只要南移，它就一次次地靠近我盘旋，我这才觉得附近就有鹰巢，它因我擅入领地而愤怒不已。我继续前行，那只鹰依旧连声尖叫，尾随不休，不时飞得很近，乃至进入了射程，然后盘旋而去或升入高空。我仰面观看，心想它该是视界之中仅有的生灵，最后却吃了一惊。蓝天的更深处深邃无比，我本以为那里幽寂寥远，一片荒僻，瞭望之际视线穿至那里，却发现它的伴侣就在那令人愕然的高处，寂然无声，似乎对我一无兴趣。天幕深处居然有双眼睛盯着我们，而我们几乎不曾怀疑，幽蓝如许、不惹纤尘的天空居然布满了眼睛，念想及此，让人不觉为之讶然。这时我才明白，在低空盘旋尖叫的是雌鹰。

1 普罗米修斯为希腊神祇，宙斯因人类不敬而将火种从人间收回，普罗米修斯则从奥林匹斯山将其盗出后赋予人类，因之他被宙斯缚于高加索巉岩，以利矛刺穿前胸，派巨鹰每日清晨啄食其肝脏。

最后，它节节攀升迎会伴侣，它们在苍穹深处结伴游遨，似乎觉得根本不用担心于我。当我靠近怀疑有巢的那棵高树时，雌鹰又冲了下来，掠过一串尖叫，离我很近，仅仅高过了树顶。后来，我在沼地中寻觅兰花（大流苏兰刚刚开花），它便落上了一棵二三十杆高的白松。我发现那巢离地八十英尺左右，垒在沼地边一棵极其高大的白松之上，直径三英尺上下，都是枯枝干条。那里还有只幼鹰，分明跟妈妈一般大小，它在巢边俯瞰，我移动之际，它纹丝不动，只会移头相随。

它羽翼未丰，更兼鹰头呆呆移动，让我即刻想起了庞大峭瘦的秃鹫。这只幼鹰颈部和前胸一片棕褐，两翼深棕泛黑。雌鹰下身略浅，尾部则明显更淡。

白松正在开花，所有雌花都生在树顶，形似小小的深红圆锥，锥尖上指，托在花梗末端。去年的花朵有三四英寸，一片绿色，好似镰刀弯弯下垂。由高树顶部看向低树顶部，可得最佳景致。看样子，白松分明刚刚开花。

6 月 9 日

1850 年

雨已经停了，河流的水位也降得很低，瓦尔登的湖水却依然在涨。白松吐蕊，花粉开始铺向了湖面。西北偏北的松树大多尚未开花，已经开放的那些也仅有一朵生有花粉。

生命的不同境界各有层次，好似书本有不少页面，多数人一生恐怕仅仅生活在一两个层面之中。如果臻于更高的境界，我们会记起低下层面的状况，反之则不然。

忆及青春的任何往事，我无不昂扬奔放，我的想象，我的喜好，我的敬意，我的缅想，以及我对奇迹的渴望，无不为之所化而生气奔腾。人们所以谈及《圣经》的神迹，乃是因为他们的生活缺乏奇迹。再不要嚼那些干硬的面包皮了，悬在你头顶的果实已经熟了。

没有伴侣可怜可悲，因为这种人都不配与自己相伴。

我们若与诸神订交，就会心生与世人缔结友情的愿望。

我们若不再与个人声息相通，手足相牵，进而接受无所不在的缔约，就能激发别人向我们示爱的情操。

我们拥抱大地，又何尝攀登！爬树的又有几人！我们可以让自己升高少许。一棵松树就能让我们意下愕然。你永远在山外看山，同样也能在山上看山。

人既然能拥有草木，为何就不能拥有春光?

环绕身影的光晕不论晨昏都能看见。

1852 年

哈伯德的草场上睡菜刚刚开花。现在，河中的花卉主要是黄色的沼地毛茛，冒过了洁白的睡莲浮叶，而睡莲此时尚未绽放。我发现落在岸边的花瓣洗得干干净净，在沙上显得格外醒目。

一周来天朗气清。芳草随风摇曳，树木展开了叶片，轻风拂过，枝条似动未动，欲动又止，树木因而领受了生气和悸动。这是枝条招展的季节，摆动之际便亮出了新生叶片更为光鲜的背面。六月尚未过半，芳草已鲜嫩不再，那绒绒的丰润绿色也消失不见，大多正在开花，有些已经结籽，杂在红意微泛的蕨类和其他草木之间。然而，叶簇蔽野，满目树荫，摇曳的芳草和招展的枝条依旧显出了六月的特色。六月的风有点烦人，刮走了悦耳的鸟鸣，不过，这时的蟋蟀开始组班亮相，唱得格外起劲。六月风和日丽，天宇澄澈，河水银光粼粼。我想，这是属于旅人的月份。蝗虫迎来了生命的高峰，黑麦摇曳有姿，麦浪起伏。落叶树木填满了常青植物的空隙，林间矮树丛生，浓荫蔽日。

日耳曼和不列颠的教士属于德鲁伊教派，他们将橡树林视为圣物，也当成了礼拜的场所。大自然在他们不无神殿意味。这种膜拜方式美丽动人，巨石阵便是这强劲宗教的见证，恰似金字塔是埃及人生气的写照，因它成于尼罗河的黏泥。伊弗林曾谈及这些橡树，并谓为“大地的健壮子裔”。“据称，这些树荫实在有益健康，瘫痪者只要躺卧或睡在下面就会应时而愈，身被胡桃树邪僻伤害的人也能借以恢复常态。”我们或可将此视为一种隐喻，跟文明生活阳刚尽丧的奢华做派相比，这是狂纵、泼辣和强劲的自然所予的生机。伊弗林辑录了古人膜拜树木美德和习性的溢美之词，并附有自己的颂赞。“我得悉，在野鸽的食物中寻获的鲜嫩橡子是佳肴美味，若在特定季节得到山鹑胃中的嫩草，则用以拌成的凉菜也是无上珍馐，足令一切厨艺黯然失色。”如果世世代代对森林的颂扬不无宗教色彩，甚或德鲁伊宗教的意味，则伊弗林本人就跟古老的德鲁伊教徒无所二致，其作《森林志》便是生面别开的祈祷用书，它在礼赞林木，永远欣赏，而这也是他毕生以之的首要追求。

孩子们喜欢用棍子敲击锡盒或其他有声器物，因为双耳会因之清新警觉，敏感颖锐，其实，他是从上苍参赞的声响中听到了无比精妙的音乐。婴儿敲打共鸣板的时候难道不正在模仿自然？因此，当传来母牛颈铃的叮当，或是月夜犬吠的汪汪，敏锐纯洁的耳朵都能从中听出无比甜美且触及灵魂的旋律，倒并非其中负载着什么信息，而是声音本身固有的品质。这声音简约质朴，人们却不屑一顾，因为他们的双耳呆钝麻木且为声色所染。啊！我曾经是个孩子，一下子就能从器皿听出动听的音乐来。那旋律都刺痛了我小小的耳朵，任何声音在它听来都无非音乐。

伊弗林谈到蜜滴引来蜜蜂。但是，蜂蜜又怎能腐变为霉菌[1]？他说桤木置于水下“就会硬似石头”，所以接着提到，人们将它“埋入壕堑以排掉土中的水分”，不久前我在蚌壳山下就见过这种用法。

如上所言意在指出，孩子们何以喜欢并会弄出成人谓之嘈杂的声音，那是因为其中有稚嫩的耳朵才能听出的音乐。

6月11日

1851年

昨晚是个美丽的夏夜，不太热，月亮还不算很圆，持续两三天的绵绵阴雨也停了。我沿铁道前往丽津，又经由鲍特的草场和萨布里大道回到了家里。起初我还担心白光犹盛，如白昼的残光，或日间的烛火，因而看不到浅黄幽暗、如梦似幻的光芒。可我走出镇子，深入黑夜之后，情

1 “蜜滴”英文为mel-dew，“霉菌”为mildew，两词同出一源。“霉菌”一词古英文形式为mildēaw，借自日耳曼语，意为“蜜滴”，其前缀跟拉丁语mel，及希腊语meli相关，表义均为“蜂蜜”。

况却相当不错。耳边传来夜鹰的叫声，牧场上萤火虫星星点点。

大深沟的沙土堤岸高低不平，因为地上投下的阴影，我忽然明白，我们也该像在日光下那样借着月色观察物体，以形成完整的概念和印象。白天的光线很强，这堤岸看去也相当平坦，可现在浓重的阴影显出了地上的坑坑洼洼。其实坑洼并不明显，却因幽暗的黑影而显得格外醒目。

翻过大深沟，刚走进昔日的鸽子原野，我便被一股轻盈的热浪所包围。它记录着白日，记录着明艳的午间时光，人们就呼吸着这种空气干完了手头的事情。它依旧牵绊着明媚的堤岸——劳动者在擦拭额头，昆虫在活泼地吟唱，蜜蜂在花丛中嗡嗡嘤嘤。这喷涌的热浪来自午间的燥湿原野，升腾漂移，最后占据了山头。

现在九点，夜鹰在天上凄厉地鸣叫，偶尔还会翅翼带风，呼啸而过（如此之晚，以前没有听到过这种声音）。跟白日相较，这夜晚的声声尖叫似乎让天幕更加显豁。它不再那么稍纵即逝，不再遁入空中无影无踪，反倒在地上获得了回响，益发显得空旷寂寥，并让贴近地面的空气随之震动。这种声音混入白日的喧嚣真是一种浪费。

夜鹰让人觉得森林和市镇是何其辽阔的断片。它的叫声很少传入街巷，若然则会目为凶兆，唯有郊外的居民能

够偶得一闻，甚至会传入他们的院落。不过，若在这个季节的暖适夜晚进入森林，它便超越群伦成了主流。现在我便能同时听到五六声啸叫，所以，林间的夜色和月光倒更像阴郁的兆头。这鸟儿属于森林，更属于夜间的森林。

人类发明的玩意霸占了我们呼吸的空气，那声响铺天盖地，无孔不入。哪里能听到夜鹰，哪里就是酣然入眠的梦乡！

白天我在这块高地上瞭望沃楚西特山，现在听到一辆大车正在过桥。我敢断定，就在今晚，就在某些地方，只要有车子驶过康科德境内河上的桥梁，我肯定能听得清清楚楚，因为，身在此时，身处此景，听觉会获得不可思议的助益，因此会宣示它全新的尊严，而我们也成了传说之中无所不听的角色。那晚归的行旅不可能将车驾驶过远方的桥梁，因为这寂然空旷的氛围在我的耳边陈述原委。要传送这一声响，现有的条件都非常有利。首先，木板搭建成了系在地表的一个响铃，它的声响洪亮显豁，富于穿透的力量；再则，这个响铃目前悬在水上；更不必说空气非但寂然不动，而且或许黏稠浓密，所以传递声音再理想不过。假使整座镇子成了悬置的木顶，那将会多么恐怖骇人！

夜鹰有些在山上，有些在林木丛生的山间，那声声尖叫响彻了幽谷空穴，仿佛在厅堂或地窖中回荡。此情此景，让我好像又听到了在室内忙碌的工匠。

此刻，我沿着农田的一角盘旋而下，穿过白松林来到低处。这里林木四围，清旷润湿，水汽氤氲，草叶染露。我好像距万物的渊源更近，清幽的薄雾似乎富于创造气息和原始意味。这浸露的水汽神妙难解，隐隐传来阵阵旋律，万物的渊源便是如此丰腴。这里忘却了太阳，潮润的古老法则是它的主宰。它承载着浓郁的草木芬芳，又似乎在甘露中提炼净化。

林间小道从不会像在月夜那般方便现成，尽管被林木所围，可随你前行，它就会出乎意料地出现在眼前。四周林木茂密，脚下却毫无障碍。这里似乎没有路径，只有空地在榛莽薮丛中迤逦蜿蜒，举步移足，随处而有。

我走过泉眼，又攀至先前的高度，再次陷入了热浪的包围。

夜间的深林如同街巷，也不见住户的身影。然而，不管林间还是街上，都少不了夜行者。偶有野生动物外出掠食，大多住户已经休息。

啊，那就是我所经历的生活！在记忆中寻得弥足珍贵的东西何其之难！曾经如何巴望频频袭来，心的跳动却无影无踪。有时我会感触到青春的美质和不朽，寻之记忆却唯有与之无关的连带和表相。

母牛早已离开草场进了棚厩，田野空旷，不见活物。

有只鸟儿像在梦中那样突然发出尖叫，接连如此，原因诡秘。

我们精神的一面轮廓清晰，好似我们眼中无处不在的身影。

不知为何我在夜间精力不支，拖着双腿走不了多远。似乎晚上不宜于肌肉运动，我们因而倦怠乏力，略似草木在夜间寡然失色。或许已让白天折腾得精疲力竭，所以才有上述感受，可我从未用心验证。可是，有时累了一天我却发现自己出奇地精神。去年夏天实在太热，铁道上干活的有些爱尔兰工人都被酷热和生水夺去了生命，所以他们转而在夜间上工。不知道他们晚上干的活是否跟白天一样多，但我想，上天不会对这种劳工躬身释爱。

世人只注目于猎月与获月[1]，但我认为满月都值得关注，并该周详地记下各自的特色，今天或许应该名之仲夏夜之月。

风和水依旧醒着。人在晚上肯定听得清刮的是什么风。此时，风在吹，水在流，生生不息，刻刻未停。丽津湖偃

1 获月为秋分后两周内第一次出现的满月，猎月为获月后的第一个满月。

卧在地，跟低垂的天空浑然一体。松树永远备受冷落，文明人起码置之不理，它非但在孤寂地摇曳身姿，暗暗地传送芬芳，就连溢出松脂也无人知晓。

夜晚是如此地宁静祥和！既没有恐惧的尖叫，也没有欢欣的惊呼，悲剧喜剧概不上演。蟋蟀的唧唧纵非响亮无比，却也无所不在。自然界不会发生法国大革命，不会有过度之举，它只会暖上一点，或冷上少许。

夜间没有花朵，至少没有富丽的光彩。石竹不复粉色，仅有些微反光。夜晚，不见脚下的花朵，唯有顶上的星星。

我的影子分明是另一个人，一位近乎顽童的黑色伴侣，我问道:“你是谁?”我刚要在岩石上落座，他便闪到了身后。

就我所知，没人论及节候的细微差别，其实，就连两个夜晚也各不相同。今夜的空气极端闷热，所以岩石反倒显得清凉，沙子更是如此。在记录节候的书卷中，每一页都该在当下写就，并在户外，或在它但凡显身的地方进行。

你若走在路上，虽然远离市镇，但脚下的沙粒却显得别致，你似乎就走在自家的砾石小径上。再没有夜鹰的啸叫，也不再留意自己的身影，因为此刻你在期待一位旅伴。你只知道自己在走路，那条路将你的脚步和思绪导向了镇子。你眼中只有路，对形诸感官的一切置之不理。你已不再是自己，就像遵守规矩那样，走在别人的路上。

6月13日

1851年

昨晚月亮不算太圆，我从铁道和高地的林间小道前往瓦尔登，又从威尔兰大道返回。上次满月时榆树尚未撒叶，因而不见密荫，在夜间的街道上，其身姿不算丰满醒目。

两天前的晚上，我在丽津发现，水色沐浴着月光是何其漂亮。比如那条河流和丽津湖，虽然很远，却像春天那般微茫飘忽地反射出光线。河流湖泊像地上的一方天空，本身就在放射光芒，沉寂，深幽，静穆，庄严！既然珍宝俯拾皆是，人们又何须在乎黄金和钻石。眼前，远方有条河流，在月色下寂然无声，却又像日间那样涌流入海，宛若销熔的银流反射出月光。它在大地上蜿蜒而去，在晚上显得多么遥远，纵然从低矮的小山看去，也流出好远才穿进了河谷，一如天堂和怡人的乡野那般遥远！夜间，定有某种荣耀跟江河湖泊同在，天空因而跟大地有了关联，与脚下的这方天空无所二致。都忘了说，我从波特沙洲或更远的波特小溪走上大路后，看到月亮突然从一块池沼映出了全身。一片映出月亮的水洼，一方脚下溶解的大地。神奇的月亮由群星相伴，放射出柔柔的光辉，从幽暗大地的一孔窗口向上张望。

那天夜晚我还发现，自己的身影在月光下有一重光晕，我觉得那是因为周边光线较弱偶然所致，可我行至幽暗的草丛时，情况同样如此。因为月光，身影的轮廓会显得格外清晰。

现在该谈谈昨夜。牧场上有几只萤火虫。虽然在白天看不到萤火，但它们是否依旧在点亮烛火，闪光耀辉？夜鹰开始放歌，夜幕才会降临。

我进入大深沟的时候，纯正纯粹的月光照着东边的沙堤，而红色犹泛的天空正在涂抹西岸，此情此景让我触动不已。两种光芒的分野便在这里！月亮的光辉——世界演进到几许它才照临大地？月光是动身最早且浸有露水的晨光，而日光的色彩让我更多地想到了夜晚。它们是相对相待、新陈相形的两个纪元，是时间难以跨越的一道鸿沟。日光向夜光屈服，便到了晚上。其间陈示出一重间隔，一重不曾征诸史册的距离。就在这光线交替之际，世间列国走向了繁荣。

我刚爬上左侧的沙岸，一道热浪好似炉火扑上脸颊。

松树枝干泛白，反射出微弱的光线，下端的枝条不复存在，树干密密簇簇地挤在一起。我不由觉得它就是顶端蓬乱的硕大野草，人则是其间匍匐的爬虫。松树特别像草，确实如此。

……

走出森林又进了热浪，刚下了哈伯德大道来到湖边，我便看到月亮在水面的粼粼光芒。身边的水湾已经涨高，水虫或疾驰，或绕行，弄出闪亮的条纹或圆弧。水面闪烁的月光形如倒置的金字塔，在二十杆之外荡开，好似耀金泛彩的云母沙粒。可我惊讶地发现，就在波纹推衍之际，幽暗的水中腾起状似火焰、灿逾磷火的亮光，燃烧在小小的浪峰之上。起初我误以为那是萤火虫，甚至当成了蛄蛄游[1]。它像晶亮无烟的火苗，六英寸长，跃出水面后飘忽摇曳，熠熠闪光。这让我想起了圣埃尔默光[2]及类似的现象。走近湖岸后火苗更多，我发现它其实是湖面反射的月光碎斑，因为周边的水色更暗，若有人看到，会觉得它比月光本身更加明亮。我又向前走近，靠近粼粼有波的湖面，看到月亮的反光顺着波谷一线而去，好像从钱袋中大方地倒出了灿灿闪亮的银币，水上的火苗也越来越多，随着波纹

---

1 蛄蛄游（Pyrophorus noctilucus），俗称西印第安萤火虫，系叩头虫科甲虫，能放射耀眼的磷光。

2 圣埃尔默光系风暴天气见于教堂尖顶，桅杆顶端的微弱闪光。它是地中海水手眼中安全的象征，因这种闪光意味着风暴即将结束。圣埃尔默是公元3、4世纪之交的基督教主教和殉教者。

的起伏而闪烁明灭。举目望去，在更远的地方，这些火苗逐渐混入了全湖的光辉。湖上的光辉源自无数小小的镜子，其实，如果站在相宜的位置，这一面面镜子反射的月光一无差别，同样明亮。这无数光斑或道道光线自我们站着的地方射出，其实，那只是我们眼中波光的轮廓和外缘。若有无数眼睛处在相宜的位置，整个湖面看上去都在闪光，或者说，就在波浪亮出镜子的时候，湖上铺满了月亮反射的明亮火苗，好像波浪腾出了无数烛光，满湖皆是。比方说，波浪呈示了多少角度，而同时又有数目相当的眼睛去观察，整个湖面就会灿若明月，那些反光就会四向射去，散入空中，耀出一片光辉。难怪遥远的河流会在夜间展示身姿，纵然天气多变也比白日显得清楚。起初我还以为那是罕见的磷光。在某些地方，这些斑斑点点的火苗宛若星星，却比耀眼无比的星光灿烂明亮。突然，这火苗会在就近的暗处腾起，极像水面的易燃气体，仿佛从水底逸出要在湖面开道似的。

耳边传来我那猫头鹰朴素的吟咏，熟悉亲切，动听悦耳，不过，蟾蜍的歌声却压倒了一切。附近间或有牛蛙弄出的可憎噪声，就像在我身边打嗝。我想，上苍肯定依据打嗝为它赋形。这东西让人想到肠胃气胀，消化不良。

湖水上涨，给渔人制造了麻烦，由于榛莽阻隔，我都难以真正走到湖畔。我借助小船前行了少许，浪涛奔涌，拍击船底。水波闪闪，湖底晃动着投影，隐隐的纹路显出了波涛的阴影和晦暗的湖水。

再次爬上小山，前往昔日的豆田时，我在诸多声响中寻找蟋蟀的吟唱，那般古老永恒，那般熟悉亲切。若许清亮的唧唧声当即就传入了耳中。可是，蟋蟀的鸣唱刚刚结束，我就听到了那无所不在的大地之歌，那是我的双耳不曾捕捉的歌声。它隐在蟋蟀那清亮的吟唱之后，我因而思忖，这歌声之后难道没有更为普泛的旋律？这歌声始于春天而终于秋日，为何其间我们一无察觉？难道因它渐次变化而隐微不显？

走上回家的路后，我无意记录什么，因为这段路径并不那么丰盈富足。榆树的幼枝婆娑茂密，那腰身在夜间似乎弯得更低。

1853 年

我看到了两只幼鹰，一只较小，另一只已经离巢，落在七八杆之外的小枫树上。它头颅硕大，尚未长毛，那浑似秃鹫的头颅和大大的眼睛让人印象至深，好像秃鹫处于鹰演进所历的低级阶段。它双爪也长得很大，发育极好，在两翼还不能发挥功能之前，便像成鸟那样牢牢地紧扣栖木。这只幼鹰胸脯丰满，生有深棕的斑纹。我跟普拉特提到这个鹰巢时，他说他想绰起步枪即刻前往树下。但我告诉他，如果这两只小鹰被杀，我会难过。我宁可救下一只幼鹰，也不要一百只母鸡和小鸡。观赏鹰翱翔云天何其难得，遑论它现在已经很少见于自然的画幅。购买鸡蛋易如反掌，买只雌鹰却非易事。邻人为了他那几只小鸡，居然要毫不犹豫地射杀镇上仅有的那对雌鹰。如此惜财非唯狭隘，而且卑贱！因小弃大又是何苦？我宁肯不尝鸡肉，不吃鸡蛋，也不愿鹰击长空的景象就此消失，鸡汤和熟蛋永远无法跟这道壮丽的风景相提并论。但是，我们却养了猪而灭了鹿。风过林间，松枝微晃，且看，多么有趣，为了保持平衡，幼鹰的脑袋也在来回摇摆。

6 月 15 日

1851 年

今天在铁道路基的西侧首次见到了野玫瑰。春白菊突然冒了出来，三叶草将整个原野装点得富丽堂皇——红得浓艳热烈，白得馥郁芬芳。红色的草木给田野抹上了红晕，好似落日晚照的西部天空。蓝眼草举目望天，名副其实。蓍草茎秆硬挺，穗头倔强，虽显干枯却也准备再度开花。

去年的艾菊茎穗俱枯，但犹自挺立，拔出新生的绿叶之上。

我已多次在夜间漫步，现在改到了白天。不过，我实在不知道白日有什么绝对的优势，小东西是看得比较清楚，但并未予我任何启示。白日琐碎不堪，没有意义。

1852 年

鲜花绽放何其之速！大自然似乎要急着完工。你还是尽量抓紧时机，去观察花儿如何接连开放。这是一场鲜花的革命，鲜有成员置身局外。花儿就在眼前，怎样仔细地观察都不为过。花色艳到了极致，那是我们的旗帜，那是我们的标杆，那也是我们的荣誉，我们紧跟其后，我们跑步相随。花临人间为了观赏，而非忽视。这鲜艳的色彩在期待双眼，期待观者。爱花的精英从来不缺，他们走遍世界，一路观赏。埃及行客的鲜花被抢夺而去，精心包装，最后交给了“花人”林奈[1]。培植较早的红玫瑰自然标致俊美，普通花朵也流光溢彩，花团锦簇，且看，就连粗心大意的人也将它们引入了自家的花园。

瓦尔登超过我上次所做的标记两英寸，水深最起码有四五英尺，量过后发现还不止这个数字。人有水陆两栖的

1 林奈（1707—1778），瑞典植物学家，首创了生物分类原则和命名体系。

天性，到了六月就跟游鱼心心相印了。我想弄湿身子，在水中彻底浸透。安塞比那边的北河上有座古老的石桥，我想那便是洗浴的绝佳去处。那条河细沙铺底，高低不平，干干净净，加之水流迅疾，芳草夹岸而生，枫树枝柯垂覆，更兼河水清澈，深浅相宜，河中游鱼尽收眼底。纵然静静地站在河畔，依然能感到涟漪弄波，潺潺而去。

漂在湖面的花粉很多，超过了去年，虽然湖畔白松不再，油松极少。这都是油松花粉，它比白松花期为早，所以那簇密的花朵已经变得干瘪。我在河面从未见过花粉，可能是水流带走的缘故。鹿蹄草花似小伞，跃跃欲试，正要绽放。

幼鸫黑斑加身，啄木鸟从地上飞走，疾如利箭。

农舍掩映在密荫之下，看来此刻住户在午休。我穿过脂松林间的空地，从柏克田庄的后面走过。为什么现在还要去干活？因为没有桶子盆子需要洗刷。泛泛之辈都去睡了，醒来还有一顿新鲜茶点，牛人却不知疲倦，一刻不停，带着一壶糖水进了玉米地，看来今晚要拧衬衣了。我听到茶歇的号声已经好久，家中的妻子或爱尔兰佣妇站在门口，吹响了长长的锡质号管，在田间劳工听来，那是最悦耳的声音。

劳动者不该为生计，为谋职而忙碌，应该心存让一件事情臻于完美的念想。镇子应予设计师丰厚的待遇，以使他们致力于科学追求，而不至觉得效命于卑下目的，比如主要为了谋生。不要雇为钱干活的人，而要雇基于爱好而做事的人，并给他丰厚的酬劳。

登上米塞雷山后，我热得一边喘气，一边俯瞰山下的河流。一小时前雾气推到了沃楚西特山前，现在为之所阻。我觉得山下的这条河有雌雄两岸，一侧突兀而起，一侧平坦旷远，芳草相覆。河流是否都有这种意味，一边在侵蚀岸际，一边在沉淀杂质？年景现在臻于盛期，连河流都一派暖意，春日的河面罩有一袭缥缈的蓝纱，似乎触手可及，现在却影踪全无。酢浆草染红了一里之外的田野。远方的江河湖泊腾起蔚蓝的水汽，却显得清新怡人。

在大热天，纵使小小的瀑布听来都让人精神振奋。我坐在女萎溪畔，欣赏瀑布奏出的音乐。这条小溪从池沼滤出，几乎成了死水，干涸的地方露出了泞泥，蝌蚪跟河龟也没了踪影，这番景象深惬人心并予人力量，好像其中就孕有生命的种子，而那水流几乎已蒸发殆尽。因为蒸发，连奇脏无比的水都会彻底消失。就连这些死水，这黏稠的水洼都让我们的血液有所触动。这条溪流潺潺而过之际形就了若许瀑布，纵然这些瀑布都比蒙特默伦西[1]尊贵，比尼

1 蒙特默伦西瀑布位于加拿大，处在同名河流的河口地带，落差达275英尺（约84米），相当壮观。

亚加拉壮观。

牛群钻进了溪流或沟渎消暑纳凉，一边走动，一边摆尾，一边沿岸吃草。要不，它们就会钻进浓密的树丛，藏在树荫下方。多么通晓人性！

我听到一只巨鹰的尖叫，它两翼残缺，在高地的树林边缘翱翔。它分明是想通过惊吓发现猎物，而那啸叫尖锐严厉，确实会让麻雀惊恐不已。这声声尖叫出自那张裂弯曲的利喙，从喉头强劲地迸射而出，因奋翼闪转而波动震颤。就在它映衬于天空之际，我看到了那张裂的喙钩。鹰隼的褴褛翅翼会完好复原，诗人的双翼一旦残损却无法恢复。

现在到了威尔草场角，我看到了紫色的流苏兰，如此之美始所未料，尽管花色淡若丁香，且花朵呈为一枝巨穗。它为何独见于远方的沼泽，远离众人的视线？它微有芬芳，让我想到了女士的拖鞋[1]。某些稀罕、娇艳而美丽的花儿居然仅见于人迹罕至的荒僻沼泽，这难道不别富意味？不过我不敢肯定，就花而论，这算不算一种缺陷。美丽的花草绝不繁复，势必简约。它必有高雅的茎秆和花叶，其茎秆应该无所装饰，花叶仅用于遮蔽阳光、吸收水分。它若从

1　流苏兰亦名杓兰，因状似勺子而得名，且因其英文名称为lady’s slipper（字面意思“女士的拖鞋”），梭罗故有顺理成章的联想。

蕨草或菟葵中长出，下端或曰花梗隐而不见，则会美得无以复加。哪里有最美的野花，哪里就能哺育心灵，成就诗人。花草若长在暗处，就不会绽放绚丽的色彩。上苍毫不费力便将它呈于世间，可是它若开花，却让凡夫难获一瞥。

1853 年

三叶草迎来了极盛。还能有什么比它装点的原野富丽堂皇？只要有它出现，无比贫瘠的土地也会显得极端丰腴。应着昆虫的嗡嗡相和而鸣，或许便是六月最为典型的特色。酢浆草泼辣健美的面孔已然失色，让位于三叶草的满面红晕。画师描摹天堂时，往往会用鲜花在大地上浓施油彩。他们描画万物还是节制为宜，尽管我们热爱鲜花，却不想让它在地上如此浓密，到了不踩在脚下就无法走路的程度。但是，当三叶草蔽野而生，热烈奔放时，我们却能理解他们了。

6 月 16 日

1840 年

那个午后悠远漫长，我们在这条河上顺流而泛。它像一颗晶莹的露珠，映出了天空，也映出了山光景色。暮色四合，浅紫的霞彩映入了河水，归圈的牛群沿河而过，颈铃清脆，不绝于耳，我们也像羞怯的水貂摸向河岸，寻找宿营的地方。

夜幕降临，天居然亮了起来，极远的地方显出了村庄，此前却隐在午间的阴影之中。那点点灯火透过树木，好似美丽的星星在沟壑密林那边放射光辉。

在整个夏日彻底隐入荒僻的沼地，嗅着蕨草和越橘的清香，任小虫和蚊子的田园吟咏款款抚摸，若能如此，难道不是一种奢侈的享受？纵然能如色诺芬《饮宴篇》所述，而跟希腊的圣贤相伴，可是，较之越橘残茎的切实智慧，以及连片苔痕的新警妙语，那都算不了什么。比如，跟豹蛙友好而轻松地倾谈，都能持续十二个小时。太阳从桤树和水木后面冉冉升起，三掌之高就缓缓攀到中天，最后倾至西方，在醒目的山岗背后入睡休憩。绿色的礼拜堂成千上万，传来蚊虫的晚间吟诵，麻鸦的隐蔽城堡中隆隆有声，鸣响了落日的号炮。若能成天浸入湿地的水沼，其收益跟干爽地涉足沙地确实不相上下。清凉潮湿，这富足的体验难道跟温暖干爽有什么不同？

所以，难道阴凉不比阳光，黑夜不及白日？何须常与鹰隼画眉做伴，而从不聆听鸥鸮和夜鹰？

我喜欢透过玻璃杯底观察风景，它会因此获得一重温润宁静的意味，谷仓和篱栅的花饰间隔会呈为全新的图案，粗犷起伏的田野也会像草坪那样缓缓地伸向天际。绒似羽毛的白云清新悦目，宛若画幅，跟淡蓝的天空相映成趣。这美丽的布匹真堪悬挂在波斯，铁匠铺似有希腊意味，建于帕特农神庙侧畔适得其宜。对热爱稼穑以求装点的人而言，土豆地和玉米田成了他慕想神追的苑囿。

若由我抒写农夫生活的光彩，我将透过玻璃杯呈示他的庄稼和农田。其实，世间百工无不因此而显得卓越尊贵。

我们的眼睛也是一面凸透镜，可惜我们并不通过眼睛求知。它会予我们指引，让我们在跟万物倾谈之际学习获知。

1854 年

我又闻到了白莲（Nymphoea odorata）的芬芳，期待的时节终于来临。要装扮我的夏日，这种感受何等重要！白莲是纯洁的象征，那份纯洁见于阵阵清香。它生于死水和烂泥，却绽放得如此纯洁优雅，如此甜润芳香，似乎借此展示，地上的烂泥和秽物就蕴有这纯洁的芬芳，也能从中萃取这份菁华。我想，为了摘取这初开的花朵，我至少走到了一英里之外。这芬芳的莲花满足了我们的期待，多么地实在！尽管奴隶制度犹在，尽管北方懦弱胆怯，一无原则，但终因这怡人的芬芳，我不会陡然之间对这个世界陷于绝望。由此可知，若人们的所作所为终究会散发出同样的芳香，则我们这个星球同样也会馨香馥郁。彼时，又有谁会困惑不解：天地何以如此年轻，何以如此圆满？如果上苍每年依旧会如此传香，我便相信它活力犹存，饱含生机，也相信人是能够理解并挚爱美德的善类。地上的这些烂泥秽物似乎获得了升华，全然奉上这份纯净、馨香和贞洁，并呈之一株芬芳。美德死而复生了！它予我启示，上苍不会染指关于密苏里问题的妥协行径[1]，我从白莲的芬芳之中也嗅不到一丝半毫的迁就气息。这纯净、馨香和贞洁跟秽行与恶举毫无干系，绝无马萨诸塞州州长趋炎附势的行径，也没有波士顿市长犹疑踟蹰的嘴脸。所有善举最终成就了这缕芬芳。你若处事以善，其中散发的芬芳就会参赞弥漫于天地的馨香，因而，我若看见或嗅到一朵鲜花，就不会在意你的举止跟它有多扞格不谐，因为一切气味不

1　1819年，密苏里首次申请加入联邦政府，上半年，美国国会通过此议，然而却因纽约州议员就密苏里蓄奴问题提出修正异议，致使参议院中南北各州争执不休，国会最终休会不议。是年12月，国会因缅因申请加入联邦而重启此议，因北方诸州妥协，参议院得以通过一项议案，允许缅因废奴而密苏里蓄奴，史称《密苏里妥协法案》。次年3月，国会投票得以通过，准许密苏里加入联邦政府，但附以条件，规定除密苏里之外，该地南界以北的所有西部国土一概废奴。密苏里接受条件，因于是年8月24日正式成为联邦政府的第二十四个州。1854年，国会废止《密苏里妥协法案》，并于1857年宣布其违宪。密苏里问题是奴隶制废存的争执焦点，并最终诱发了美国内战。

外宣说道义的一种形式。如若义举未曾践行，莲花便不会如此芳香。秽恶的烂泥是惰性与罪恶的征象，其中长出的鲜花则象征超拔于人性之恶的纯洁和勇气。正因为如是美景，如是佳音，如是香气相辅为用，我们才对崇高的不朽信心满怀。这一切征象让人们心服口服，我们的外在官能跟内心的体会相辅相成。这缕芬芳予我信心，尽管世人陷于堕落，终会有人坚定自持，尽管瘟疫横扫大地，终会有人免于侵袭。自然之灵尘纤难染，她的花朵优雅如一，不减芬芳。

……

闪蔷薇（Rosa nitida）沿沟渠两岸而生，那半开未开的花朵将蔷薇的色彩渲染到了极致。它流光溢彩，好似植身于黄昏的暗影，却使周边呈为午后的灿烂。昨日的鲜亮花瓣已经凋零，落于幽暗的泥沙，密密簇簇，撒满了沟渠。闪蔷薇叶片尖细闪亮，茎秆多刺，花瓣大小相宜，一抹粉红，在蔷薇家族中，数它开花最早（?）。

野玫瑰（Rosa lucida）叶片宽阔，颜色暗淡，但花瓣较大，甚至色彩略深而偏紫。不过这种蔷薇香味浓郁，雄蕊呈黄，居于花心，显眼醒目。

若论玲珑浅淡，却纤嫩优雅，则属锈红玫瑰（Rosa rubiginosa）。

蔷薇开花一天就会凋落。我在夜间带回了这三种蔷薇待放的花蕾，次日便满室染香。蔷薇之外，白百合行将绽放，而美髯兰、牵牛花、山月桂已经美得无以复加，或许不得不承认，这也是现在，或稍后几天最美的花卉。龙舌兰渐次凋谢，越来越少。

我采来的大叶兰已有八天，至今还有一朵在水罐中鲜活如初。花穗绽放一半时采撷可能最好，如此，便能彻底开上一周有余且不失清新。现在，我不就身在花园，乃或处身天堂？每天早饭前我就可以出门采花，好让芬芳盈室，陪读佐书，整日相伴。我就是这么做的。

6月18日

1853年

月亮不算太圆。我穿过哈伯德的林子，林间寂然无声，略无响动。树木宛若巨大的屏风，遮住了天空。遥远的村庄犬吠点点，车马辚辚，星期六晚上进城购物的农民回来了。人和狗关系密切，狗是已然驯化的狼，居民则是驯化的野人。且听，近处的草丛里传来蟋蟀的歌声，它从洪荒一路唱来，又向未来一路唱去。蚊子的吟唱近在耳边，金龟子嗡嗡作响，淹没了村子里的喧闹。天地何其辽阔，月亮钻出了云絮，行旅便意下欣然。白天日光明亮，人会在书桌前将思想笔之文字，可他若在僻静的土豆地旁，把本子衬在围栏上，又如何能就着月光抒写同样的情怀？光线无非照亮而已，唯有启示才耀眼醒目。我手中的铅笔好像在一重乳白神秘的介质中移动。月光如同乳脂，略显暗淡却充盈丰腴，日光青亮泛蓝却稀疏单薄，似已脱脂。我不似太阳在场那般警敏，而将自己更多地交给了直觉和天性。

1855 年

下午三点，走到铁杉林附近的河岸时，我看到一只雕背龟正在挖洞。另一只在河边十二杆远的地方，靠近脂松林，那里荒瘠贫乏，不见树木，地上仅有石蕊、委陵菜和酢浆草。洞已经挖好了三分之二的样子。我俯身察看，不由一惊，它居然略事停顿便接着忙碌，就在我眼皮正下方十八英寸的地方。我就那样静静地站了至少三刻钟，一动不动，以免惊到它。它后身悬空，身子撑在前腿上，颈甲较尾甲高出一英寸左右，挖洞时始终如此，未曾改变。那个洞形呈椭圆，前小后大，宽一英寸，长一又四分之三英寸，挖出的土相当潮湿。它仅靠后腿挖洞并推出泥土，从不用尾巴和背甲，当然，背甲最后进不到洞里，尽管上面也沾有泥土。它先用一侧的后掌刨上两三下，然后抓起一撮松软的沙土径直挪到后面，接着使劲撑腿，最后伸开脚掌扔掉。随后又换另一侧脚掌重复一遍。它动作迅速，两条后腿非常规则地交替忙碌，每次半分钟或一分钟，哪条腿不用就撑着身子，所以背甲始终斜倾，时而向左，时而向右。洞挖得后掌刚好够到底为止，将近两英尺深。这件活干得相当漂亮，挖掉的土不多不少。五分钟时间，洞就好了。

挖好洞后，它片刻不停，立即将头缩进甲壳，后身微抬，将一枚潮湿的肉色龟蛋产在洞的最深处。它挤出龟蛋的一端，红色的肌肤也随之外凸，接着慢慢伸出头来，用后腿将龟蛋推到一侧。缓上两分钟左右，头又缩进甲壳，再产下一枚，如此五番，每次总要缩头，间隔的时间也越来越长。它让龟蛋平置，互不妨碍，如此而已，并未特加安顿。我在上面看得清清楚楚。

产卵用了十来分钟，它没有停下，也没有转身，接着用后腿把湿土刨进了洞里。填完一半后，便后掌侧起撑着身子小心夯压，左右交替着晃动，有一阵好像膝盖承重，身子左右倾侧，将尾甲的重量全都压在上面。待这样填满弄湿的泥土后，它将后腿伸到身后左右两侧，钩进生有地衣的干草皮，然后晃动身子压实，其间，后身左右挪动不曾超过一英寸，而前身姿态依旧，没有变化分毫。洞口盖得十分彻底，无比完美。它耐心地钩进干土，交替夯压，做得有条不紊，比你预想的时间要长。虽则如此，它从未移动前肢，左右顾盼，也从未查看自己产的龟蛋。自挖洞开始，它多次停下，或是休息，或是探出头来警觉地查看身旁的响动。它埋蛋时停的时间格外长，总共耗去了至少一个半个小时。看来这事比较费劲。

完工后，它即刻向河边跑去，速度蛮快（它居然盖好就走，慌慌张张，非常滑稽），不过跑跑停停，我估计跑到河边花了十五分钟。要找到它挖洞的地方还真不容易，印第安人藏东西也没有这么高超。只消几分钟，它留下的一切痕迹便消失得无影无踪了。

它将土弄湿会不会是为了方便抓取（?），也为了防止掉在洞里，此外，可能还为了能够压得坚硬密实。[1]

6月20日

1853年

绣线菊可能是昨天开的，这种花质朴谦逊，惹人喜爱。

1 关于这些龟蛋，梭罗在9月10日的日记中又做了交代，兹附如下：

“我根本找不到6月18日的那些龟蛋，旁边也没有臭鼬破坏的痕迹，想必早就孵化破壳了。”

河边灌木丛生，坑洼里冒出了鲜艳的蔷薇。

在草场的死水坑里，我看到了两朵盛开的白莲。水漫过草场就会留下坑洼，再没有什么比这里初生的白莲漂亮标致，楚楚动人。尚未被昆虫发现的时候，白莲无比清秀，纯洁无瑕。这纯洁让人心驰神往！那芬芳何其超尘拔俗！死水中黝黑的烂泥孕育出了白莲，又何其意味深长！下面是肥沃丰腴的秽物，上方高洁得一尘不染。烂泥中居然会长出象征纯洁的花朵，事情是如此地非同寻常。我在这里还发现了玲珑精致的小小慈姑，开了可能有一两天时间。三片白色的花瓣亮似水晶，簇拥在黄色的花心周围，托在小小的花萼上，拔出淤泥有四五英寸。

6 月 21 日

1852 年

今夜凉快，已过了八点。天色微明，我看到了灰叶草，这是一种清秀的花草。

如此干旱的山坡居然有丰盛如许的收获！我在这里最先看到的是堇菜，其次是羽扇豆，然后是金鱼草的天下。现在，羽扇豆花已凋零，唯余豆荚，让位于灰叶草了。这片小小的干旱山坡成了一方天生的苑囿。我无意提及偶生此间的花草，只想列举几乎遍野蔓生或独擅专居的品类。任是八分之一英亩的花园也难有这般景致，这里百草覆盖，怡人悦目，轮番更替，逐月而生。当一种花草尽享芳华时，毫无疑问，新一种随即生发，将其淹没。这片山坡暖适干燥，位于墙下，花草稀稀疏疏，堪称天然园圃。这里荣枯更替，盛衰相续，都让我难分高下。若能替这方山坡录写年鉴，洵为快事。此间为虹光所罩，炫丽斑斓尽为所有，馥郁芬芳却为所无。此时，灰叶草之外，黑莓、蔷薇和夹竹桃也到了盛期。

6月22日

1851年

只有异于别人，或就事而论优于他们，我们才有资格评头论足。超然群伦，置身局外，就能凌视俯瞰，指点挥斥。然而，在道路侧畔置身山巅者可谓寥寥。唯有超拔于自己的寻常识见，唯有摒弃世所执守的谬言臆说，唯有斥绝人所奔竞的卑下目的，唯有如此，我才有智识可言。真知异于俗见。我若就此深陷琐务，又谈何追求？我的脉动必得跟自然保持同步。整日勤苦，头脑一片空白，仅仅成了一件工具，如此既了，我唯能在夜间努力恢复神志，以听到蟋蟀其实唱了一天的歌声。在状态较佳的时候，我会感到无懈可击的庄严智慧澎湃而至，于我而言，这种智慧跟所谓奋进的生活颇为不宜，而我若满怀流连地听命于它，情况更是格格不入，因为，它对理智关注的一切毫无助益。对我诱掖不止，让我情有独钟的该是什么生活？这种生活能否适于这个世界？人若执守真理，能否体面地吃饭穿衣？有谁不会因恶成事？义务和本分难免会干扰人领悟庄严的真理？难道我们的片刻宁静只是天国的映现，只是意在安抚而惠赐的欢欣？而或，那只是稍纵即逝的一种感会，让我们得以领略何为生命的要旨？

镇定，安静！没风的时候湖上波澜不兴，积水的沟渠也一派祥和。我们何独不然？有时，我们的身心会归于澄澈，一片宁静，获得前所未有的体验，而这并非因于催眠的药剂，而是不知不觉间听命于圆满律法的结果，于是，我们宛若洁似水晶的宁静湖泊，无须努力，那个真我自然会显形亮相。世间一切将流逝而去，并会呈于我们的幽微天性。处事以洁，简约生活，诚挚追求，便会意下澄澈，浑身通透。我们生活，因而快乐。一曲旋律会将我唤醒，身边的人却闻所未闻。我该因此向谁致谢？丰腴的智慧，丰腴的德行！这其中难道会有丝毫的放纵？我能感到，我的造主在为我祈福。心智健全，世界便是一件乐器，轻轻一碰就会发出美妙的乐音。

1853 年

我们或许该将草莓称作春天的果实，因为它主要靠春的清新和润湿而生，何况现在，生在高地的那些早已干枯了。这绵软的果子是六月惠赐的天粮，若生在草场，它就会藏进草根的阴影之中。蓝莓较草莓稍硬，现在也可以吃了。坚果则不然，这最硬的果子排在最后。时至六月，树木榛莽难道不是长得最快？到了七月，幼苗嫩枝难道不会身段更高？

6 月 25 日

1852 年

晚上八点，前往科南图姆。月亮半圆，田野昏暗，金星和一颗很亮的星星依在月亮近旁。今夜清凉，却相当安静。我想，跟去年此时相比，我的思想已经浅了一重。蒂珀田野上传来了笛音，可我的胸腔却无以唱和回应——已没了共鸣的深度。但凡听到音乐，我们的心灵起码该像马莫斯山洞[1]那样反复回响。我没有听到蟋蟀的吟唱，有些孩子在亲昵地召唤他们的猫咪回家。劳工干完了一天的活，现在吹起了笛子，也只有这时能吹。跟他干的活相比，这

1 马莫斯山洞位于美国肯塔基州，系巨大的石灰岩洞穴群，为游览胜地，1981 年列入世界遗产名录。

该是多大的成就！遑论有人在酗酒赌博。他在吹一首著名的进行曲，可这音乐并非源自曲调，而蕴于声响本身，商贾圈子和政客世界不会产生这种音乐。他操持的是一门古老的艺术。头顶上云朵浅淡，有些雨意，北天则昏暗黪黑，树木也鲜亮不再。地上燃起了烛火，天空点亮了群星。牛蛙在远处架起了喇叭。

现在，我移步科南大道。周围一片寂静，夜风拂面，在口鼻眼耳中呻吟，神秘难解，宛似精灵在跟你倾谈，也只有这时才能听到这种风声。夜鹰展开了歌喉，农夫收工回家，粗鄙地自哼自唱。他整日锄草，很难说有什么想法，不过，此刻他却能自言自语，唱上两声，抒发自己卑微质朴的人间快乐。若论本质，这歌声跟万物的歌咏同出一系。比起他惯常的言说，这声声哼唱倒贴切地流露了他的气质和性情。萤火虫似在飞翔，虽然它可能就爬在草茎之上，因这段“栖木”贴近地面，在黑夜之中隐而不显，因而，此刻这儿一只，那儿一只，似乎飘在空中。那斑斑萤光来自活物，显得格外耀眼夺目。大自然喜欢万物缤纷多姿，所以为萤火虫家族增添了闪光虫[1]，不过今年我并没有

1　闪光虫，原文glow-worm，系萤科昆虫，会持续发光，或光亮较常见萤火虫为长。据《大英百科全书》，该虫分布较广，见于欧洲、美洲和大洋洲诸地，有不少品种（澳洲种似名蓝光虫），梭罗所记的北美种拉丁学名为Phengodes。该虫似无汉语译名或专称，姑暂为拟名，若其悖谬，谨请方家指正。

见到多少。月亮在云间冒险是晚上的大事，它要遭遇多少对手！月光洒在路基上，桤树叶子闪闪反光，那浓浓的黑影投在地上，清晰醒目，分明标出了硬实发潮的路径，并且镶得越发逼仄。踏上这道路基，宛若置身秋景。路边垂柳成行，遍植篱栅，绵延成了一道白日不曾寓目的线条。牛蛙声部繁复，腔调多变。遥远的草场上传来隐隐马嘶，耳边也有点点犬吠。招摇的蛙鸣乏味单调，似在打嗝，仿佛沉闷燥热的日间空气聚于气泡，突然爆裂弄出了声响。两只牛蛙若相聚而鸣，则就等于上演一台戏了。行至柯南特草场，我听到水在永不疲倦地汩汩而去，蟾蜍在抖着声音歌唱，而后钻进笼罩于斯的清爽氛围，其凉似水，宛若初生。我落座于巨大的门阶之际，旧宅中松动的隔板在风中嘎嘎作响，十分怪异，我好像又听到野鼠在地板上跑动，朽坏的梁木不时噼噼啪啪，似将倾颓。

登上科南图姆之后，白色物体诸如石块清晰可见，就连远处黝黑的叶簇也不例外。白昼何其遥远，它呈示的一切又在哪里！夜风喁喁细语，喃喃而谈，自远山之巅捎来清凉。月夜清幽，小丘的双眉便是大山的绝顶，又何须攀爬安第斯和喜马拉雅。耳边可是杜鹃在嗤嗤发笑？远处间或有庞然怪物，是巨石，还是沉睡的大象？这些林木生在高山还是低地，或者，它们就环海而生，翼带海滨？若行至那里，是否就能俯瞰大海？白草是唯一可见的花草。黑麦浪涛起伏，我看到了麦浪的尖梢，农田比白日更富风姿。河流湖泊寡然无色，都跟麦田相差无几。

6月27日

1852年

我看见一棵高大的白蜡树，直径三英尺半，长在彼尔山下原属怀特的房子前面。这棵树在二十二日下午四点左右遭到了雷击。闪电明显击中了树冠，烧焦了树皮和树叶，向下延烧十到十五英尺，继而揭去树皮，伤及树身，留下了一道深浅不平的凹槽或缝隙，待延至高处的树枝后，明显左右分叉，在树上击出的印痕也越来越深。闪电在枝杈聚居的最高处彻底击中了树心，将主枝震得极远，落地后留下了若许坑洞，接着沿树干到地上炸开，将树干劈为六瓣，长十到二十英尺不等，四向岔开，跟中线呈30°的夹角，虽因树根而依旧牢牢地立在地上，但原来枝叶庇覆的地面却一无遮蔽了。闪电似从树根和地下逸出，将树根震得好似树枝，像犁铧一般又在地上沿不同的方向破开了两道沟痕，一道四五杆之长，一道穿进三十杆之外房子的地窖，烧坏了锡质奶盆，弄脏了牛奶，穿到房子背面又震裂了墙上的木板。这棵白蜡的树皮几乎被揭得一干二净，扔向四面八方，远至两百英尺。从树心震出的巨大断片长达十五英尺，被狂暴的力量抛得随处都是，一段砸塌了棚子，一段插进了柴垛，树心还留在原地。雷电将树干大部震成了极小的碎片，而且，若非树干开裂，中间也掏不出长似人腿的断片。屋子的窗户已被震坏，住户因震晃而扑倒在地。伴着一声巨响，一种名为闪电或霹雳的烈火自天而降，瞬乎之间就把眼前弄得面目全非。如此这般，意欲何为？古人称以朱庇特之箭，那是他惩恶的利器，今人的理解也无过于此。雷电呈示了一股骇人的威力，它有时会成就世界，有时又能颠覆夷毁。人类尚未彻底降服这威猛的力量，它到底蛮如野兽，还是受制于慧性和慈愿？我们的本能理解如若可信，则它分明是赋有正义色彩的泄愤暴力。然而，这惩儆的意味可能源自我们的罪恶感，在光明磊落的人看来，它却一派正气，毫无威胁。

人们预先采取安全措施的时候总觉得不够踏实，比如安装避雷针。罪人终究不可能因避雷针之助而躲开惩恶的天谴。如果我觉得避雷针确实管用，则应该安装，尽管如此，人却是这般复杂，我要么觉得自己安全无虞，要么认为那根呆呆的杆子根本奈何不了眼前的危险。不管是拒绝外物，还是竖起避雷针，其中都有某种信仰意味或正义色彩，不过我觉得，虽然前者相当罕见却效果最佳。这种现象仅仅说明，无论身缨疾患还是偶遭意外，只要免于死亡或病害，总是因为崇奉道义、干净清白的缘故。正是基于这种信仰，我们才服用疗疾的药品，否则会越治越糟。我们在狂猛的风暴雨雪中既满怀恐惧，又心存侥幸。我们会因这种惧意感到羞耻，因为心里清楚，好人不会战战兢兢，也从不招灾惹祸。人只要心存畏惧就有惩罚，野蛮人和文明人的直觉都没有错误。科学是解释了好多现象，似乎提供了雷电击中树木的原因，对道义因素的解释却不如我们的直觉，所予的解读尽是臆说。树木为何遭到雷击？说闪电刚好经过恐怕不够。让科学提供解释，不，没有可能，我不予理会。人该满怀惊讶和敬畏地看待一切自然现象，雷电自不例外，人该平和宁静地欣赏雷电，如同欣赏无比熟悉且绝无恶意的自然现象。正义者的脊背上有一根杆子，它顶端闪亮指向天空，肯定会将暴怒的天谴闪光导入地下，因而，这道光亮仅仅让天空显得更亮而已。他因自信而在心中竖起了可靠的导体，一旦如此，只消一截短短的电线，就能使电流转换为生命活力。人若被晴天霹雳击中，由此使人们对惩恶的力量惧意更甚倒不为过。或许，较之科学，迷信意识距本相更近。人们认为某些地方更易于招惹雷电，诸如山巅的橡树。

6月29日

1852年

在我看来，除却买卖交易，没有任何东西会亵渎诗歌，甚至包括犯罪。商业是生命的死敌。

黑三棱（Sparganium ramosum）已在草丛中亮相显身，热衷归类的人让它跟香蒲有了干系。梭鱼草头顶一朵花儿，已经跃跃欲试，准备绽放了。孩子们已在售卖蓝莓，较之平原或山谷，蓝莓在新近伐去的山顶熟得更早。有个印第安人小姑娘以采摘浆果为生，蓝莓成熟她就知道。黄色的水毛茛已在河中很难见到，细高的银莲看似白色的金凤，长在伊格岩上，也开不了多久。耧斗菜还在拖延时日，逗留不去。

6月30日

1840年

昨晚我从丽津扬帆，天上云朵飘过，轻盈而沉静，我也在河上缓缓而行。风起西南，宛似飞马，欢快地跃上我的船帆，强劲持续地向前推进。帆儿款款弯腰，俯身揽风，待中心鼓起后蓄满动力，很快便翕张飘闪，宛似踌躇迟疑的人类。我一路观察帆的状态，含蕴丰富，充满意味。它一翕一张，好像由我的血脉冲击拍打。空中冷暖有别，它自有尺度归类分级。它是自由浮动的活物，又是空中和地上的精灵。空气在跟它逗乐，快活地消遣。它若鼓满猛张，那是因为太阳手指带风，抚摸滞留。它也在同轻风戏玩，这缕缕轻风不知在户外吹了多久，轻盈微弱却生气贯注，静默安详则它奋力拼搏，喧闹躁动则它毫不费力。我也由上帝的那缕气息驱动，翕张飘闪，任那股微风灌注鼓荡。

夜晚清爽，草叶和树叶都像在冰凉的绿液中蘸过一样。若眼睛疼痛就来这里看上一看，触目入眼便是疗救的灵药，要不，那就迟延磨蹭，淹没在无边的黑暗之中。

我们前行进了原野，风强劲地吹向前方，吹个不停，我们得格外费力才不致落下。这风疾如恶犬，蓄意作对，不容我们转向休息或稍事放松，它顽固如斯到底意欲何为？难道它非要发难挑衅，绝不欢迎我这个对手？

只要风过山顶，真理便会获胜，谬误也将显形。

1852 年

我们必须满怀温情地观看自然，以洞见她的本旨和真义。那就是说，她所呈示的场景须倾注我们的感情，好似我们怀恋的故土那样。倾心自然，她便意味深长。热爱自然者尤其热爱人类。如果说我没有朋友，那大自然于我又是什么？如此足矣，何需为她赋予道德意蕴？

7月2日

1852年

昨晚在床上没有睡着，我在回味曾经泛舟的那条小河，杂草丛生，满河泥泞。我似从那番游历获得了些许生气，一如植根河底的水莲。

采来的那朵白莲花蕾即将绽放，在水中养了两天（到七月三号）。我刚碰了一下那层层叠叠的花瓣，准备打开的时候，它突然就在我的手里彻底开了，花瓣十分整齐，间隔匀称，跟原本生在湖中一模一样。因为它开在我的手中，自然没有昆虫前来光顾。我把花梗剪短后放在一个宽大的水槽里，观察之际，它因我呵出的那缕气息缓缓飘动，微微浮泛。那是因叹赏而情不自禁的愕然，正是这股轻风驱它启航，我想，这该是可堪接受的美悦吹拂。它虽为白莲，却玫色微染。人们宁愿前往尼罗河观赏莲花，却从不看看故园的河中灿烂至极的水莲。

1858年

早上，跟爱德华·豪乘坐私人马车前往怀特山。

午间在敦斯丹堡墓园附近消遣，墓园以北有条小河。我来到河边，逐流而行，并在河中沐浴。

走过墓园，离开陆地，前往宽敞的河岸，我是多么轻松自如，昂扬释然！风景美得不可思议。突然，下方出现了一段蓝色的水流，河曲蜿蜒，岬角迤逦，顿然使我从泥土的束缚中获得了解放。在那边路旁的山间打发中午的四个钟头，还是前行四分之一英里到这美丽的河边，两者怎能等量齐观！这里，大地随我的思绪流淌，天空映在水底，铁道绕过岬角通向远方。这条河将我跟世界连在一起，我兴致勃勃地落座，在启迪性灵的天地中徜徉。那边，我思想受限且琐碎无聊，还要躲开行人的眼目，这里，我却思绪奔腾，意气昂扬，陶醉于美丽的河上风光。处身不同的时间和空间并无区别，因为都会生出前所未有的心境意绪。正如从康科德北向而行，行至麦里马克河畔，沿河岸上下观望，眼前便会出现让人兴奋的新鲜景观。浩荡的河上风光有启蒙和再造之功，它滔滔而去，会将人的身体和思想带至闻名遐迩的一流港埠，而让我们在优雅崇高中接受熏陶。我常常会享受一段回忆——走上半天，就能站在麦里马克河边。这条河水面开阔，刚好使我忘了对面的陆地，并让我逐流而眺，随波遐想，远至大海。河流优于湖泊，能让人驰骛想象，并且不断涌动，流程漫长。它似有双翼，从城市之后流过，尽管这翅翼尚未派上用场，却随时会将城市托向世界。江河波涛滚滚，两翼微闪，也为滨河的城市赋予了翅膀。

7月5日

1852年

安塞比那儿有个牧场，刚好在德比桥北侧。这块牧场大约一英亩，一侧临河，一侧是桤树林和山丘，其中都是冬天垒起的小土堆，间隔均匀，好似墓园的坟丘。这些土堆边沿呈圆，也跟坟丘无异。密实矮短的草皮长满了土堆和其间的小道，绣线菊随处而生，冒出地面，提供了绝佳的坐垫，遑论榆树借荫，方便纳凉。这些小丘跟牧场彻底融为一体，形呈椭圆，长一到十英尺，顶部平坦，好似植有草皮的堤坝。我愿称之墓园的精灵，或者，恐怕该称为印第安墓园。牧场的草皮异常结实，方便行走。这块草场所以隆起，跟这些小丘大有关系，而它本身也好似土人的墓地，下方恐怕就埋有先民的遗骸。我喜欢揣摩大自然著之河岸的这类历史，因为，不管径流加剧还是寒霜更甚，它都会有所记录。无论两岸的居民系出何源，河流都会将所有见闻笔诸日志，详尽而忠实。它汩汩而过，将天然的墓园付之往昔，付之潺潺的水流。无怪乎它始终在忙，不停地为昔日的亡灵更换着碑铭。

节候的迁进不可名状。天又在变暖，却跟此前的感觉有所不同。我们躺在刺槐树荫下，收割牧草的人身着工装走过。我想起了浆果，闻到了甜蕨和干枯的松针。樱桃鸟落在近处的树上。暑热催熟了果实，显得从容不迫，天经地义。

大自然展示着花朵，也呈上了果实。未尝不可说，它已经获得了永生。大地变得干爽起来。蝗虫的声音自有所指，但也在陈说季节。农民们说，牧草的多寡取决于六月的干湿。听到蝗虫后，我或许该将这些日子独归于另一个季节，那是本地的热带时分，要催熟果实，那份干热不可或缺。

看到整股清泉从地下径直冒出，该有多兴奋！眼前的塔拜尔泉便让人激动不已，它从干净的砾石间涌出，充裕大方，溢成了浅浅的一汪，因水流涌出旋即落下，连泉眼都看不出来。这眼清泉带来了岩穴的清凉，汇成了一股不小的径流。出卖地皮的时候，这类水泉的售价远低于它应有的价值。我几乎匍匐在地，双手盛满这份惠赠，在水泡涌起的地方畅饮。那便是大自然的乳房——人直至临终何曾断奶？他若独行在外，又何尝不俯身取饮！

7月7日

1852年

雾凝为歌唱的源泉细流而后逸去，仿佛化为耳边食米鸟的吟唱，鸟儿的歌声就是它化作细流的叮咚。二十杆之外一无所见。树在雾中越发幽暗，而其轮廓却格外醒目，分明因为雾茫茫发白，树木的反光变得暗淡的缘故。露挂满了蛛网，这游丝织就的面纱和披肩大如手掌，从昨晚在草地上翩翩而舞的纤肩滑了下来。就连昨日割去而今天挺起的草叶上，也同样张满了兜着露水的蛛网，在预示晴好的日子将要来临。太阳东升，隐而不见。

7月10日

1851年

雨后的落日壮丽辉煌。霞彩横天，西天之窗好似系了一条殷红的肩带，又如挂着一道锦缎的帘幕。云霞着彩，悠远遥深，暴雨之后的西天格外清澈，格外明艳，也格外静穆，上方彩虹低垂，下方暮霭沉沉，云团幽黯，跟绵绵的山峦浑然相融。曾几何，大自然向我展示过这道壮丽无比的盛景奇观！迈诺特家的山后霞彩满天，落日西斜，群鸟飞翔，其中一只似为蝙蝠。红色的天空下有两座气势磅礴的大山，玫色微染，淡施琥珀，透过那壮丽的山间隘口，我看到了一座城市，它遥去万里，仿佛在地中海眺望西班牙海滨而后形就的画幅中偶然一现的景致。那是永恒的西部都市，是行旅未曾涉足的去处，太阳的座驾已在街衢间仰嘶奋蹄，那也是呈之想象的萨拉曼卡[1]。不过光影移步换形，随时敷彩，于是，这道奇景不曾驻留，片刻之间便消逝不再了。

天空淡施琥珀，前所未见，让人格外心动。燕子翻飞，呢喃声声，作别落日，樱桃鸟泠泠而吟，歌雀唱得尤为深婉。

人在观景时始终处于中央位置，我对此向来印象至深。观景者总会站在中轴线上，却不曾意识到，纵有千人立于千山观赏落日，每个人依旧会获得心仪的视点和角度。

此刻，我掉头观看东边的林木，簇密幽暗，不复苍翠。红日西坠，树木在东方愈益醒目。

我发现，在殷红的天幕下，低空的阴云都同向而倾，好似一排加农炮的炮管，无一例外地斜向了天空——

1　萨拉曼卡为西班牙西北的古城。

云朵如此统一，规模之大让人讶然，探索起来也饶有兴味，其相状分明呈示出一种简约的规则。人们常常发现云层显得整饬有序，而在相同的位置保持相似的外形，那是天风塑成的景致。无怪乎有经验的人只要察看云的外观和特征，就能知晓高空的动向。我揣摩了七例“炮管”，它们横贯天宇，绵延开去，足有一英里多长。

天色微明，夜鹰双翼斑驳（?），疾飞而过，去我不及一杆之遥。

7月11日

1851年

此刻，我们步入了月色。林间幽深无比，月亮仿佛对树干和某些树桩特予垂青，让银色的光线在那里闪烁跃动。那自然是光芒，我们在日间亦曾拥有，由此可知，每当强劲的光芒作别我们，照临大地的柔和光线又是多么地卓尔不群，可我们却不解其意，未予赏识。月亮执掌天宇何其自然而然，天经地义！她固然会因太阳韬却光彩，但此刻却在反射日光而让他亮相显形，故而让人意下仰慕，跟膜拜太阳几无二致。月亮特色自具，为太阳增光添彩，可见这位日中犹在的门生何其新警，虽然他在师尊旁侧淡似云朵，苍白无色。高足如此，夫复何求？每逢师尊亮相，他依然可见且不失自我，及至尊长退场，他反射光线，摄理职分，增光添彩却不无特色，既不卑身屈从，又不争荣竞胜。待师长彻底离去，这位淡似云彩的门生便会放射银光，甚或在夜色加深时播撒些微金辉，当然，还不至烤焦播下的种子，蒸干自天而降以滋养生命的雨露。

1852 年

其实，世人所谓的禀赋就是丰盈的活力和奔腾的生机，因而，对这种特征如何称说都无关紧要，恰似浆果的芳醇，又如牛群的低鸣，这阵阵鸣叫好似黄昏时分弥漫于清凉山腰的回响，芳馨的露珠浸染了那里的空气，让那年复一年渐趋昏暗的黎明永远生气勃勃，永远恬然静谧，永远充满缅想，那景致音声，那气息风味，无不让人流连沉醉，让人陶然忘情。故而，缩小的生命之流会漫过岸堤，滋养空阔的大地，那是世世代代汲取养料的去处。这才是真正泛溢的尼罗河水。我们异常警敏，所以会拥抱命运，非但不会垂头丧气，觉得在遭受磨难，反倒会满怀欣悦，满怀祝福。我们若不曾挥霍掉这份惠赐的生机和活力，它便会在滋养血脉的同时哺育精神。牛哞并无特别之处，天堂并非在此，它基于听者的双耳。粗陋的味觉居然会赋以某种认识，上颚居然能予人启迪，这些浆果居然在滋养心智，念想及此，我不禁一阵狂喜。高高的山坡呈上了这些果实，朴素健康，芳香四溢，吃过之后我才发现自己感官敏锐，重返韶华，无论站立还是坐卧已然今非昔比。

7月16日

1851年

我觉得自己当下的生活一无可取，往昔的经历才弥足珍贵，跟童年的体验相比，今日的感受不值一提，或难及万一。非但如此，就记忆所及，我都会不知不觉地想起前生和往事。我的生命就是一场盛宴。童蒙的感受充盈丰满，我记得自己生气贯注，赋有不可名状的餍足愉悦，不论倦怠不堪，还是神清气爽，我都满心惬意。我也没有忘记，那个时候自己又是何等地惊愕好奇。我曾在书本中寻觅相类的体验，说来奇怪，最终却一无所获。那缕光芒照彻了心田，纵令你尽科学之力，何尝能说明它究系何物又源自何处？

浆果刚要成熟，孩子们已经在策划采集完毕之后的远足。这些野果价值不菲，不仅在于据以所成的解释说明，还在于它诱使孩子们走向原野，进入密林。浆果成熟后，学校就会放假，那一双双稚嫩的小手就会忙个不停，采撷那小小的果子。那永远是乐事，绝非苦差。有那么半天我没去上学，为了准备一餐的布丁，我独自一人去就近的山上采摘越橘，我都记得当时有多么高兴。是啊，那些果子仅仅做成了布丁，可其中的珍贵体验又何止于此！因此所获的半日自由不啻永生的远景！那是新英格兰的一次解放。哦，我的同胞，那该是怎样的日子！

此刻是下午四点，林间传来小燕的吟咏，听到布谷鸟的歌声，我才想到有些鸟儿不曾亮相，也默不作声。绿鹃（红眼小鸟？）歌声不断，唱得像鸫鸟那般疏朗匀称，因我现在转到了柯南特的林子那边，灶巢鸟便会得间补上几声。毒漆亮出了青翠的浆果，不过此时尚未察觉自己的罪辜。在低地的开阔林间，已能见到心叶珍珠菜（Lysimachia ciliata）了。轻风拂过，橡叶亮出了白色的叶阴，为林间赋予了一重清新的律动。河流满目深蓝，如同一条柔曼的带子，飘过葱绿的草场。天地间是怎样的一番光色？翠绿杂以微黄是坡陀和山丘，葱茏间有淡红便是成熟的芳草，树木林地绿意更浓，湖泊江河蓝色益深，蔚蓝缀以黑白则属天空和云朵。我听到旧宅那边松鼠在壁间的叽叽吱吱，仿佛麻雀在叽叽喳喳，看来大自然也将自己的作品归并为一了。从科南图姆山上望去，诺布斯高特和西南一带的山谷一派蓝色，生气奔腾，令人精神为之一振。一只小鸟微有吟唱，从眼前掠过，宛若天国的信使。麻雀在榛莽间泠泠放歌，小曲婉转，将晶亮的银币呈于草场的柜台。远远看去，黑麦已堆在田间。尽管眼前是一片久已耕居的土地，几棵枯树依然为风景赋予了一重野趣。

青苹果已长得很大，让人又想起了秋日的打理和照料。果实的节候已然来临。夹竹桃花若铃铛，芬芳娇艳，泽西茶随处可见，满目皆是。田间出现了镰刀的印迹，挥镰人举动之间，便留下了道道刈痕。清凉的泉水开始抢手，天竺葵流连不去，就连藤萝的蔓儿也恋着溪水。我看到一缕纤细的藤蔓抢入了溪流，应着哗哗的流水往复摇曳。榛子已经成形，你若摘取一二，外皮的鲜嫩汁液就会染到双手。龙葵正在开花。我走过詹姆斯·柏克家屋后的平原，那里不久前还是辽阔的牧场，现在则是一片开阔的松林，落地的松针织就了地毯，稀稀疏疏地铺在草丛之中。在本地优美怡人的森林里面，这片松林也有一席之位，它开阔平旷，黑莓藤蔓散布，斑斑点点，更兼石竹散蕊，凤仙早放，围拱镶边。每一棵松树都能在这里恣意舒展，尽享自由。就在这时，树荫中传来画眉的歌声，它也像我一样爱着这片松林。

7月19日

1851年

天气又热又干，好多叶子都卷了起来。西南天空阴云密布，农民都不敢晾晒干草了。我还在田间测量。这些天你若走进林中，苍蝇会磕碰帽檐，听去好似落雨斑斑。看到克奈大道两侧一线散去的残桩断株，我想起了掘出地表后日晒雨淋的乳齿象化石。今天，我首次遇到了秋日的橘色花朵。那是孟加拉之黄，那是摄足阳光的亮丽色彩，这双重的炽热透露出何种况味？它无非酷暑的烈日炙烤的果实。这边的田蓟正在开花，引得蜂蝶前来光顾。近日，蝴蝶成群涌来，尤其在乳草间振翼翻飞。美髯兰早已凋谢，可那芬芳仍然弥漫于池沼，弥漫于路旁。野蔷薇依旧落英斑斑，撒上了旁近草木的叶片。那娇俏的红色和白色是野牵牛，或曰打碗花，因无所支撑而在扭动腰身攀缘爬附。它总是让我想起高脚酒杯，满溢晨间清氛，折射出晶莹的露珠。这朵朵芬芳长在安格利卡附近，长在哈伯德桥的大道之旁。樱桃鸟轻捷地掠过，动静之际，很快就找到了樱桃树丛。桥那边，一枝黄花半开未开，昨日它还在展示春光，明天就会抹上秋色。既然如此，它的夏季又在哪里？约翰草之后来了一枝黄花，所以，我们先是挨了圣约翰的一击，现在又得领受金色棒棍的教训[1]。越橘藤蔓下的乱石间又传来蟋蟀的歌声，那歌声染上了秋的意味。越橘已熟，越来越多。走在路上，黄精那红斑点缀的小小浆果映入了眼帘。我还看到一段橡木，一头朽坏却纹理犹存，那薄薄的银色纹样保存完好，状若鱼鳞，断断续续地列于枯木之上，一眼望去好似蜂巢。一两杆之外，有对黄色的蝴蝶在结伴逐飞，一只可能担心飞鸟掠过而葬身腹中，于是曲曲折折地飞向地面，另一只在后面紧紧相随。

7月21日

1851年

趁着年轻，当记念造你的主[2]，亦即将大自然的感化储之记忆。趁着黑暗的日子尚未迫近，能够吟唱，那就放歌。只要生有耳朵，那就聆听。既然感官清新警敏，不妨观看，聆听，闻嗅，品尝。

空中常常传来美妙的风弦琴声。此刻，那浸有水意的

---

1 约翰草（St. John's-wort），wort为英语中hurt一词的异写，意为“打击”；一枝黄花（goldenrod），rod意指“杆棒”。两名音涉双关，作者因求谐弄趣。

2 典出《圣经·旧约·传道书》第12章第1节：“你趁着年幼、衰败的日子尚未来到，就是你所说，我毫无喜乐的那些年日未曾临近之先，当记念造你的主。”

号角似乎遥遥传来，仿佛来自高空之上的廓大宫邸。它远在头顶，传至耳边，人们只要听到，就会在神圣庄严的旋律中沉迷陶醉。张开双耳，这世界就是一架竖琴！无暇聆听的人觉得蟋蟀之外别无他响，可是，只要谛听，不论晨昏还是正午，天地间都弥漫着神圣的曲调，只要生有为音乐而备的双耳，这庄严的旋律就会不时触及人们的耳鼓。且听绣线菊及其族类陈说的启示，因这曲调也在低空点染，所以它们被描画得清新秀美。

晚上八点。

我觉得，夏夜的市镇街巷在此刻较白日更为迷人。邻人和农民割晒干草，忙了一天，此时外出购物，也在街上闲聊。家家奏乐，户户弦歌，不绝于耳。人们显然沉于其中，忘了一切，一两个小时便悄然而逝。夏夜饱含诗意，人们陶然忘情。

7 月 22 日

1851 年

清晨结雾的日子来了。我想，这跟酷暑有关，是否因为昼夜温差过于悬殊，夜晚几近清冷，而白日依旧炎热？

我尚未从沙发上起身，便看到芳醇的晨雾横锁了河面，包裹了树木。看来，夏日要来个蒸气浴了。这雾气何等清澈！它几近优美的曲调，又准是馥郁的芬芳。瞭望原野，宛若仙境。那清晰的轮廓让人心动，它好比枕缘，高与我的居室仿佛。河流自东北向西南蜿蜒而去，上方悬着一弯巨大的新月。过了五点半钟，部分河段已归清亮。雾落向了河水，却未逸入天空。它离身退去，我都搞不清是怎么回事。河水沉寂幽暗，洁似玻璃，此刻唯余一缕轻盈稀薄的气息缭绕飘荡，跟雾气似非一物，判然有别。此时传来了小公鸡的啼鸣，这朝气蓬勃的洪亮歌声透出强健无比又粗豪无双的健康气息——嘶哑而不冷漠，粗粝又复果敢。这声啼鸣扣人心弦，不容抗拒，会将饥馑瘟疫扫得一干二净。这美艳绝伦的时光拜晨雾所赐。

7 月 23 日

1851 年

早上八点，吹来一阵怡人的轻风。我想，若能在早上出去，因这新颖的感受，下午的文字会效果更佳。其间大有差别，我凭直觉一清二楚，智识却无从把握，感官也浑然不觉。若将习惯颠倒过来多好，在整个早上步出户外浪迹原野，然后在下午坐于书斋之中，真的如此，我的天地便将焕然一新，个中新意也会予我滋养和启示。风儿在户外拂面而过，怡悦心性，天地间奔腾昂扬，生生不息，我与之灵犀相通，都到了起风时难以安坐的程度。我因而清楚，人们尤其该趁着夏日去户外生活。这如果不算难事，那就该放弃室内安坐的习惯，其实，那无非一种习惯，我也不敢说它与天性有什么关系。人几乎尚未起身就会再次落座。除却昼伏夜出，只要破晓，飞禽便会离开栖木，走兽也会钻出洞穴。小公鸡不会在棚厩中另觅栖木，而它成了健康和天性的化身。难道艺文之士会永远或基本端坐于书斋，仅凭一扇窗户跟自然相通？如果这样，那我们要夏日又有何用？

要想捕捉极其细微的声响，你须轻轻地行走，好让官能进入休眠。你得凝思寂虑，敛却心性。户外有股轻盈缥缈的力量，它充天塞地，确实会压缩抑制，甚或淹毙我的思虑，因为大气还是保持着一平方英寸十五磅之重的压力。我只能意下平和，以抵制这份重压，也只能像黑麦的穗儿那样，在微风中拂摆点头。只要文思涌来，我在室内确实格外舒展自如，仿佛那份重压不复存在。但是，户外却是储集动力的去处。

燕子的呢喃若非延宕消失的天宇波涛，则属空气扬波所致的震荡晃动，一似那道道波纹征诸它的双翼。跟群鸟相比，它的骨骼更富空中气质，故而显得双足成了瑕疵。它是天上的游鱼，那喃喃细语便是空气的诉说。鱼儿会聆听波涛在水面消失，目送上方的粼粼波痕，我们也会仰面天空，欣赏燕子呢喃，看它轻捷掠飞。

人如果格外喜欢漫步，并且在某天格外强烈，则那种愿望更多空中的缥缈意味，而少了地面的质实色彩。不管精神昂扬，还是意绪萧然，漫步之际他都会更属意于前者而非后者。若论漫步的感会，得之空气和源自泥土并不相同。

我在这条道（克奈大道）上安全地行进，举目顾盼又复远眺，以清除卑琐的念想，仿佛两侧的山上有轻装步兵在护翼夹辅，如同当年的英军，为了剿灭本地民众而向康科德推进，遑论思想的劲旅已经牢牢地把持了主道。确切言之，我的思绪轻装而行，无所负累，早已穷尽周边的原野，因而清楚道路是否畅通。我的先锋阵容何其壮盛！我不会为墙垣所阻，我的思想逸出了道路（已飘向西南）。

处身户外，若许种子已在我身上植下，思想的蝇卵既已产毕，只待我回家孵化处理。

想到房子我便心绪散佚，混乱无伦，非得去有风的地方漫步才行。

有条小溪横路而过，深仅寸许，清澈的水流在黄沙和卵石上潺潺弄波，那是大自然的干净血脉。这股力量幻若水晶，多么精微妙曼，又多么清澈灵动。岸堤之间，一重隐微难察的意向让它远去，略无迟疑，迅疾轻捷。它顺从本能和天性的召唤，遵循山丘那无比微妙的暗示，是何等地服帖规矩！纵然间仅容发，它也会从命激荡，不遑迟疑。大自然布置得何其精巧，无论星球如何转动，无论星际之间如何吸引，也不会打破它设定的平衡，地上的细流依旧淙淙如故，水位的高低也不会改变分毫。

人若散佚放纵，则莫甚于午后。

人的智识受制于情绪，一似云影飘过大地。我们何须过多理会，漫步者也不必为之所沮。云影只会纠缠晴天朗日。情绪袭来我便顿然止步不前，可我同时发现，云影正在飘过我驻足的方寸之地，这块地方纵然如此之小，但是，它若与情绪没有关联，便至少会让我明白，我们汲汲于怀的那种情绪是多么短暂缥缈，不足挂齿。我继续前行，瞬乎之间，阳光便洒上面庞，照彻了心田。

7月24日

1853年

草木茂盛，密荫深幽，送来阵阵凉意。不知何故，我发现自己想到夏日便会想起这凉若地窖的快意。我想，自今以后，庄稼不会再像六月那样遭受严重的旱情，因为叶子足以遮上地皮而产生露水。今早有雾，最近三星期一向如此，我却忙于丈量而无暇详查。

现在，春天走得实在太远，远得恐怕无以复加，因这酷热与干燥跟它极端地扞格不谐。我都不想去四五月间屡屡寻芳的地方，现在，那里要么干旱荒寂，要么衰飒萧瑟。潮气和水分的统治早已告终。岁月许久浸淫冬雪，付身春雨，可是眼下，一切都面目全非了！大地的脉管曾富于水意，紫罗兰开遍了山坡，蓦然回首，顿觉恍若隔世，宛似神话。春日统管水域，夏天执掌干热，冬季则是寒冷的主导。草木家族新近还一派生机，现在却衰落不再。天地间炎热难耐，假若夏日逗留日久，我们的大地就会显出热带的征象。漫长的干旱便是夏天，降雨皆属意外。只因气候干燥，雨水的一切迹象都显得朦胧隐约。虽则如此，年岁的轮替却依然按部就班，整饬有序。

7 月 28 日

1854 年

我想，夏日已在本月中旬臻于极致，岁月因而在前方展示了无尽的希冀，可是，在初次领教酷热之后，我们却暂未满足今年的不少期望。时光似已抵达夏日的峰脊，于是开始着手下坡，踏上漫漫的路程，向冬日，向岁月的午后与坡底迈进。昨晚凉意浸人，蟋蟀分明唱响了秋曲。

8 月 6 日

1858 年

我从未遇见哪条河能像康科德河那般适于划船，也宜于调查植物，我想，这样说并不会失于公允。还好，这一切还没人知道。河上有那么几段，只消一幢房屋就会破坏得无可挽回，不过，就记忆所及，迄今还没有什么重大影响。垂柳逐岸而生，沉静安详，几乎像天空的磊磊云朵植于这轻盈低洼的“水田”之中。驶过草场，都会看到人们在晾晒干草，在他们眼里，我们可能是游浪的闲汉。可大自然自有安排，以保证所有角隅和罅隙有人探访。他们在照料宽阔的草场，我们则在经营河岸之间的地带，并从那里瞭望海滨。每年，我们都会用双眼收割一茬庄稼，难道上苍不愿向我们展示她那份美丽？

因为水流滋养，安塞比河上游已有橡树提前红了。尽管如此，这依旧是纯粹的夏日，还没有点滴秋意。

只要将木板或碎片扔进河里，很快就会被大小不等的河龟所占。它们经常会爬上黑柳，乃至到三英尺，甚或更高的地方。

我获悉采集者必须离开越橘草场，也看到杆子上张贴了告示，禁止任何人采集拾取。有人让出了地块，或允许人们采摘。Sic transit gloria ruris.[1]黑暗的日子已然来临，此前享受那段光阴时，我们何尝满怀感激？乡村生活的真正价值又在哪里？如果非要去市场购买又有什么意义？任粗鄙的屠夫将滚圆的越橘盛于车子，难道这是必经的程序？这与刽子手主持婚礼或祭仪有何不同？将越橘降到牛排的地步，我们的文明便这样不可挽回地沦入了颓势。

8 月 7 日

1852 年

在英国的大学里，年轻人必须接受全面的训练，以学会拉丁诗律及希腊品词和重音，掌握这些琐碎的技能后，就能将荷马的句段译为散体或律体英文，或将莎士比亚轻松地置换为拉丁挽歌或六步格诗作——学校就在大量地教

1　拉丁语，意为：乡村的荣耀就此消失。

授这些或与之相类的内容。念想及此，我不禁思忖：传授真正的荷马和莎士比亚又该是怎样的一番气象！如此说来，领会生命的真义，接受自由的教育，跟拉丁文几无关系，希腊文更不在话下。

这个季节少不了柔和的风雨，因而也催生了绿意。雨后，葱茏滋润的英格兰牧草场绿到了极致，春天仿佛重临人间。

若要选择时机，好让初临本地却又匆匆离去的朋友饱览风光，我可能会钟情于这样的时刻：落日西倾，一片辉煌，雨后空气干净清澈，万道霞光照彻了天宇，壮丽的彩虹像现在一样挂在东方。他是否认为在这里生活粗鄙不堪，让人觉得乏味无趣，只好寻求佚乐和放纵？假如让周游世界的人在此刻来这里感受一番，他是否会怦然心动，而在这里居家生活？

若恰逢日落，且适在雨外，彩虹看去就会更加真切，如果深置雨中，则显得隐约朦胧。有时它是如许之近，我都看到有段彩虹就在地平线上林子的这边，将林木染得五彩斑斓。有时，我们全然处身其间，为它所围，觉得孩童的梦想变成了现实。那是醒目的红光和绿光。何以呈现绿色？那红色炫得让人讶然。跟薄暮时分常见于天空的红色相比，这红色到底有何不同？谁不会觉得，仅凭自然法则还不足以解释眼前的这番景象？彩虹之用，可有人形诸文字？

1854年

风略带凉意，已有秋的况味，因而，走过凉风、进入暖适的地带后，你就会喜欢夏天的炎热了，这是冷风和暖日相形对照所致的感受。我走过杂草丛生的原野，穿着薄薄的衣服刚好觉着冷了。阳光洒在地皮和草叶上，好似打磨过一样，夏日便因这斑斑亮色而显出了秋的一面。微风扑面，送来一丝凉意，顿觉振奋清爽。夏日的炎热在沙地上未尝消失，我满怀欣悦地走过，沉浸在暖怡的呵护之中，也清楚我失去了怎样的一位朋友。杂草，亦即小飞扬草，并未绽放雌蕊，它是在七月二十五日前后开的花。这番夏日光色虽然显得不合时宜，却像翼护大地的一面闪亮盾牌。河流湖泊凉了几许，阵风过处，草木亮出了叶阴，蟋蟀那清凉的夜间叫声也出现在午后。艾菊分明开得正盛，秋麒麟黄得更加耀眼。山坡上草木的亮色跟投下的阴影参差交替，状似瓦楞，我想，与非冬非春的时候相比，光线和热量在这亦夏亦秋的时节反射更多而吸收更少。时值仲夏，我们便为大地所化，与之混而为一，并且蒙上了尘土。现在，我们约略欠身而起，开始在地上行走。与其说我想不起过往的生活，莫若说忘却了昔日的岁月。

在一丛高高的越橘上，有只黄蜂蜇伤了我的左手食指，刚好在第二个指节上。蜂毒相当厉害，蜇痕泛白，蜂刺留下的红色蜇斑居中，手指其余地方也是红色，不过很快就显出了蜇伤。那根手指旋即肿了，都无法彻底伸缩，中指对此深表同情，让我起初都有点拿不准蜇伤的到底是哪根指头。黄蜂配有真刀实枪，不过，那点毒汁也只够伤到手指。

8 月 17 日

1851 年

下午，取道二支溪前往塔贝尔沼泽，又到了马尔伯勒古道。

雨整天都在酝酿，天阴沉而寂静，颇有些凉。雨点零零星星，不时而至，却没有倾盆而降的意思。田野上寂然无声，一派秋意。我穿着一件厚外套，帽子上落了一两个雨点。鸟儿似乎知道雨还不会下大，燕子尾似剪刀，叽叽弄舌，低低地掠过草场。它们在我身边俯冲，仿佛我捉了虫子。有只松鼠已在树桩上享用榛子。

晚上十一点，雨淅淅沥沥，滋润着芳草和树叶。甜瓜需要雨水，它们的叶子已经卷曲，瓜蛋也稀稀疏疏。

8月19日

1853年

天地间炫丽得让人永生难忘。我们会非常用心地观赏美丽的早春，却不会措意于明艳的初秋。阴雨绵绵，我们满怀期待，巴望放晴之后的日子美妙绝伦。今天这样的日子会触动人的灵魂，可惜，除了我们，又有什么人欣赏？劳顿的耕牛和疲惫的人们怎么会在乎美丽的秋日？收储干草的人晚上回家时是否知道今天光鲜如许？今天本身就是一桩奇观，可是否会像风暴和高温那样著之日志？它像一朵炫丽斑斓的无名之花。天宇澄澈，万里无云，有人在萨布里大道上修剪柳枝，有人在水中耙取草料，他们是否知道今天如此灿烂明媚？人们若非身居室内和店铺，则在户外专注于事功，任如此美好的日子在身边消失而漫无察觉。难道这样的日子配不上赞美和称颂？人们真该借以歌咏自然，叹赏造化。或许该将今天视为大自然的安息日而膜拜庆祝，好让世人领受个中所呈的启示，也好让他们超拔于尘俗之外思量考虑。秋天以如此亮丽的日子开场，大地美轮美奂，光辉灿烂。酷暑的雾气消失不再，洗净的大地熠熠腾辉，天气变凉，让人神清气爽。春光和秋日美艳绝伦，夏天又怎能媲美比肩？

8 月 23 日

1853 年

树叶在逐渐变暗，阳光之下尤为明显，目睹此景，我想起这一现象始于春日。那是一年的黎明时分，树叶银霜绒绒，伴着滴滴露珠亮相；尔后泛出嫩黄或淡绿，身披橘色的袍服走进了清晨；继而葱茏满目，晶亮无瑕，叶阴也光彩熠熠，于是迈入了上午；此刻，它刚过午后，绿意深幽，悄然变暗；接着，它将泛出黄色或红色，步入薄暮或晚照；及至一年的夜幕终将垂下，它便会一派枯黄而光艳不再。

一天（如八月的日子）和一年的对应是如此精确完美，让我触动不已。我想，晨昏昼暮和春夏秋冬间都可以描出绝对平行的两道线条出来。或许，中年以后，面对清晨和春色，人们再也不会那么激动上心了。

伴着四季的轮替生活吧，呼吸那空气，畅享那饮品，品尝那果实，将自己全然付于节候的感召。在八月就靠浆果为生，切莫像身在北方的荒原，或置身甲板在荒寂的海洋上破浪前行，而不得不指望肉食或肉干。四季风儿不断，就任它吹拂。天地间潮起潮落，江河奔流，海洋汹涌，任何季节都打开浑身的毛孔，在其中洗濯沐浴。你可知道，大自然就是健康的别名，四季无非健康的不同征象。

8 月 26 日

1858 年

近日，在干旱贫瘠而人迹罕至的原野和山坡上，有两种美丽修长的紫色芳草在享受生命的极致，一种是叉胡须草，另一种分明是紫林草，紫林草形似三芒草，顶端有三枚芒刺。叉胡须草很高，在三到七英尺之间，茎秆很细，顶端又会冒出四五根紫色羽穗，状似手指，在彼得家后面的山坡上长得极端茂盛。紫林草也很细，丛聚而生，丛高两英尺，宽一英尺，茎秆约略弯曲，通常呈紫，一旦开花，则会羽穗紧贴，向后弯曲，因而其色泛白，一片茸茸。下午，走过干旱的地方，便能看到这些生机勃发、引人注目的花朵。由于遭到农夫鄙弃，而且生在贫瘠荒弃的地方，我对它们格外多了一份怜惜。这些草叶色彩艳丽，好像成熟的葡萄，展示出一种在春天难以想象的盎

然生机，也只有八月的阳光才能将这些茎秆和枝叶打理得如此炫丽。这纤弱的野草稀稀疏疏，草丛中时时都会露出地皮，农夫许久以来都在高地上割草，绝对不屑于来这种地方挥镰。但我却会行经矮栎树丛，走向荒原的沙土，在紫林草丛间兴致高昂地漫步，享受跟我这些质朴的老友谋面的

欢欣。这两种野草差不多是我最先识别的品种，我原来不知道自己周围居然有如许之多的朋友，却一味将它们视为长在那里的野草。它们跟商陆一样，那紫色的茎秆也会让我激动。

试想，八月将终，面对开学典礼和同窗交游，这是何其称意的庇身之所！我会来到跟“大荒原”毗邻的地方，匿身于紫林草之丛。午后，无论我走到哪里，挺耸的紫指草总像一块导板，为我近日游移不定的心神指出一条充满诗意的小路。

人们可能会匆匆走近而踩过跟他等高的植物，却无由得到提醒知悉它们的存在，虽然多年来，这种植物他会割取数吨，扔满棚厩，用以饲养牲畜。可是，如果投去欣赏的一瞥，这份美丽就会让他大为触动。

所有的植物，或者我们所谓的杂草，不论多么卑微，都站在那里诉说着我们的思想和心绪，可是，我们却让它们徒然地站了多久！多少个八月，我都在那些大荒原上漫

步，可是，我依旧没有明确地认出我在那里的紫色伴侣。我确实曾跟它们擦身而过，双脚也确实一踩而过，但是，它们现在依然挺身而立，予我祝福。美和真正的财富总是如此低廉，如此卑微。天堂却是人们避之不及的地方。这些野草在农夫眼中无足轻重，所以，有谁会怀疑，这些芳草因我赏识而得到了些许安慰？可以说我以往对它们视若无睹，或仅存一点模糊的印象，现在，不论走到哪里，我眼中几乎没有别的东西，到处都是胡须草的治下与辖区。

8月28日

1856年

翻开六月十号发现的那个雕背龟穴，看到一只幼龟从壳中探出了一点身子。它已经相当强壮，发育得不可思议。它那双眼睛此前从未见过天日，可是，纵然隔着一段距离，看我的时候都显得非常小心。要爬出我挖的那个洞，它得费多大的气力，更不要说上面攀满了杂草！这只小龟在我的手里奋力挣扎，根本不像稚嫩的幼雏。它前吻全凸，弯似鸟喙。到地面之后，它不复挣扎，警觉地盯着我看。

就在这时，大路对面的一棵松树下面，一只斑松鼠蹲在墙上。它在颊囊里塞满了坚果，一边看我，一边在滑稽地吐皮，好像就它有嘴似的。它剥去干枯的褐色榛皮，扔得满墙都是。有只鸟儿蹲在树上，好像是鸫鸟，紧盯着它，在焦躁地等候，不满地咒骂。

六月、七月、八月，龟卵就在沙地之下几英寸的地方孵化。上方是劳工的忙碌，艺匠的创作，和夏日的干戈，下面是静置的龟卵，埋于地下远离扰攘。三英寸之外阳光明媚，空气清新，多少事情成了过眼烟云！萨姆纳蒙受痛笞，堪萨斯问题悬而未决。[1]试想，他们过了一个怎样的夏天！自那只母龟在这里产卵掩埋以来，有多少出色人物已经死去，在葬礼之后永别了人世！龟卵里当初是尚未发育的汁液，现在已成了幼龟。整个夏日，六月、七月和八月，其光热无非孵化出一只幼龟来。何须急躁，留意你的私事即可，想想乌龟。你可能忧心忡忡，对世界感到绝望，纠缠于生命的终点，执着于万物匆匆覆亡的归宿，可是，大自然却迈着乌龟的步幅，在不温不火、镇定闲雅地稳步前行。幼龟在龟卵中度过早年，从蛋壳之中开始了生命，走进了世间。它破壳而出，小心地落在洞中，人类燥急的图

1　19世纪50年代后期，就堪萨斯究竟以自由州还是蓄奴州身份加入联邦展开了激烈的讨论。1856年夏季，局势一度升级至暴力的状态。

又，萨姆纳（1811—1874），力倡平等、呼吁废奴的美国政治家。1856年5月19日和20日两天，他痛斥“对堪萨斯的罪行”，申明那是“彻头彻尾的骗局”，并指出了幕后的首恶和帮凶。两天后，南卡罗来纳议员普雷斯顿·布鲁克斯闯入国会，声称萨姆纳中伤诽谤，并手挥藤条疯狂笞打。三年后，萨姆纳方始伤愈。

谋未及着手便告破产。难道，难道乌龟也像人类，明白即时而为、不费一瞬的道理？

8 月 31 日

1851 年

江河湖海和天宇苍穹是何等地相应相辅！只是疏密有别而已。水是密实的天空，明镜横亘千里，想来就让人激动！站在山巅遥遥望去，但见暮色染天，投影于低洼的湖泊或山间的河流，完美无瑕，任是明镜映照也无过于此。此情此景难道不在呈示，天空和大地是何等地息息相关？

我们常常将这庄严静穆的时刻挥霍于晚餐。长此以往，神圣的日落已成了无聊的时刻，恰如两条道路相交，一条始自正午，一条导向夜晚。如果人们在户外就餐，看着太阳落下，目睹群星升起；如果人们心心相印，珍爱κοσμοζ，或曰世间之美；如果人类在崇高稀有的意义上往来交际，使那重关系境界更高；如果我们在品茗时就着澄澈的晚风，畅饮露滴闪闪的暮间清氛；如果我们在将黄油抹上面包之际，也能切上一片薄暮的瑰丽天空；壶罐烟火缕缕，蒸汽氤氲，如果这丝丝蒸腾来自成千数万的江河湖海，来自草地牧场——如果这样，那该多好！

秋之卷

9 月 1 日

1856 年

营盘旧址的右侧有条小溪，我跟爱默生先生沿着北岸逆向而行，湿地中满是蘑菇，光鲜娇艳，一尘不染，我们一路欣赏，一路赞叹。好多呈为极其悦目的柠檬黄，形状各异，姿态万千，有些形若纽扣，有些状如管子，有些伞盖边缘好似扇贝，精致玲珑，那色彩纤嫩动人，极其罕见，在周围枯叶的映衬下更是清新悦目。有些一片纯白，有些周身通红，还有的身染棕黄，有的甚至靛蓝加身，光彩四溢，或在伞盖，或在伞柄，或从上到下均是如此。有朝一日，学校若要教授色彩（其实本该如此），真该用棱镜（或彩虹）和这些伞菌加以展示，如果学生不解何为色彩，则该去看看这些伞菌，效果或许更好。放眼望去，有些尘纤不染，光彩夺目，堪为胸针，而青蛙和蟾蜍便在这些奇珍异宝间跳来跳去，让人羡慕不已。枯枝败叶间但凡有点缝隙，总会溢出这些五彩斑斓的光色。这是岁月未曾动用的财富，而此刻，大自然将它尽数抛出，似乎要轻装前行。

9月5日

1851年

毫无疑问，我们跟草木一样，也在空气中汲取了养分，节候不同，空气有别，我们获得滋养的方式也迥然相异。我们因之得到滋养而赋有生气，无时无刻不对此心知肚明。为了提供这飘忽迷离的食品，大自然全力以之，奉上了她无比精纯的果实。我想，这芬芳的果实让我品尝了香醇，而那份娇艳却呈之视觉，任双眼品尝闻嗅，因而格外美不胜收。威尔金森所言不虚："天地间香气弥漫，因人的肉身而赋予了实体，于是，双肺至少获得了空间，品饮将大地也浸淫其中的芬芳。""呼吸空气到底意义何在，同在一方天空之下，每双肺叶却自有所取，各不相同？"

威尔金森的作品多少实现了我梦寐以求的缅想：让语意复现它类比和引申之际的活力与生机。他巧加类比，因而较之名家巨擘更能觅得准确的措辞，比如，在论及人类肌肤的章节中，他将状似乳突的真皮描述为"与机体之表相应相辅的锥形帐幕"。他将真相呈之古老的辞藻和今日的话语，提炼警敏有逾科学，完全可以放心地拜纳领受。可是，若检以人类的心智，科学家呈示的世界却无法让人圆满地接受。威尔金森为想象创造了家园，使它不再遭拒无归。探索真理就是归纳类比，我们试之双手而后呈于大脑。

随着老去，我们活得日益粗鄙，不仅稍稍懈怠了自律，而且多少漠视了真纯无比的天性，也越发不在乎饮食和贞洁。可是，我们应当砥砺自警，苛求健全的心智。不论有心还是无意，奉行德操总会馈以智慧。

我趁着月色行至鲍特原野，向拜尔·戈登山走去。现在是晚上八点，传来夜鹰的歌声。

人当长养敬意，敬意如同自重。只要看看某人文字的档次，听听他顿挫扬抑的口吻，便能知晓他是否自珍自重。成年之后，人该如何继续成长？

从大悬崖上望去，丽津湖上月光泠泠。这光艳的水泊居于无边无际的丛林之间，浪花带风，在身后的一棵高大松树中回响，清新强劲而不失野性，如若驰骛想象，好似荒原的群狼安静乖顺，又像驼鹿在岸际逡巡。古老的星斗浑似诗篇，深邃的天宇在俯瞰人间。现在，这便是我的天地，一道苍白的曲线沿着森林北向延去，勾出了湖泊的泄口。丽津湖横卧月色，好似一方水泊遥居于人迹罕至的缅因原始丛林。此时此刻，朦朦月色抹去了人类留在地上的一切印痕。月光之下，村镇上传来犬吠，身在林间，荒僻如斯，连这阵阵声响都似群狼啸月一般。

时届夜晚，纵然此时，蟋蟀仍在歌唱，小鸟依旧吟咏，晚风阵阵，咆哮林间，好似东方欲晓，黎明将至。月光缓缓退场，仿佛在为不久即至的白日天光让道。

从稍高的地方就着月光看去，眼前的景色悠远遥深，一线绵延，宛似混入了光影，混入了旷野和森林，好比在山巅俯瞰大地。

香气遍野，让人多么激动，又多么精神！地上玉米渐熟，在夜间挺直了身段，它茎秆渐趋干燥，散发出芬芳馥郁、无以言表的成熟气息。我都觉得自己成了一穗渐渐长熟的玉米。这些气息相混为一，难于区分，弥漫于天地之间。田里的玉米茎株越来越干，这该是怎样的一方百草之园？

9月6日

1854 年

晚上九点，倾盆雷雨自西边显现，闪电一刻不停，前所未见。这场雨肯定在二十英里之外，起码也是如此，因为几乎听不到雷鸣。略不停息的电光显出了云形，至少描出了上下边缘，不过阴云自南而北横贯天际，延出了视界。我每一分钟都能看到极端刺眼的闪电，形似波浪，若非突入地表，必在云中劈叉。电光几乎时时直击大地，偶尔状似树枝无比弯曲，或在阴云中裂为分叉。那是诗人钟爱的叉状霹雳。它仿佛骇人的炮阵，黑压压地逼向人间，随后炮火齐发，一刻不停。每次发射都威势万钧，狂暴地轰向地面或地上的目标。雷电至少持续了一个钟头，却在天际随处闪光，时而在云层上下，时而沿地平线而去，在降雨的云层下方耀出了一片鲜亮的金黄，灼目的电光便在其间蜿蜒穿行，射向大地。这道道利箭骇人醒目，命中了地上的村镇。它在阴云之下的金色雨帘中闪光，好似火蛇与爬虫，又如眼中的血丝。起初，那只是遥挂西南天际的一小朵阴云，因电光显出了真身，描出了曲折的外缘和整体轮廓，不过却听不到轰鸣。它好似舷侧射击的舰船，渐次变大，在地平线上南北两侧横向延伸，融合壮大，而后雷声轰响，暴风继之。雨终于来了，不过势头不猛，雷声也轰鸣不再，电光却依然如故，在我们身旁闪耀。

9 月 7 日

1851 年

我们间或会有这种体会，感到生机充盈却无从释放，觉得冲动满怀但意向不明。此刻我便发觉自己热情高涨，意欲献身文学却又不知道从何下手。若要沉思默想，情不自禁地倾诉抒写，我还准备不足。我身心二端均陷于热忱，可是，与其说这种感召源自音乐本身，莫若说是听到音乐而循声驱驰的那重愿望。我觉得自己所食的水果汁液（诸如甜瓜和苹果）在涌至脑际并予激励，让人痴迷沉醉，现在，我便会激动不已地奋笔疾书。卡莱尔[1]的作品很大程度上就成于这种状态。

玛蒂涅夫人[2]的近作并未可怕到致使恐慌情绪蔓延的程度，仿佛随便哪本畅销书都会引发严重后果，仿佛世人不再承认今生来世似的。其实，唯有恐惧本身值得恐惧，相形之下，上帝可能格外钟情无神论思想。[3]

有人极端怯懦，一丝不苟地执守一无所思、一无所为、一无所成的处事态度，对这种人我们还有什么可说？好像因为头脑中一片空白，他们便基于本能而强烈地渴望找点东西填补充塞，于是顽固地捕风捉影，不假思索地揪住了陈言套语。也因为一无所成，他们便会胡乱找个膜拜对象

---

1 卡莱尔（1795—1881），苏格兰历史作家，以澎湃激昂的文风称世，代表作品有《英雄和英雄崇拜》、《过去与现在》及《法国革命》等。

2 玛蒂涅（1802—1876），英国作家，为当世翘楚。她在历史题材的写作方面尤有建树，且以观点新警激进而惊悚视听。梭罗所指近作若非1849年面世的《三十年太平之追述》（*The History of the Thirty Years' Peace*），则为1851年完成的《关于人性原则及其展开的书简》（*Letters on the Laws of Man's Nature and Development*）。她基于思索和实地考察彻底放弃了宗教信仰，因而传播无神论主张，堪称离经叛道，惊世骇俗。

3 该句辑入了《博物诗人梭罗》。按，《博物诗人梭罗》为梭罗友人、超验主义诗人钱宁所作，成书于1873年，系梭罗的第一部传记。

以求弥补。他们简单似牛，从不因观点和思想犯错，其实，他们的脑袋就长在别人的肩膀上面。这些执守陈规的生物世故而保守，绝不会有发自内衷的只言片语。他们不以热忱拥抱热忱，只会报以言辞。他们的反驳就是规避，也会像妇人那般大惊小怪，张皇失措。

沉醉和狂喜看似徒然无果，却也不无价值。尽管主宰于性灵时我们的言说会显得苍白多余，可是，如若气定神闲，智识活跃，这罕有的激情便会浮上心头而为我们的画幅着色，仿佛永远成了蘸取颜料的漆桶。所以，生命的体验终究不会不着痕迹地逝去，它纵非赤金，亦属金叶，会将我们的心智器具装点得金光灿灿。彼时我们陶醉于永恒的美景，可以任情描画，也能尽兴绘饰。尽管我们无由将灵光呈之特定诗篇，可它一经闪现便不会消失，因为它会留下难以磨灭的印象，并将永远盘亘在我们的脑际。它呈示的真理会得到沉淀，及至头脑冷静，我们就能用为颜料替笔下的篇什镀金敷彩。如若无望诉诸吟唱，我就会存之记忆，终有一天它将予我装点，而让心灵的作品为之生辉且传之久远。它就是一罐纯净的乙醚，一旦时机成熟，就会为作家提供充裕的财富，使文字获得点化而灵动飘逸。灵感所钟的文字气象不凡，一如我们的河水，此刻干涸断流，露出杂草丛生的丑陋河床，而一旦春天来临，温婉的水流便会漫过草场，迤逦绵延，映照出林木和天空。

我们接受了自己在宇宙间的角色，那是关于生命的艺术！可有人将它笔之文字垂于后世？我们该如何塑造自我，以把握生命的菁华？又该如何精心呵护，来守望自己的思想？措意于灵府和心田透出的讯息吧，切勿留心街巷间的隐私秘闻！如何度过这个下午？我不记得曾有文字以此相告。如何节省时间？我倒更加在意如何支配开销，如何因之富足，以免时光就此失去，徒然无益。

月亮来去之际，如果营造一个诗意世界，呈示一些耐人寻味的教益，留下若许神圣崇高的开示，如果这样又会如何？它圣洁庄严，予我启迪，我居然未加利用！居然视若无睹地由它失去!！月亮每个月都充满启示，尽管常常归于徒然，可是，你若曾留意，难道不觉得它跟文学、宗教以及哲学的启迪迥然相异？[1]

你若真正看到风景，它就会予生命以影响，让你知道如何生活，如何汲取生命的精粹，恰似教授年轻猎手如何下网捕猎。如何从世界之英采取花蜜，这便是我的日常事功，因而，我围着花朵忙似蜜蜂。为此，我在田野间巡游徜徉，如果发现自己满携蜂蜜和蜂蜡，就会幸福得无以复

1 该段辑入了《夜色和月光》。

加。我像只蜜蜂，在整日寻觅自然的甘旨，难道在游目花丛之际我不曾萃集群芳，赋以菁华，而培育了罕见稀有的超拔品类？我成天在采撷花蜜，哼着自己的曲调，满怀欣悦，一派天然。行至原野，我意下便甘似蜜汁，用蜂房的内饰装点自己的巢穴。我愿跟鲜花交流，只要有花就必然有蜜（那恐怕也是果实的蜜汁），所以也少不了果实，花朵染得斑斓富丽自然意在引诱蜜蜂。因此，借着怡人的清晨和悦目的朝霞所予的指示，我们便知道该去哪里采集花蜜，该去哪里成就思想、文字和行动的果实。我们先会属意于娇艳的花朵，而后才会发现预示未来果实的花蜜。年轻的阿喀琉斯（？）不也在青春时期学习狩猎？这可是如何度日的一门艺术。如果我们能够得到指引，呵护以之便会获益匪浅。如果不分日夜地守望就能探得些许神意，难道不值得如此为之？一刻不停地守望，一刻不停地祈祷，却无须意下黯然，忧郁满怀。切勿垂头丧气。纵然天启隐秘有加，其他民族依旧快乐如故，而那些太过阴郁的犹太人却会懊丧不已。难道我不解何为快乐？丢开忧郁吧，快乐就在反面。在希伯来人的喜悦当中，我仍然能清晰地听到那延迁不去的声声叹息。给我纯然的快乐，不要为忧郁留方寸之地。

可以肯定，世人在挥霍生命，而这并非生活之道。如果耐心守望准会瞥见一缕全新的光芒，得以升至毗斯迦山[1]驻留片刻，而那死寂寡色的天地也将生机充盈、妙不可言，果真如此，难道我不会永远守望，难道自此不以守望者自命？若在城市的墙垣上一年到头地守望就能感通天意，难道我不会彻底关上店铺而终日守望？身为青年，生而为人，难道还有比走向真正的生活更为明智的选择？这一切本该获得体认，但我似乎已能容忍将它付之谣传。我们身边尽是丰赡的神秘现象，难道我们不该略加勘问，稍事探索？该毕生投于自然查究神意，还是挥霍于吞食牡蛎？到头来，难道两者不隔若天渊，迥然相异？

买个本子记录思想并非易事。这些思想尽为美元美分所据。[2]

予我滋养的美酒清水若在月亮之表，我便会为之而不遗余力地登上月亮。

得之户外的发现琐细而具体，室内沉思的收获则普泛而意味深远。走得越远会越加流于表相，室内沉潜越深则距本相越近。探寻生命的春光就会获得充分的锻炼，且看，有人为了健康而在室内摆弄哑铃，却一任泉水在远方的草

1 毗斯迦山位于约旦之东，摩西获允在此瞻望应许之地，见《圣经·旧约·申命记》第3章第27节。

2 该段辑入了《科德角》。

场上汩汩涌出而不闻不问！如果有人觉得摆弄哑铃必不可少，则说明他已经迷入了歧途。[1]

我将守望察之上苍的奇妙景象并笔诸文字。

我将永远警醒，以在大自然中察见上帝，发现祂的藏身之所，并聆听天地间的神曲和剧作，这是我的职分和使命。

心灵间或会受制于肉体而萌生动机并随之行动。但凡液体，总能驱动水泵。

人总会生机充盈又复空虚落寞，但释放的渠道却各不相同。有人耗于声色，有人诉诸感情，有人施之心灵，偶尔有人仅仅通过心灵的卓越需要，或曰诗性欲求而获得满足。如许情况取决于心之所钟和意之所趋，既然如此，我们或许也该将养分用于这类特殊用途。

沉潜于心灵世界的人何其之少，纵然如此，些微名利就能使他们改变初衷。

我穿过原野，行经哈伯德的树林，又走过农田来到紫林崖和科南图姆，而后翻山经原路返回，时为下午六点。

天色已晚，唯有鸫鸟的一两声哀鸣，却没有它和百灵吟咏春色的歌声。小溪那边是哈伯德的农田，此刻，太阳

1 该句辑入了《漫步》。

在那里渐渐落下。空气极端静谧，传来蟋蟀微弱而美妙的歌声。跟春天相比，点缀风景的森林和单棵树木都负累更沉，益发簇密。夜色的伙伴多了起来，林木的浓荫格外醒目。草场一片绿色，收获春华后又迎来了秋实。此刻，唯有雨蛙或歌雀的稀疏叫声宛若春天。农田的沙地上罗马苦艾跟夏枯草相混而生，已能将鞋子染为黄绿，诗人有时会将这黄色的粉尘喻为诸神的食品。鸟儿出奇地安静，行至桥上，我发现蝙蝠已经离巢。月亮不算太圆，依旧银光泠泠，映照在水面。河水静到了极致，薄暮的天空为它染上了一抹红晕。

今晚的天空格外特别。太阳已落，西边的天际射出氤氲蒙蒙的光辉，状若格栅，间以蓝光，十分悦目，那蓝色足令任何蓝天相形见绌。间隔的云层渐次拉开距离漫至中天，而后跟东方的地平线相接，在整个天空绘出了一幅对称的图案，仿佛剖开的甜瓜，那光色自西向东渐趋暗淡，虽然不算鲜亮，却也十分清晰。一幅宜人的景色，一片着色的薄雾。这是天地间的大美，它源自饮泣的云层反射的日光，这些蓝白交替的肋骨将大地揽入了怀抱，侧翼的蓝光无比明艳，相形益彰，争荣竞辉。

耳边传来蚊子的嗡嗡。

我上了大路，蟋蟀叫声更多更响。田野上，鸟巢的白色纹路在暮色中依稀可见。夜鹰在远处放歌，有些地方还有烧田的气味。登上紫林崖后，河边传来阵阵歌声，那是划船后回家的少男少女，他们的歌声平素在这里难得一闻。人声如此形诸歌咏，就跟这里非常般配。这歌声在天地间飘荡，说回来，人类的歌唱远比自然声响洪亮辉煌。不过，人们一般不在野外放歌，不管白天还是夜间总是如此，让人有点困惑。我在崖北洗濯，月光洒在岩畔四周，对面的山崖映在水中。洗浴既毕，我行至林间，坐在山崖的南端。眼前有一两只萤火虫，抑或是闪光虫？我想，我确实看到一两只在空中飘过，散步所见无过于此。我听到有只夜鹰在身后咯咯，它疑心很重也惯于打探。河水从身边南向流去，西岸因睡莲反射月光而断续闪亮，绵延出四分之一英里之远，河水渐远渐暗，那片光亮越发显得鲜亮醒目。水中跃动的声响不时传来，若非鱼儿或青蛙，便是麝鼠或河龟。虽已九月，我觉得倒比八月还热，空气也清澈无比。耳边尽是蟋蟀的叫声，我搞不清这叫声何以会如此规则，仿佛它们是在互通声息后准时放声，弄出浑如脉搏的声响，宛若大自然在呼吸或喘气。身下二十英尺便是河流，水上微波不兴，岸边莲叶熠熠，天上明月高悬，若许顶端光秃秃的树木混入了天际。天地间野趣盎然，这些树木让它更甚几重。

向下望去，月在水中明如中天，唯有水虫使这轮圆盘微晃轻颤，河面的暗黑也消失不再，泛出一片洁似玻璃的微微光亮。这幕景象镶嵌在东岸的双重暗影之中：岸际黢黑的林木和山丘不但投下了阴影，又将身姿映在河水之上，相应相辅，答和益彰。

头顶的北天光芒让我想起了爱斯基摩人，虽然相去万里，他们却跟我同此寰宇，此刻也在地球的另一处走动，或许正在猎逐海豹。[1]星辰微显河中，月下的水虫轨迹浑如粼粼水波。其实，只有面向日月，才能见到映于水中的明艳光芒。今晚非比春夜，没有蛙鸣，不论牛蛙还是其他品类。秋天不是放歌的日子。

我爬上了科南图姆，刚好是在墙下。从这个角度和高度看去，丽津湖上不见一丝鲜亮或金色的光芒，透过似有若无的水汽，但见西南一角的水湾平滑似镜。湖岸这端，两三棵松树矗立在月光之下，东岸一带则林木苍茫，浓黑的倒影替光亮的湖水围上了边沿。这光芒温润柔和，仿佛包蕴了数以千计的温和日子，而后温柔地付之湖水的襟抱，缅因林中的北特维因湖也会呈现出这般光景。秋末冬初的午间风和日丽，我不禁想起此时的暖怡湖水，不过眼前的

1　将该句辑入了《博物诗人梭罗》。

这方水泊却格外温润雅驯，好似野人步入了高度的文明，岁月的洪荒走过了多少夏日才成就了这部作品。它好似远去的夏日，日光余温犹存，只是凌厉不再，湖水沉寂，空气静谧，还有那幻化装点的光阴之手。这究系何方神灵，居然需要如此流光溢彩的瓶水，以装点夜色中的密树幽林？何以将美丽如许的景致赋予夜晚，何以让这枚宝石在夜的王国璀璨夺目？此刻亮相的神祇我们前所未闻，恐怕他们的名字也不曾著于任何神话。[1]纵然置身此处，我也能微微见出它蜿蜒迤逦的岸际，见出那熠熠生辉的睡莲浮叶。如若这方景致显于人迹罕至的僻远去处，难道不正说明它见赏于自己的仙子和林神？及至秋冬之交的明艳午间，湖面浑似日光下的晶亮蛛网，轻风拂过便微微颤动。天地间曾有一方湖泊，水面洁似明镜，清晰可见，睡莲的浮叶在岸际光彩闪闪，些微松树沐浴着日光，矗立在亘古如一的岸边，恰似十一月的午间光景，只是眼前这片水泊静卧于圣洁的月光，包蕴于清幽的夜色，夜的暗影予它围拱并揽入了怀中。它在诉说杳然远去、沉于洪荒的人文往事，也在讲述先于天地又凌跨时光的余韵流风。

我看到近日有人在草场上耙罗越橘，难道其中体现了

1 将该句辑入了《博物诗人梭罗》。

某种美德，而这种德性都意味着对我闲散游浪的一种谴责？难道在他们身后搜罗，我就得不到更为珍贵的果实？难道我不会动用智性搜罗？难道我偶尔寻获的思想不抵一蒲式耳的越橘？

雅致的文明跟原始的野性实则相与消长，文明与野性相反相成，一似白昼同时意味着黑夜，仿佛梦中的湖泊将一抹微笑漾出了水面。世间的光线足以让我们看清一切，也足以让黑夜展示所有。光线太过会模糊物象，当然，我无意为光线不足张目。本相便是美丽的幻影，也是迷人的梦境。但愿我们变得卓越超拔，纵然呈之想象，见于意愿也无妨，如此，大自然定会露出高贵的尊容，也将披上美丽的衣装。眼前的这方湖泊光彩悦目，意蕴悠长，珠宝商人何曾打理过如此美艳的珠宝，它呈示了饱含诗意的尊贵生活，岂止用以装点帝王的冠冕。

秋天的这个时候分外安静，几乎听不到鸟兽的声响，所谓夜晚的寂静于人无益纯属臆说。

我登上了山顶。空气清新凉爽，夜间高歌的鸟雀隐隐可闻，山风掠过岩石呼啸而去，我由此得知自己已经身在山巅。在跟这冷眼俯瞰的天空毗连的星球之上，无论哪里都是它的表皮。此时，步履所及尽为草场，离天远近均无差别，跟怀特山的峰顶无所二致。大地之表都像山顶，因为在我眼中它们跟天空的距离都没有不同，几英尺的差别尽可忽略。月光灰白朦胧，原野好似苔痕遍布的岩石，跟日间的农田相去甚远。触目入眼，天地间荒索枯寂，幽旷冷清，些微的高下升降均显得无关紧要。纵使高加索山亦不例外，也成了微微隆起的一块山间草场。

椴树似为薄纱所笼，无比英挺清秀，满树的叶片如同鱼鳞。

在山上惊起了一只夜鹰。如果我能从夜晚开辟若干领域，如果我能告诉世人，就在他们沉睡之际，美妙动人的一切才开始亮相，如果我能为诗歌拓展领地，如果我能撰文报纸告诉读者，夜晚充满启示，人们真该予以关注——如果这样，我的同胞难道不该将我视为恩人？[1]现在，我无意责难白昼，因它此刻不在，无暇辩驳。

就在离开山顶的房子下山时，北边的光芒愈发鲜亮，短短的火苗在上方飘忽，或者，那恐怕是火苗的影子，因为它时而变亮，时而变暗。到了山下，连低处也很难见到露水。

此时，北方的火焰更加起劲，旺得出奇，看似向上升腾，实则横向蔓延，夜间看去仿佛山上燃起了大火。北国

1　将该句辑入了《夜色和月光》。

的神灵在焚烧柴禾，连天上的城防也无法阻绝。火势自西向东，在状似弯月的山脊上绵延，仿佛一条硕大的火虫断成碎截横在北天。这些碎截虹光翼带，像爬虫那般蠕动着环状筋肉，竭力向东蔓延。延至心仪的林子后，它突然向上腾跃，好似一团营火，又如燃起树丛，甚或像火药那般引燃了一株松树，接着仿佛富含松脂的树桩着火后四处放光，且将火光映入了水中。现在，诸神开始奋力出手，将它扑灭，星辰这才浑无惧意，恬静地显身于天幕。

此时虽无鸟鸣，却有蟋蟀敲响那尖亮刺耳的铙钹，它格外属意于路上的桤木，这位吟者对夜的合唱尤为上心。[1]

抹掉白日留下的琐碎印象需要些时间，所以，夜间起初的那段时光有时会白白耗掉。

日前，我们去了布恩旷野的林间，两只翱翔盘旋的雌鹰给了我们莫大的乐趣。它们不时交错而飞，像晨间的松鼠那般互换线路。待我们模仿那凄厉的啸叫后，这两只鹰逐渐鼓翼而起，翔至中天，愈益高迴，最终淡出了视界。不过，它们始终在用心地搜索，寻找地上落单的老鼠或野兔。[2]

---

1 该段辑入了《博物诗人梭罗》。

2 该段所记为本月4日的经历，当日一笔带过，梭罗在此补入观察所得。又，此番出行的同伴为诗人钱宁。

9 月 8 日

1851 年

今早没雾。难道我不该为新警的思想寻觅新警的文字？难道我该承袭他人的说辞？如若思绪和感触源自肺腑，自然会冒出相应的表达形式，仿佛它会因之而自创象形文字一般。真情实感拥有自己的活字天地，正是因为思想陈腐，文字才会千人一面，缺乏个性。

毫无疑问，若论真正的歌唱，鸟兽无法跟人类相提并论。天地间寂然无响，好似一切都在屏息谛听，此时听来，人声就是美悦的旋律。空中飘荡着欢快的叠句，其间意味无穷，人类的歌唱化入了协奏。鸟儿的啼鸣无非欢欣的感喟，人类的吟唱才是心底快意的表白。

难道鸟儿和萤火虫不在跟芳草相和而鸣？芳草泛碧，大地便生机奔腾，满眼绿意成了大地青春和健康的最佳征象和写照。及至草叶鲜绿不再，或曰六月已尽，鸟儿便会收起歌声，萤火虫也不再簇涌草场，相聚闪光，事实或许如此。四季的演替可能见之芳草的荣枯，若将草叶视为树叶，年景的消长则也见诸树叶的盛衰，因为树叶一旦丧失活力而丰润不再，就会葬身昆虫或死于干旱，情况与草叶无异。秋天可以视为二度春风，故而有些草木也会在此时生长，若非如此，它们一般会应和季节而停止生长。人类亦然，待他觉得盛年不再，便会迎候冬日来临。他若偶尔重获生机，而对当下的时光满怀信心，便似割取之后又复萌生的草叶，只是一茬残弱的收成。青春已逝，纵然壮志未酬，也无法在此时遂心如愿。岁月可能夏日尚在，人生或许壮盛犹存，奈何花期已过，芳华不再了。那是萎谢的季节，满目灰尘，热浪奔涌，果实变小，感触琐碎。因而，夏日与盛年相应相辅。可是，及至初秋艳阳高照，天朗气清，沉思默想之际，大地上会有重生的草叶，也有再放的春花。我的生命也不无秋日的阳春，它亮丽澄澈，暖怡温润，容我趁冬日尚未降临而继续追求，容我如春天那般又复偃卧在地，满怀期待和缅想，甚而意下宁静却信心见长。所以，我将卷起夏日的盛装而沉入美丽的梦乡。岁月会越过冬日而进入下一个年头，我们的生命何独不然，死亡之后便会迎来新生。

1854 年

下午去摘葡萄，划船经由哈伯德浴场等地前往丽津山。

再有一周葡萄绝对熟得更好，可我现在不得不行动，以免藤蔓被采摘一空。此刻，我差不多都能闻到葡萄的芳香。我拽过几根粗壮华美的紫葡萄藤条，但见果霜密敷，紫色耀光，炽如烈火。红葡萄颗粒硕大，微有斑点，绿葡萄晶亮剔透，一无瑕疵。有些藤蔓越过桤木仅有四五英尺高，我便爬进这低矮密实的凉棚，发现葡萄就挂在上方的叶簇拱顶之下。有些藤蔓则攀上了桦树或枫树，深紫或黑色的葡萄高高在上，紧贴银色的叶子，这时摘取，就得爬树或者拉藤。

我带了半蒲式耳葡萄回到家里，以求满屋生香。要想装进篮子带回家里却又果霜不失没有可能，而葡萄之美非独呈于串形，亦且见之霜衣。我划船回家时将篮子放在船头，那缕芳香便不时飘至船尾，都让我怀疑行经的河岸藤蔓挂果，葡萄累累。就在我将藤条从桦树顶端拉下，出手采摘时，几只金翅雀在树上叽叽喳喳。有时，我尚未够到果串，熟透的果粒就啪啪落下，散在地上。有时，我踮起脚尖，争取轻轻地揪下壮实的柄端，不想叶柄成股绞缠，也只好粗暴地尽数扯下。

你的果子尖酸又生涩，
我这双手蛮暴而粗野，
又来恣意摘取……
毁了尚未长大的枝叶。[1]

1　摘自弥尔顿作品《利西达斯》，该诗悼念剑桥同学，成于1638年。

9月19日

1854年

下午虑及讲稿可能的反响，又想到冬天即将赴外宣说的情状，我由是明白声名不彰、湮没无闻是何其珍贵，由是明白自己享受日久，也可能依旧享受的这重优势无与伦比。我清楚自己活得一无挂碍，一无羁绊，也一无负累，浸满诗意，闲适得胜似王子。我付身自然，度过了如许之多的春光夏日，如许之多的秋色冬景，好似别无所为而一任活在其中，吸纳它们予我的养分。比如说，有那么两三年，我几乎与花相伴，每逢花开，便会扔下一切目睹绽放；为了察见叶色迁变，我不惜花了整整一个秋天。真感谢孤寂，也多亏无名，我何其健壮，个中欢欣如何夸饰都不过分！现在面临学界期许之虞，如若今后犹然如此，我都不知道如何品味生活的乐趣。若赴外演讲，又该怎样弥补错过冬日所致的损失？

那是我的假日，是我成长壮大的时机，也是我得以延续的青春。

一只高山鹆鸟从科南图姆之巅振翼飞去，虽然腹部泛白，却依旧尖亮地叫着：怀特，土怀特[1]。

1　土怀特，此处用词为tu white，系拟声辞藻，意为“变白吧”。

气候太干，已有树木差不多掉光了叶子，诸如桦树、枫树、栗树、苹果树和栎树。大群的鸫鸟飞了过去，其间有几只啄木鸟，鸫鸟叫声不断，送来熟悉的叽叽吱吱。

掉落的山胡桃已经不少，绣线菊旧叶落下后常常会生出新叶，花梗很绿，株高四分之三或是半英寸。路边的景天果约略泛紫或呈桃红（?），已有一周甚或更久。不出几天，跌下的橡子就会泛出健美的深深栗色。有只鸟儿从身旁飞过，那可是回飞的黄色金翅鸟?

几天前的夜晚，河面的雾峰缭绕在门罗的白色篱笆之上，我看到那里反射出大片亮光，向窗外望去，几乎像沐浴月色那般醒目。

猩红栎已经结果，以果托宽大，果壳居多较为常见。

9 月 20 日

1838 年

九月的午后阳光明媚，偎身于灰白的巨石之下，聆听蟋蟀那迷人的吟唱，此时，倚墙沉思确属望外之乐。自今以还，白天黑夜一任造化，时光永远是静谧的黄昏，好似欢欣的日子行将收尾。田野干爽，日光漫射，毛蕊金光灿灿，这都是每天的例行资粮。若将大自然的如许气质形诸文字，我不知道还有什么比属意于这化育之功更为恰切。

9月22日

1854年

早上的霜依旧很重，也弥漫着雾气，雾散后又是个晴天。

下午登上了纳肖图科山。

从石桥上看去，河流静得出奇，河水清澈，溢满阳光。草丛外有只雕背龟探出头来，看似那样停在空中，默然不动，又像蹼板欲伸，昂首将探，仰成了四十五度。梭鱼草还在萎谢，一任其旧，看不出寒霜留下了什么明显的印迹。初霜会见于蔬菜等物，值得一看。

朴树的浆果黄色欲染。从山巅望去，我不禁疑惑世上是否还有明艳如许的晴天朗日。空气清爽，令人心旷神怡，大地又抹了些许绿意。寒霜要催熟柿子，催熟水果，也要如法而行，欲将催熟年景和岁月。

不妨在日光下走走，尽管不动声色，冷眼旁观，却也不偏不倚地品评论说，看看会是什么情况，一似它并非为你耀光，你也并非因它而行，只是权且显身欣赏而已。月下漫步，我们便赋有灵气而不复尘俗气息。所以，我们何妨也在日间走动，且将太阳视为直接放光、更为强劲的月亮，也将白昼视为星辰犹在、滋养一切的夜晚。

某些矮栎的果实微黄而犹绿，泛出了悦目的射线；有些白橡的果实或橙色淡施，或红色晕染，一似橡叶。低处的葡萄叶子已然遭霜，尚未变黄就已发皱。

穿过迈诺特家背后的山丘时，太阳就要沉入地平线之下。暮霭稀薄，自西天左右延伸，横贯南北，反射出一片紫光，将群山浸于其中，宛似果实之上盛开的花朵。我不由思忖，热天是否有这番景象，或曰，它是否见于寒霜未至的时节？这难道不算秋熟的另一重征象？昨天我已发现如此。

眼前的猩红栎果让人一阵惊喜，它锥尖下垂，栎实和果托酷似陀螺。果托上端展开而呈梨状，较黑栎宽大，为栎实提供了宽敞的搁架。栎实果尖突出如锥，不算太圆。我见到有些猩红栎叶上两条主脉和支脉分向而去，几近对称，黑栎则不然，裂片也自然如此。

月光让世间万物都显得简约质朴，由于障碍很少，我们肢体舒展，心灵自由。身在月下，我们不再移心旁骛。月光就像面包和水一样简单，简单得好似入门课程，这门课程在日出前教授，好让我们在日光下生活。

9月24日

1851年

早上有风，天气很冷，散步时我都穿了一件厚上衣。由于是北风，所以路上并没听到电线的声响。昨天有雨，下到晚上才停，这有风的秋日相当清爽振奋，也无比澄澈清冷。

昨日风雨并作，地上落叶斑斑，苹果树下尤为明显。雨随霜而至，终使树叶衰零腐朽。河上水借风势，逆向闪拍，河水深蓝，白色的泡沫道道斜横，显出了风向。阳光照在河上，鲜亮耀眼。山上一片不毛，也没有雾气，轮廓显得格外分明。柯南特的牧场上有片树林，有棵树映衬在绿树之下，通身红色，那是红枫。跟夏日的树花相比，那份红色尤为艳丽，也格外醒目。科南图姆山上的越橘丛也满目泛红。

世间的画幅不论多美，又怎能跟我们此刻的河上风光相比？从科南图姆的山崖看去，河流西侧的草场平坦旷远，刈痕历历在目，苹果树斑斑点点，树下浓荫深密，其黑似墨，在今天这般清丽明朗的日子，这番景致方能一见。草场上一头母牛躁动不已，逡巡徘徊，哞声阵阵。河水蓝比天色，几难区分，秋风兴波，浪涛南涌，河水好似逆向倒流，河畔柳枝依依，风箱树逐岸而生。对岸是条狭长的草场，牧草随风起伏，光影交替，明暗变换。不知何故，这片草场今年没有收割，尽管草叶已干，却好似寻求辅助而在寒风中顺势南倾。草场以东，山丘逐级而升，隆为六十英尺高的平地，山上矮栎遍生，枫树蔽野，此刻身着艳装，五彩缤纷，丛丛灌木都冠羽飘扬。山丘之后是林木丛生的山崖，两百英尺上下，巉岩灰白，随地而突，冒出了树丛，山坡上有片果树。山崖之右，林肯山脉莽莽苍苍，遥至天际。色彩富丽斑斓，悦目赏心，空气洁净澄澈，沁人心脾，大地气象万千，随处皆宜——美丽如许，人类几乎不配居住。

9 月 26 日

1859 年

我在柳湾的入口看蜘蛛结网。蛛丝极细，拉在鸢尾或黑三棱之间，相距甚至六到八英尺，与水面绝对平行，仅去寸许。蛛丝如此之细，光线极佳才能看到，但我依旧发现了几根，长七英尺，一端系于茎秆，一端微飘轻飏，离

水面只有六英寸，绝对水平。这些蛛丝挺如利矛，未系的那端却在数英尺之间横向而飘。湖水宁静，天朗气清，蜘蛛就在这么结网。不过，不借网丝，它也能轻松地溜过水面。

9月27日

1857年

由于昨天骤然变热，桃子突然成熟变软，都让人吃惊不已，而且还有好多掉落在地，乃至比前几场雨后掉的还多。渐渐成熟该有多好！

如若了解某种思想的真谛就会发现，史料的相关记述是多么难副其实！印度文献便是一例，诚然，它录存了时间地点诸般要素，也会明确提及对膜拜的教派干系何其之大，纵然如此又能怎样？和垂之永恒[1]的精粹诗篇或警悟思想相比，印度或人类历史的一切皆属耳食之语。

下午，穿过农田前往李氏崖。

低处的小小红枫燃起了悦目的火焰，已有一星期之久。团团火焰深浅有别，从猩红到深红各色兼备。草场和湿地

---

1 垂之永恒，作者用词为dateless，该词意涉双关，兼指“日期不明，难以考稽”，跟前文精确记录时地等信息呼应发明。

似乎展开了集训，参训者都已打出了旗子。有些山谷幽寂僻远，距近处的大路有一英里之遥，可能在谷口就会立着一株默默无闻的小小红枫。不论冬夏，它在那里恪尽职守，不遗余力，但求以枫树的名义为自己增添光彩。连着好几个月，它潜滋暗长，稳健以之，全副身心地向目标努力，比春天的时候离天堂更近。现在，九月来临，这是骚动的月份，也是出游的时节，人们迫不及待地前往海滨、山川和湖畔，而谦逊的枫树却不事张扬，为了自己的英名而初衷不改，未尝动摇分寸——在山坡上打出猩红的旗帜，宣告它已经先于其他树木完成了夏日的劳作，也退出了长达数月的竞争。它谦逊隐秀，苦心孤诣地成就自我时见不出任何迹象，一旦染上红晕，走向成熟，才向粗疏冷漠的路人亮出风采。它自满自足，心思纯一。红枫燃烧之日，便是人们因之向上苍谢恩之时。最终，一年的努力完美收场，全树的叶子彻底成熟，流光溢彩，粲然夺目，向极端漠然的眼睛亮出了枫树的风韵和英姿——灼目的大红。那份炫丽略无悔意，也不见病象。新叶生出便窃窃耳语，一次又一次不停地追问父母："穿上红装还得多久？"它从不虚耗自己的元神，默然滋长，离天堂越来越近。许久以来，它成就了种子便付之于风，或许，得悉数千株幼苗已经在某些地方牢牢扎根并茁壮成长，它便会心满意足。它完全配得上枫树这一名号，也为游浪的鸟儿提供了荫庇。那绚丽的色彩表明它如何走过了夏日，那是彰显美德的光色。

这些火红的树木生在草场四周，在山坡上也能远远地辨出它们的身影，这儿一棵，那儿一棵。它的美德是猩红。

白桦已经显出了悦目的黄色，草间的黑莓藤蔓随处可见，在明媚的阳光下宛似一条血红的带子。我坐在密尔湿地旁侧的山坡上，湿地中有棵榆树，一束忍冬爬上树干直至树顶，于是，一根端直细长的红色圆柱便掩映于稀疏渐黄的叶丛，堪称绝配。我发现有些忍冬的小小叶子叶缘粉红，色如樱桃，纤嫩娇弱。

坐着的时候，我看见一只鹰从身后投下的影子。鹰现在多了起来，我想，一则因为雏鹰已经长大，再则因为充作猎物的小鸟成群出动，数量甚众。在可以俯瞰河畔草场的地方，我只需再坐个把分钟，就能观赏若许盘旋的黑点沿着草场奋力击飞，或闪跃如刀，因光效而消失片刻，或重现天宇，时近时远。

将北美大陆跟东部大陆的北方加以区分，以便研究草木和鸟兽在大洋两岸的分布联系，如此拟想天经地义，亦即，这番假定跟自然现象相应相辅。不少鸟雀共存于东西大陆之北，就连候鸽也越洋而飞到了欧洲，反之，欧洲的某些植物也见于北美东北的遥远海岸或岛屿，在内陆地区却鲜有分布。人类的徙动也大率遵循这一法则。

10月4日

1851年

今天迈诺特提到，他以前老是听说有个林肯人不在仓房里筑地脱粒，而会一直等到天寒地冻，然后清出一块地方来干活。他还经常看见有人在荞麦地上就地脱粒，铲去浮土露出硬地即可。

说起摊晒的禾谷时，迈诺特用了一个“抱”[1]字。他说的都是很好的英语旧词，虽然这些词我从没听过，但我清楚翻开字典准能找到。

我非常喜欢迈诺特晾晒在仓房的玉米秆，它们要么平置于架板，要么骑搭在横梁，不但整洁干净，鲜绿悦目，而且劲道不失，养分依旧。投机谋财的农民则不然，他们草草为之，将玉米秆撇在户外，糟蹋得焦枯发黑，成了脏兮兮的废物。

就我所知，迈诺特可能是最浪漫的农民，他让我彻底领略了农耕生活的诗情画意。他做事从不慌张，也不苦熬，

1　原文用词为gavel，《牛津大字典》释义为“割下并可扎为一捆的数量的谷物”，因而译作对等的汉语量词“抱”。

好像充满了乐趣。他在充分利用劳动，每个环节都能获得莫大的乐趣。他无意卖了收成或巴望换钱，劳动的快乐永远溢满心田，那才是予他的回报。他没有过多的田地，不用干个不停自讨苦吃，不用雇工也不用男童，也能一味地自得其乐，种地生活。他不在乎种地的多少，只留心把活干好。他对仓房的每个楔子和钉子都了如指掌。如果还有披屋[1]需要铺设地板，他不容雇工夺去干活的乐趣，而会悠悠地走进林子，选中一棵油松，砍倒后拖往工场，所以，他很清楚自己仓房地板的根底和来历。

在迈诺特眼中，种田是一桩乐事，他会享受得比打猎和钓鱼还久。种园子他从不匆匆忙忙，却会很快弄好，镇子上还没人比他种得漂亮。

他总能预见庄稼歉收，不过，收多少他都会心满意足。他拿橡木楔子加固了仓房地板，而不喜欢使用铁钉，他说铁钉生锈就不起作用。他用小推车将收获的玉米送进仓房，来去之间似在找乐，而那种享受绝不亚于孩子们把弄玩具，因而，收成虽小却也派上了很大的用场。若将他的劳动收获送入市场，他很可能会叹息哭泣。他的田里一经锄过，就不会再有杂草。

1　披屋系主房旁侧的建筑，通常是棚屋。

迈诺特喜欢在有风的日子去湿地漫步，聆听风过松枝啸叫呜咽。为了捕鼠，他在仓房里养了只猫。他不贪恋美味珍馐和盛装华服，也无意于堂皇陈设和富丽的家具，并非因为吝啬小气，只是因为生性简朴，嗜欲寡淡。如果妹妹先他而逝，他可能就得去救济院度过晚年，但他绝不贫穷，因为他无心致富发财。在农田上举手投足之间，他的快乐就会日益见长，而那些力于苦役、伺察机会的农民却几乎一无所知。虽因始终困于风湿而双手颤抖，可他似乎大体健康无虞。他看完《海军的荣耀》[1]后再没有翻过书本，虽然如此，他说的却是上乘英语。

1859 年

如若出访未遂其愿，我似乎会因渎扰主人而心存歉意，失望之余我会明白，其实我没有资格叩门拜访。

我始终觉得，所谓优雅仪态实则糟糕至极，那只是徒有其表却漫无生机的一重装饰。世间的奴隶主无不如此，因为他们待人似物。有人礼数周到，却将你视若尘埃，情况之糟莫此为甚，这是他们漠视对方的姿态，也是隐藏自我的手段。

1　一部讲述美国建国前后海战的作品，记载了英美的海上战役，以及美国征剿阿尔及尔海盗的情况。

同情源自下劣天性，因卓越品质示爱者鲜有其人。其实，女主人的嗜欲跟仆人毫无二致，但她选择交游却苛刻挑剔。仆人固然有可能吃到纤嫩的精肉，可只能在厨房里享用。

午后前往科南图姆。

现在，墙垣旁侧和泉水浸漫的开阔山坡上多么引人入胜！草皮落叶斑斑，却又为延迁不去、簇密硕大的蕨草所覆，满目冷艳，一派秋绿。鉴于年岁早熟，它们便一反常态，在克奈泉一带滞留维持。有些已然皱缩，或黄色微染，或形容焦褐，有些果实累累，绿叶外仰，修长俊美，宛似利矛指向四方。间有枯萎的枫叶落下，撒在这团团叶簇之上，此时却因隐微难察的紫萁枯叶不堪重负。这流连不去的绿意如许显眼，连满地的草叶都为之生辉。尽管蕨草生于衰朽，却绿意不失，生机犹在，仿佛万古长青而让我们为之触动。就算萎叶相蔽，这润湿的绿色依旧会超拔而出，纵或脆弱纤嫩，却不惧猛厉的寒霜。只因此时草木多已凋零，只因我们清楚，一旦寒霜降临就会将它翦除殆尽，所以，这份绿意显得格外耐人寻味。夏日的绿色不足为奇，见于秋日则弥足珍贵，成了人类生机的象征和写照。

唯有全然忘却知识方能谈得上求知，我一旦自诩受教于学者，而对万物已有初步了解，则只会囿于现状，难以接近自然物象一分一毫。要想彻底领悟，就得认为对象全然陌生，纵然那是第一千次靠近面对。要想认识蕨类，就得忘掉植物学知识，即使一条科学术语或名相都属多余。意欲求知，须捐弃成见和旧识。且须警醒，一切皆非既已认定的模样。眼前就是这个世界，可有著作述及特征，展示魅力？可曾有人明示路径，以揭示其韵致和风采？若要求知，就得卓尔不群，异于流俗。知悉事实便是无上成就，而你也无须跟皇家学会有任何干系和往来。若要你了解孢子囊群的位置，或是囊群盖的特征，只需查看便一举了事。可是，若要你跟蕨类感通，如是信息便蕴涵深广，别有意味，于你而言，那非但又是一部圣典和启示，还能弥补你既往的生命损失。可是，走到这一步谈何容易！好比提供语句加以分析，需你确定字号大小，句子长短，句式繁简，分句多寡，属格是否漏标，可曾省略求变，纸张与墨水的材质和颜色，并且要把握修辞，判定高下，将它置于目为范式的句子中参照品评。可是，如此为之全然无视句子的含义，似乎它原本就一无所示。这是中国人的治学路数，也是亚里士多德学派的招式。然而，你一旦把握了意蕴，就会觉得唯此为重，他皆多余。科学迷失得如此之远，恰如其分地止步不前——无非告诉你句子何在，该去哪里寻觅同义辞藻，及至探寻内涵和语意，它却会就此打住。

10月5日

1840年

我的一部分会宁静安然地整日沉睡，到了夜间却像猫头鹰那样离巢外出，享受自己的白昼。人们会在晚上斜倚横卧，将自己裹进躯壳。每逢夜间我都要回家休憩，都会晤面故去的先祖。此时，灵魂将会逸出躯体，寓于上帝而沉入神圣的睡眠。待她起身离去，我便四肢软靡，眼睑下垂，上苍也会再度收回她的黏土。人们向来认为夜晚馥郁芬芳，神圣庄严。到了夜间，空中便会异彩纷呈，仙子也将露面亮相。

10月7日

1857年

登至丽津半山腰向西北眺望，风光之美虽令人屡屡沉醉，今天依然不免惊叹，于是坐在果园的墙下悠然观赏。我想，美丽如许的风光在康科德无出其右了。景色虽然一如往昔，美得难以置信，可我们每每身在画幅而未予欣赏。十月天光明丽，一道山谷自西南延至东北，就目力所及，宽约两英里，谷底草场廓大，草色泛黄，棕褐微染。一条蓝色的河流在其间缓缓蜿蜒，北向远去，灌木逐岸而生，色如草场，未曾间断。草场树木相围，一线迤逦，间或宽至四分之一英里，猩红、金黄、朱红辉赫闪耀，交相映辉。树后林木叠翠，原野献绿，山间橙黄蔽野，猩红满目，浓烈的朱红宛如火焰炽热奔腾。树间屋舍点点，或白或灰，每每劲柯庇覆，嘉树垂荫，满目棕褐，宛若穹顶。一片树林伸向远方，林间沟壑纵横，但见绿荫叠覆，四向绵延。六座山脉耸在天际，一片深蓝，莽莽苍苍。山下四分之一英里远的地方，硕大的鸟儿羽翮蓝白，在光鲜的枝叶间奋翼尖叫，我身边则是精致的蓝知更鸟，娇娇鸣啭，悦耳动听。

这就是人类的居地，可是，不妨今晚去个镇上的聚会，或明天到教堂试试，听听居民的谈话，看他们是否知道自己拥有怎样的生活天地。这时碰巧传来阵阵丧钟，遥远悠长，庄严肃穆，比寻常的闹哄更宜于丧礼。它意味深远：待人们懂得珍惜生命的良机，欣赏天赐的居地时，必定此生既了，已然故去。

有人肯定不会远足，都不知道该如何招呼他们。我首先想到的是找匹马拉上他们，却又不免要跟马厩和肮脏的挽具发生干系，何况我也不会长久骑行。我要牺牲上午的时光陪他们尽兴，自然不免错失蓬勃灵动的清氛，以及黎明展示的诱人前景，到了午后，这一切就会变得呆滞迟缓，沉闷乏味。既然他们无法走路，又为何不在下午老老实实地小睡片刻而予我自由？可是一到两点，他们就会执意落座，让人愕然。秋末日丽风和，堪比阳春，他们会坐在那里，坐坏椅子，磨穿屋墙，将脊背递给太阳，任时光流逝而浑然不觉。

下午五点行至瓦尔登，坐在湖东高高的岸堤之上。刚刚落座，不知失神还是何故，一幅无比醒目的景象便映入了双眼，铺在水底，宛似彩虹。高高的湖岸灌木丛生，在阳光下鲜艳夺目，路人可能会看到映入水面的炫丽倒影，可是，若非特意查看，他会就此满足，而难以欣赏迷人的全景。这些艳丽的灌木高在三到十二英尺之间，全副映入湖水，若论枝叶则映像模糊，可色彩却灿烂夺目，层次井然，由猩红而金黄，由金黄而翠绿。但是，由于湖水微晃，水中倒影跟岸上的灌木其宽相若却不等高，反倒拉长后以三至四倍的高度垂直映入水下，绘成了一个个尖尖的金字塔，光色递减，终至消失。这幅拉长的倒影极其漂亮，那是绚丽的色彩趋于柔和又复相混的作品，如若色彩迥异却亮度相若的两丛小小灌木相形对置，则会显得格外赏心悦目。美丽如斯，仿佛挥动手掌或画笔，尔后重重地涂抹炫丽斑斓的颜料，或是若许易碎的五彩粉粒。所以，湖上显出了一片倒影，宽与山高相若，沿着阳光明丽的整个北岸向下延去，形成了一个个矮短而尖细的倒金字塔，五彩斑斓，极端艳丽。相似的情景曾见于本地的土著居民，他们的腰部就刺有形似倒锥的古老文身。瓦尔登也好似一位印第安女子，十月来临，她便彩带束腰，虹光耀辉而亮斑炫彩。湖水弄波，涟漪微漾，这灿烂的色彩便递相反射，因波痕渐弱而光色益淡，寓目入眼就越发微弱。

10 月 9 日

1851 年

午后两点，前往科南图姆。

路旁的桤树上又传来蝗虫的叫声，它已由绿色变为淡黄，因暖和的天气而获得了新生。即便在同一棵树上，橡子的味道也甜爽各异，不过都已变干发硬。我在路上看到了六条绿色的花蛇，其中一条很小，看来它们是在爬出来享受阳光，一点也不愿浪费一年里这最后几天的温暖日子。河对岸的山丘和平地上满是矮栎的深红落叶，暖意融融。在湖滨的李氏山坡上，有些油松的旧叶一片金黄，在阳光下换上了富丽的秋装，宛若黄金叠翠，交相辉映。

金缕梅在这迷人的山坡上散蕊怒放，而那阔大的黄叶却在陨落。若许植株枯叶尽凋，色如皮革，满地皆是。金缕梅极为诱人，它是十月和十一月的孩童，却又让我忆及初临的早春。那朵朵花瓣馨若春光，又似柳絮。凭着芬芳与花色，它跻身于年岁的橘色黎明，因而，纵然秋意重重，落叶满地，更兼寒霜降临，它却犹自盛开，可见大自然生机依旧，不改初衷。虽然它此刻站在山丘的阴影之中，掠过山顶的阳光却点燃了尖梢与黄花。它花枝密簇，清晰尖利，断不会让人将它跟其他品种相混。我满怀欣悦，躺在树下。金缕梅落叶之际便是开花之时，如此说来，秋日成了不折不扣的春光，一年四季也春意盎然。我虽然目送空中的两只黑鹂南向而去，心思却仍旧在这金缕梅的花朵之上。这里便是仙境，灵魂不朽的一面呈示于斯。我暗自思忖，它是否开放太晚，连蜜蜂和昆虫都难以吸取花蜜，甚或，它本来就没有花蜜。正当此时，我恰好看到一只蜜蜂落上了花瓣。面诸此景，夫复何言——这晚放的花木对蜜蜂多么重要！

10 月 10 日

1857 年

六天的光辉日子在今天行将收尾，我都想说这是今年唯一不二的朗日晴天：空气如此洁净宁谧，大地如此光彩夺目，枝叶如此鲜亮耀眼，除却天气稍冷，一切暖得如此悦人（厚上衣虽不沉闷难耐却也很热），年景节候如此硕果累累，我们的思想也如此丰腴高产。毫无疑问，这是今年光辉无比的日子，都像今天一样由晨霜请到了人间。正如夏日的早晨，露水的清凉跟炎热、沉闷和慵懒迥然相异，故而，到了秋天的早晨，寒霜的幽冷便与单纯的干燥和雾气判然有别。可以说，就在这几天，寒霜便像催熟果实那般催熟了年景，因而也让岁月染上成熟的光彩而非衰朽的颜色。它绝非十一月的焦枯，亦非十一月的衰零。

10 月 12 日

1851 年

好几个下午都是晴天，今天多云，我非常喜欢这种天气，清幽安静宜于沉思。设若阴云让我凝思寂虑，而在下界再造一方轻盈的天空，就算遮去了天幕又能怎样！这时，连蟋蟀的叫声都格外清晰。我的思绪不复游弋，也不复懈放，因而清楚此前的思想有多浅陋。深水向来暗黑无光，仿佛天空有云，浅水则晶亮闪烁，水底都能显出太阳的倒影。风儿拂过面颊，意味深长而越发沉郁。

我沉入自然似乎更久，较之往昔，我的智识听命于自然者多，受制于性灵者寡。现在，我值得忆念的时光更少，也很少律己以严。我已经习惯了自己的卑下，承认了自己的堕落。真够可悲，我都对自己心满意足，每当沦落都安之若素，不为所动。

午后，前往大悬崖。

林肯那边传来礼拜的钟声，起初我还以为那是电线在响。远远听去，这阵阵钟声化作了嗡嗡的震颤，一似竖琴，仿佛源自它借以传播的空气。所有音乐终究是竖琴的拨奏，空中似乎布满了振动的琴弦。那不只是钟声，还是动听的空中嗡鸣，正如天高地迥方有悦目的蔚蓝。万物原本稀松平常，蓝纱庇覆便气象不同。声音若在极远的地方发出，便会吟唱相同的曲调，因它拨动了宇宙的里拉之弦。林肯那边飘来的旋律便是空气的歌咏，它在跟所有树叶倾谈，同一切松针和鸣。它绝非近在耳畔的钟声，因为如此之近我会听得一清二楚。那是震颤的回响，大自然拾取旋律加以调整，经过大幅的加工改益，提炼升华，才传到我的耳边。回声未尝不是一种原声，其中自有磁性和魔力，所以不可仅仅视为予我的应和，也该看作林木本有的声音。

10 月 13 日

1851 年

较之夏日，警敏活泼的人在冬日更富理性。到了夏天，他的生物要素就会像在热带那样滋蔓更甚，官能因而居于支配地位。冬天则不然，他会受制于冷峻的理性而非炽热的激情，所以会陷入沉思，生活更富精神意味，而少官能色彩。他若在夏日一味溺于声色，到了冬天便会像爬行动物及其同类那般麻木呆钝。

就精神而言，人有寒暑两面，好似天有冬夏之别。人在冬天会仰赖本身，自谋供养而无复依傍。此时，昆虫大多消失不见，以之为食的动物也难觅踪影，高等动物却会与人一道直面寒冬。人在冬天会转向心灵，那里夏日常在。冬日的怨尤从来不会侵蚀健康的心灵。

10 月 14 日

1857 年

下午，前往怀特湖。

今天让人难以忘怀，十天来一向如此。淡淡的雾气弥漫了两三个夜晚，今天早上渐渐散了。天热似酷暑，下午居然比昨天还热，如果没有这样热那该多好。我欣然走向哈伯德林中的树荫，那份清凉让人振奋。迷人的金秋！任何地方仅凭这十天就足以赢得美名，这些天的举止都能传之子孙垂为风俗，该将它载入史册，著于康科德的历史。

遇到这样的日子，任何青涩之物都有望走向成熟。古往今来可有这样的秋天？可是，商业却陷入了空前的混乱和危机。举国上下，商号银行纷纷停业倒闭；沙堤[1]则不然，它结实稳固，热气腾腾，布满了血红的越橘藤蔓。只要乐意，你尽可以沉湎于此，不妨像蟋蟀那样，个中自有乐趣。[2]它们就是这里的股东，在心满意足地放声高歌，都能看到它们在兑取温暖有加的光阴。我的资金，亦即健康和快意，就存在这里和与之相类的去处。我相信，蟋蟀跟我一样，也未曾将运道和幸福系于纽约银行的关停倒闭。它提供的保障薄似萨福克银行的纸张，我们又怎能心存指望？这种银行就是阴沟，寄望于它会血本无归。要我说，还是以简约和知足为本，将它存入这些乡间银行。一枝黄花虽已萎谢，却未像破产的银行那样一蹶不振，并且，即使它正当盛期也无人伪造[3]。大自然无须辨伪打假的机构。银行陷入萧条我无意怜悯，也不愿理解。它用花岗岩石材建成，承

---

1 沙堤，原文作sand-bank，因bank一词兼指银行，梭罗故而移花接木，大事调侃。

2 梭罗本人注释道：沙堤是压不塌的，就算跌倒，也会跌在松软舒服的沙子上面。又，本句出语诙谐，依旧据bank谐音双关而继续申发。原文作：You may run upon them as much as you please, —even as the crickets do, and find their account in it.字面意思为：只要乐意，你尽可以向银行施压支款……会找到自己的户头。

3 一枝黄花，英文名为goldenrod，字面意思为金质权杖。

袭希腊或罗马风格，非但柱廊叠绕，并且配有钢铁保险柜，纵便如此，跟草场上萎谢的绣线菊相比，依然不会长久，依然不会让我踏实地存款储蓄。银行的偿付能力倒不是问题，关键是我知道主管和出纳是何等人物。

不论向哪个方向走去，身边总是收获的景象。我常常在森林原野与河流湖泊中获取收成，没人挡道，也没人干涉，因为我们的庄稼迥然不同。今天，我看到人们在收取豆子和玉米，他们本身便是一道风景，不过在我的眼中也一闪而过。我每天都会走到户外，走进田野，采撷最美的收获，这些东西从来不会被他们运走，乃至到了十一月的最后一天也是如此。所以，我并非因为拾遗而行至户外。

走在大路上，行经之处，所有的红枫都卸去了艳妆，枝丫光秃，萧瑟如烟，树下却枫叶堆积，鲜亮如初。落叶在树的一侧飘成了图案，浑似尚未陨落时投下的树荫那般齐整规则。倒不如说，我头一次看到枫树偃卧在地，好似一方永不褪色的彩色树荫，在一心找寻它一度寄身的枝干和树身。

瞩目于怀特湖的北端，我发现从对面的山上望去，山坡的倒影并不如实物那般宽阔，这是视角差异的缘故。此时的影像效果分明如此：恰似你将双目贴近水面，而水上恰好是山坡的倒影。大自然无意重复自身，这又是一例，即便呈之静水的影像也跟我们眼中的实物不同。见于倒影的树间天空也跟实景不同，原因亦复如此。不管怎样，是否总有个角度容我们直视山坡，而可以获得显于水中倒影的视觉效果？很明显，水中不会呈现从山脚或湖滨仰视山坡的效果，因为山脚下就近的灌木会遮去山顶。若在湖畔高于影像上缘的地方望去，眼中的山顶就跟水中的倒影完全一样，可是，这时看到的山脚是否跟倒影一致？而我看到的山脚灌木是否完全见于倒影？如果不是，则影像便不会重复或再现物体的真实面貌，那是一幅全新的场景，倒影的奇幻和魅力便在这里，个中奇趣也见于回声。人类能否毫厘不爽地再现大自然，我都表示怀疑。

10月16日

1859年

今日晴朗萧瑟，宛似十一月的光景。我们顺风而进，不劳划桨。风箱树叶落殆尽，黑柳衰飒飘零，蔓兰几近灰白，枯萎的莎草而或灯芯草映在水中。许久不曾在河上游览，今天幽冷清凉，格外新鲜。

行至柳湾，看到麝鼠新巢磊磊，因岸际草木凋零而格外显眼。在我眼中，这一景象富于启示，不容低估。这些巢穴恐怕跟堆在乡间院落的干草不相上下，又如爱斯基摩人冒出地面的冬日居所。我惦念这些巢穴已有三十年之久，年年如此。在康科德，这幕景象漫长悠远，已先于人类而在，也会后于人类而存，远非院落中堆放不久的干草所能相比。三十年来，我每每发现，在近日或稍前，麝鼠就会沿河筑巢。此情此景让人不禁心生感触，即令此地没有吉卜赛人，也有个皮毛覆身的土著族类生活于斯，世居不去，与人相伴而成了他的四足兄弟。这番景象你未必年年关注，也未必见于希腊年鉴或是历书，但在我的日志中，却占有重要位置。因而，每当太阳在天秤座或天蝎座之间显身，麝鼠那宛若圆锥的冬日巢穴定会冒出梭鱼草和鸢尾的枯枝败叶。不论通过寓言而或其他方式，我都会将这幕景象呈于我本人的《新约》，因为《圣经》非属我等，那是希伯来人的作品，这成了不容置疑的缺憾。我不会乞灵于埃及或巴比伦，而要从新英格兰就地取材，以呈示跟我们息息相关的场景和画幅。

谈何习文命笔！须知，文字植根于万物。天然物象和场景本是抒情表意的唯一手段或根本方式。美国文人则不然，他们绝少植根泥土，甚或远离了大地，每每费尽气力，而将自己一味囿于舶来的符号之中。他们抵制切身的成长感触，拒绝鲜活的日常道白，总是将这一切斥为“美国习气”。教会、政府和学校常常就在犯这类错误，它们热衷昏昧而弃绝开化，死心塌地地执守旧习和传统。知之弥深，感之弥切，自会发明新词。一旦我真正明白，汇入麦里马克河的这条河流迤逦似蛇，难道我还会援引与之相类却不甚悠久的河流用以描绘，而重弹老调，谓以蜿蜒曲折？若论蜿蜒曲折[1]，蚊虫哼哼也无非曼伊安德河的水平，康科德夜莺的歌声更是不在话下。设若鼓励家庭改进谈吐，而对语言辞藻课以捐税，看看会是什么情况？难道我们就贫乏得没有自己的称谓？拿出赝品，且让教师辨别真伪。

他们还在公布“大事序次”和“神事系日”[2]之类的东西，如此为之纯属因循旧习，跟你的年岁延迁相比，这一切多么无足轻重，只因你的感会近在眼前而触手可及。春日死去的亚口鱼在我眼中意味深远，绝非黄道十二宫可以相比[3]。我祀神的节日无可置换，这些亚口鱼便在为我布设庆祝。你又怎能知道，另一番春景已在我心中发端萌生？到了那时，仅凭鱼儿过上一季我也会心满意足。

---

1 原文作meander，意谓“蜿蜒曲折”，亦为随后提及的同音河流曼伊安德河名称，该河位于土耳其，因蜿蜒曲折得名，如同钱塘江往复回环获称“浙江”（亦名“之江”）。

2 西洋的传统节日，尤其宗教节日多依星期而非日期确定，此为古俗。在时代新旧递嬗之际，尤其公历风行之后，官方常常将系于星期的节庆置换为日期方便民众（梭罗故言），恰似中国新一代每每通过公历来确定基于阴历的传统节日。

3 参1852年4月18日的日记。

较之人间万象，人类对天文景象揄扬过甚，仿佛跟专注私务相比，关注邻人显得格外高人一筹。任它星辰轨道相交，何须我等操劳用心。你的生活自是一事，历书所呈又属其他。比如十月，我无意让太阳驰入天蝎座，却想让它尽快光临麝鼠的居所。天文学因帝王垂顾为世所重，并未因菌类参赞而风行一时，可是，唯有它才称得上“皇家太史”。同理，突然苏醒的河龟在星座之中理应享有一席之地，尽管它早该取代某个似是而非的角色。如果它的位置不在天上，便在下面为我们撑着大地。

10 月 18 日

1853 年

午后跟索菲亚划船前往丽津，她在那里画了一幅素描。

红枫早已落光了叶子，阳光明媚，天气晴朗，连灰色的枯枝都宛若白银，光彩闪闪。林木艳妆渐卸，作别繁华，麝鼠的小居因而越发醒目。我的小船泊在柳下，船上满是金黄的柳叶，覆盖了舱底，也落满了座位，就算打理干净，第二天依旧如此。白栎或浅橙泛红，或鲜亮干枯，黑栎微绿着黄，杨树则流光溢彩，金光灿灿。麝鼠的居所宛若河中兀立的黑石，由于翼庇动物，这些磊磊小居格外显眼。

河水降低已有几个星期，现在越发清浅，白莲浮叶出水，茎秆细长。莲叶去水四五英寸，纷披垂覆，罩着水下的叶子，显出了一幅罕见的景象。划船回家时天色已晚，柳树和高岸上投下了我们的两重阴影，实影暗黑，虚影缥缈。

1858 年

现在，公地上的高大糖枫漂亮得无以复加。最先着色的那棵已在凋零，它引领风气，浓施猩红，有人都以为它肯定到了极限；而在腾匹克尽头的那棵只要寓目入眼，此刻也会亮出风采。可就在十来天之前，除了一棵之外，其他枫树都一派碧绿，我都不指望它们更换艳妆了，现在却满目猩红，娇艳欲滴，暖逾金黄。硕大的枫叶形似椭圆，红黄兼施，仿佛尽数吸纳了秋日的光热与明艳。公地上有场拍卖，可这熊熊烈焰却淹没了那杆鲜红的号旗。贴近地面和树干的叶子向来一片黄绿，极端娇嫩，好似室内养大的孩子的面容。

父辈们曾去遥远的乡间运来一些砍去树梢的端直树干，他们称之为糖枫，那时，他们几乎不曾指望看到眼前的这番光辉成就。记得这些树栽下后，附近一位商人的店员为了嘲弄而在旁边种了些豆子，可是，当年被戏称为豆茎的树木而今成了我们街道上引人注目的胜景。虽然有位议员因栽树着凉而去世，这些树木却物有所值，甚至超其所值，因为多少年以来，每到十月，面对孩子们纯真的眼睛，它们慷慨地奉献了灿烂的光辉。既然糖枫在秋天形成了如此悦目的风景，我们便不求它在春天提供糖分。私宅的财富是个人的遗产，但这些树木却奉献给了大众，所有孩子都可以在这片金色的收获中纵情狂欢。街道上满是炫丽的树木，至少也可以跟一年一度或长达一周的节庆和假日媲美，并且无须警力维持秩序。相形之下，十月的新英格兰市镇真够可怜，因为那里的街上不见枫树。这场十月的喜庆无须鸣炮，无须敲钟，解放的号旗随处皆是，千百面旗子光彩夺目，迎风飘扬。千百双眼睛满含艳羡，盯着这份壮丽，也正是因为这些老师，连那些意欲逃课的孩子都在出门之际领受教益而收住了脚步。每逢秋天，我们的镇上都似乎要举行一场喜庆的盛筵，为时一两个星期，耗费无多，清白纯正。

我们的先人在教堂前面添加了这富于生命的设施，既不需要修缮，也不需要重新涂饰，由它自己生长就能得到不断的增益和修补。先辈此举是何用意？树木固然应该植于街道以营造十月的光彩。难道你不觉得，孩子们也能在枫树下长大成人？现在的学生，不论厌学还是勤读，在学校里确实学不到关于色彩的知识，这一切都被药店柜台和城市窗户的缤纷色彩所替代。可惜的是，今日的大街上再也见不到红枫和山胡桃了。我们的颜料盒中极端匮乏，我们无须刻意添补，纵便添补也该为年轻人提供这些天然色彩。

有人被誉为出色的农夫，并且获得了罕有的成功。他彻底修缮了房屋，还建了一个带有酒窖的粮仓（农夫肯定都会这样），可他的房子四周一棵树都没有，也不见任何灌木，就连近旁好远也是如此。这种人不少，我起码就知道一个。

不论是每年的例训或军事集结，还是饰巾招展、彩旗飘扬的各色庆典，跟十月的灿烂光彩和满目绚丽相比，它们为城市增添的那点光亮都显得黯然无色。我们只需栽下树木，任其生长，大自然便会设计五彩斑斓的褶裥——那是草木王国所属部族的旌帜，有些旗子连植物学家都见所未见。既然这样，就多种些枫树、山胡桃和猩红栎，让它们烧下去吧！炮室里卷着脏兮兮的彩旗，难道它能代替一座城镇的全部色彩？拥有这些标识节候的树木，一座城镇才算完整，因为它们跟城里的大钟一样重要。城镇若是少了它们就不能正常运转，少了这一核心部件，不免会有毛病出现。让我们春天有柳树，夏天有榆树，把枫树、胡桃树和水紫树留给秋天，常青树留给冬天，而栎树则属于一年四季。跟街道展览相比，室内画廊算得了什么！大街上榆树的下方是西天的霞彩，国内的任何画廊断不能给我们美妙如许的享受，每逢日落，这幅画框中已有新作收笔，使我们不至像某个爱尔兰人那样陷入窘境。此人重金拍得一幅镀金的画框，却不得不另购画幅方能悬挂。像我们如此之大的榆树林荫道如果绵延三英里，可能就会导向某个绝妙的去处，即便这两排树仅仅延至康科德也无妨于此。若有街道与前述街景相像，就会为旅人陈示一幅随步换形的美丽风景，十月漫步效果尤佳。

明丽灿烂、热情奔放的风景，所有村镇都需要你驱除忧郁和迷信，替它们注入纯粹干净的生气与活力。若有两个镇子，其一树木合围，燃烧着十月的光辉，其一只是草木不生的荒地，我敢断言，后一个地方肯定少不了濒于绝望的醉鬼。不要犯蠢而把马匹拴在那红色的树干上，我们费尽气力栽植，如果肯花一半的工夫去保护该有多好？这些枫树的布道可以随时聆听，它们矢志不移，在宣说自己半个世纪，一个世纪，唉，甚至一个半世纪的感会和阅历。它们的热忱与日俱增，它们的恩泽日益深厚，服务着一代又一代的人们。而我们所能做的，仅仅是在它们衰朽之后安排称职的替补。

榆树和风箱树黄叶飘零，撒遍了街巷，也堆满了沟渎，成了孩子们随时戏玩的对象。这时，就连林间的豆茎也换上了纤嫩的黄色，显得格外醒目，甚至废园也芦笋遍地，四围鲜绿，中间金黄，似乎着过大火一般。

10 月 20 日

1853 年

这些窸窣作响的落叶是春茗，也是绿茶，纯净鲜脆，有益健康，形就了清爽洁净的花坛。漫步其间该是多大的乐趣！它们静静地飘落，悄然化作泥土，优雅地走向了墓地。它们流光溢彩，堪为生者的卧榻。它们结伴而行，轻盈灵巧，一路欢歌，共赴永久的安息之所。它们弃绝了黑纱，而在大地上兴高采烈地蹦蹦跳跳，审择地段，选定地皮，在周边林木的各个角落里喁喁耳语。它们曾在高高的枝头飘扬，此时欣然复归尘土，埋身其中，接受树下酣眠、化为腐土的归宿，既为上方轻飏的枝叶承担滋养，又为新生的子代提供哺育。这里百叶杂陈，诸品交汇，既有橡树和枫树，也有栗树和桦树。看来，这片片落叶要铺满肥沃的大地，及至化为腐土，我们就会更加富饶丰裕。大自然不会因它们而芜杂凌乱，她是个出色的管家，会尽数收纳，来者不拒。

10月24日

1858年

风暴自东北而至，雨下得不多却强劲有力，蒙蒙茸茸，非常迷人。风雨每每送来大雁，下午两点半，天上就有两列雁阵御风飞过。今天的大雁想必不少，也会在附近歇脚栖息。这种天气在提醒它们寒冬将至，阵阵秋风也在催它们上路。

这场风雨也急急地扫落了树叶。院子里落叶斑斑，不仅有黄色的桃叶，还有橘色又复猩红的樱桃叶子。刚扫出一块，旋复落得满地都是。

荆棘、没药和红果桑只剩下光秃秃的枝条。

辉煌的秋色见于这橘黄和猩红，也见于这炫丽斑斓又变幻多姿的光色。天蓝得一如既往，地上却百花鲜红，群芳金黄。果实在走向成熟，只待陨落前染上一抹亮色。秋日的树叶，薄暮的天空，收尾的年景何独不然？十月是红色的夕照，十一月是随后的黄昏，光色是成熟的标志，也是收获的象征。光鲜绝伦的色彩，高华尊贵的面容，你灿若宝石，珍似明眸。

10月26日

1857年

暴雨斜倾，东风或东北风势头强劲，雨雾蒙蒙，一英里之外都看不到东西。连日阴雨，河水渐渐漫上了草场，我的兴致也随之趋于亢奋。池沼溢水，河流涨波，我想，镇上的人们在举手投足、起心动念之际势必受到了影响。它也给我的文字和生活打上了烙印，我相信，河水就在这篇日记中泛溢弄波，另有一股潮流也在字里行间澎湃涌动，所以，积压许久的米粮就能付磨加工了[1]。暴风雨其实在成就全新，甚或奔放有加的生活。风雨并作，健硕的候鸟在空中亮相，它们起码跟这鼓荡于天地的力量灵犀相通。我看到两只巨大的鱼鹰（或为苍鹭）在顶着风暴奋力击飞，向东北缓缓而去。它们始终勠力同心，相互贴近，这需要多么难得的牵绊，都让人希望空中的那两个黑点在结伴配对。那双巨翼托着身子在雨雾中前行，也跟同类生死不离，休戚相共。我只能勉强看清这两只奋翼的生灵，它们定然是戴摩和皮提亚斯[2]那样的生死之交。地上的波浪跟它们系

1　古代西方以水磨居多，梭罗因之取譬设喻。

2　据希腊神话，戴摩和皮提亚斯俱为希腊人，两人到叙拉古之后，戴摩因不实指控而将被处死，皮提亚斯出面作保，让戴摩获允回家安排后事，待他迟延返回时，适逢皮提亚斯临刑受戮。两人争相赴死以保全朋友，叙拉古暴君狄奥尼修斯大受感动，赦免了戴摩，并与两人订交。“戴摩和皮提亚斯”因而成了刎颈之交（转下页）

出同源，只是更为密切，也数量甚众。我那搏击风暴的伴侣，你又在何方？河水奔涌，这两只鱼鹰在逐岸而飞，时而东北，时而西南。

我又在克兰姆希尔草场上展开了探寻，这风雨交加的天气让候鸟开始行动，也让它们变得勇毅果敢。

节候的迁变整饬有序，最终也使我的生命律动显得清晰简单，其实一切原本如此。一年四季并所有演替寓于我身，我眼中并没有死去的鳝鱼，浮动的蛇类，也不见飞翔的鸥鹭，一切都让我的生命臻于圆满，宛若生命之歌的诗行或情韵。我都相信，如果我已离去，康科德河将不复涨水漫过岸堤。片刻之际，我便清楚了自己情绪的实质，也明白了心中四季的究竟。我不增不减，无从扣除，也难以附加。因而，我的心境周而复始，每个日子都自具面目。大自然与人类契合无间，当然也让人身在家园。

10月27日

1855年

豪斯默的草场介于他的堤坝和大路之间，那里长有好

(接上页)的代名，作为习语意同汉语的“情同管鲍”。16世纪英国作家理查·爱德华有同名剧作，米高梅电影公司于1962年将这个著名的神话搬上了银幕。

多流苏龙胆，不过现在已经严重遭霜。今天出来采集坚果正是时候，因为果子几乎掉落殆尽，当然，你只能在松鼠的遗留中翻腾寻觅，要想从树上再摇几颗则无从谈起。树叶几近精光，遑论刺果。风从西北而至，捎来阵阵寒意，好似那边已然有雪。落叶松渐渐显出了黄色。

书桌上有几个野苹果，我开始查究其中的一个。我喜欢这种野果，在野外和林间享用劲道爽口，沁透心脾，带进室内却尖酸不堪，糟糕透顶，不由让人啧啧称奇。贝壳和卵石必得在海滨观赏，同理，品尝这十月之果就得意气风发地漫步户外，浸淫于十月下旬的怡人氛围。若要领略那泼辣粗犷的风味，呼吸十月和十一月之交的寒栗空气似所难免。户外的空气和锻炼跟室内不同，会赋予口舌相异的感受，漫步至此，人们便会渴望室内蛰居者谓之生涩乃至尖酸的口味。十月的空气是品尝野苹果的佐食美酒，身在室内便不复存在，口舌因而会要求果味绵软，也会因此排斥野苹果，山楂和橡子也在遭拒之列。我会常常采摘野苹果，那味道浓烈馥郁，我都不解果园主为何不从这里截枝嫁接。可是，一旦装满衣兜带回家里品用，居然变得尖酸生涩，出人意料。野苹果非得在野外享用不可，这时全身因活动而生气勃勃，寒霜冻得手指发麻（若在十一月），松鸦在四周凄厉地啼鸣，秋风过处，枯枝作响，落叶簌簌。

由此可见，有些思想适于野外，有些思想却宜于室内。但愿我的思想跟野苹果一样，成为漫步的食粮，室内品鉴恐难胜意。

若要领略这些野苹果的风味，就需感觉纯正敏锐，味蕾坚挺有力，不易驯服抹平。有些野苹果该贴上标识：随风品用。

1858 年

好多人住在城里，因此无缘在这个季节走进乡村，所以他们从未见过这般景象——这岁月的鲜花，或者说岁月的硕果。记得有次就跟这样一位市民策马而行，虽然辉煌的巅峰已经过去两周，但眼前的一切依旧使他无比兴奋：炫丽斑斓，无以复加，让他闻所未闻。

十月不曾晕染我们的诗行。

非但很多镇上的居民不曾目睹这番壮丽，就算躬逢其盛，也不曾在多数人的记忆中留下痕迹。年复一年，从来如此。

色彩及其明暗深浅千差万别，难以穷尽，却因为缺乏专称而无从名状，所以，我们别无选择，老是拿同一个名称应付二十种不同的色彩。树木各不相同，纷繁如许，若能借以展示色彩，或仅仅使用树叶，效果便会迥然不同。纵然色彩相同，却也纯度有别且浓淡各异，若能如实加以描述，语言不仅会大为丰富，而且会着上相应的色彩，不仅能够诉诸耳朵，而且会呈之眼睛。正因为色彩如此微妙，才让人们格外觉得赏心悦目。条件如此便利，还要去哪里研究色彩？可有设计学校能跟它相提并论？要想描绘五彩斑斓的树叶，只能使用五彩斑斓的辞藻。色彩的深浅是那般微妙又那般迷人，相形之下，我们意欲用以描绘的辞藻自然显得平庸苍白，单调乏力。纵然在同一棵树上，两片相邻的叶子也深浅不同，有谁能够形诸文字，遑论描绘两千片树叶的色差？因为如许之多的光色均在一瞥之间摄入了双眼。比如，在描绘色斑炫丽的树叶时，我们总觉得笔下的文字徒然无效，难称美意，绞尽脑汁的结果只能是微红、微黄和微紫等等。我们难以让文字生色，因为它不像颜料那般各色杂陈，所以只好使用诸如红棕那般没用的辞藻。要想笔下生辉，就得将红色和棕色这两个词研碎相混。

10 月 30 日

1837 年

日　出

起初，天是诗人笔下的蒙蒙灰色，层云阴暗，散至天际。尔后，东方突入了辉赫的云彩，仿佛怀抱一颗奇异的宝石。一湾灰暗的深渊为金色所染，标出了这枚宝石的上缘，修长的光芒氤氤氲氲自中央射出，好似轻装兵士整齐有序，各自就列。

10月31日

1850年

今年还不曾有过如此美丽的午后。日子无比暖怡，静到了极致，空气干爽清澈，天上略无片云。蟋蟀的叫声似有若无，点缀着四野的宁静。

我都想说，一年四季，唯有我们的“印第安之夏”[1]堪称良辰美景。明媚的日子就在眼前，我想，就连意大利也不曾拥有。

我们尽数挥霍了美丽的时光，若不就此躬身自责而放弃佚乐，断不会拥有超尘拔俗、宛若仙境的午后。灿烂的日子垂青于我，那本是我的快乐之源，但我却认为自己处境不佳，行止可鄙而难以享用。一旦青春逝去，我们的自

---

1 印第安之夏，原文作Indian summer，汉译常作“小阳春”。这一称谓数见于梭罗文字，译者视上下文常做变通，以免过度归化，现据字面译出，以见异域情韵和文化特色。“印第安之夏”属美国北部晚秋时节的特称，典型特征为宁静干爽，风和日丽，烟岚缥缈，雾突暧暧。该词首见于法裔美国作家约翰·赫克托尔·圣约翰写于1782年的作品《美国农民来信》:“每年雪前总会长烟排空，暖适宜人，这几天短暂的日子名为‘印第安之夏’。”

我认知就变得驳杂不纯，幸福安恬也为之所毁。

我常常在想，触目入眼的任何荒僻农舍都能让我心满意足地度日，因为我肯定能够尽享其利而无所负累，因为我那平庸的念想和无聊的习气尚未玷污那片风景。除却予我滋养的一片沃土，美丽的风景还能是什么？它只能呈示于我的生命，若非如此，向外寻求皆属徒然。我如果尽除愧赧，意下释然，生命中的每一天都会大放光彩。

1857年

时届秋日，人类不免要稍事休息，也将意下松弛片刻。他们多少会探询归宿，像懦夫那般心灰意冷地思忖安息之所。臭菘却气象不凡，它芽蕾挺耸，刺穿了陨落的萎叶，不解寒冬和死亡为何等物什，让生命的轮回趋于完满。难道这是妄诞的预言？难道新芽挺出、掀翻枯叶是一出假相，是一种吹嘘？它沉于休憩却利矛高耸，稍事放松而意在挺突。

这片烂泥仿佛枯叶遮蔽的陷阱，举步跋涉诚属乐事，以观赏翠绿的臭菘新芽，目睹它在一片泥泞中顶翻枯叶。臭菘无处不宜且迎难而上，它在冬日之丘的眉梢上察看，展望前方的又一个夏日。

11 月 1 日

1851 年

秋日的蒲公英依旧光彩不减，草叶也不时显出一点新绿。到了这个季节，附近会飞来一些陌生的鸟雀。臭菘已经再度抽芽，桤树早就落光了叶子，柳树也打发了少许枯叶。

晶亮飘逸的蛛网在今天可谓正得其时，我面向太阳走在路上，这才发现空中尽是游丝。这些蛛网布在两侧的柳树之间而扯过了大路，换个方向却一无所见也一无所知，看那样子都让人觉得它会妨及鸟儿。它在空中熠熠生辉，风儿拂过，丝网闪闪，但觉眼前流光溢彩，宛若雪花在阳光下纷纷飞扬。它更像一场迷人的风雪，横在前方，拦住了去路。要唤醒这屡屡生机，得怎样难得的空气和天光？若非阳光明媚，我都看不到如许场景，都不知道自己在闯破如许之多的栅防。就算你破坏了它们，自己依旧浑然不觉。今日为何如此难得，为何这般与众不同？

11 月 2 日

1857 年

草木几近萎谢凋零，一路枯叶遍地，满目焦黄，突然出现了一片瓦苇，不禁让人喜出望外，逸兴遄飞。林中的枯叶窸窣作响，这片瓦苇却在山坡的岩石间挑战寒霜，一派鲜绿，充满生机。单一的绿色在夏天不足为奇，现在绝对意味无穷，走过好久我还在回味这片瓦苇。蔷薇、菝葜、紫萁、黄精和杓兰凋谢已久，越橘和蓝莓也掉光了叶子。林地上厚厚地盖了一层潮湿的黄叶，岩石上却罩着一重鲜亮的碧绿，小小的绿色羽翮指向四方，宛若经年不枯的甘泉。那便是瓦苇，喜气洋洋地聚在那里，虽为草木却躲过了严霜，让我们明白春天并不会死去。我便在这片绿意葱茏的草场上获得了给养。我们的雕刻师为何不来这里汲取灵感，却要剿袭域外的草叶桂枝？看到这不曾萎谢的绿叶我便兴奋不已，一似在其他时节见到了红花。光顾林间的树蛙难道不是达观的哲人？我想，就在树蛙摄入眼帘之际，我便领教了它那沉着镇静的乐天态度。

瓦苇的外观有趣得不可思议，岂止有趣，简直显得怪特奇异。有些植物其实常常长在我们身边，可是仿佛生在其他纬度，永远像瓦苇这般遥远陌生。我们觉得，跟开花的草木相比，诸如蔷薇和杂草，蕨类植物其实跟我们相去甚远，存在隔膜，因而无须动用地质学或植物学知识获得体认。瓦苇那光秃秃的外缘让我激动莫名。它虽然简单如许，陌生得却似东方来客。它无所傍依，独立于我们，独立于印第安人，也独立于所有人类。这外观宛似寓言，又如神话，一旦见于化石的灭绝生物重新占据江河、大地和天空，它也会跻身于中心和主流。瓦苇亦属化石阵营，让我们像目睹灭绝的生物那般意有所动。

回来的路上，我看到河中的明媚天空上映出了岸边的红橡。看水中倒影，它在亮白的天色下显为一团黑色；向岸上望去，却因林木映衬而金黄泛绿，奔放热烈。只因以河水作为视点，鲜亮的天空便成了背景，故而倒影显得黑如墨色。我由此得知，从下方望去，亦即河水“眼中”的橡树是什么效果。我想，不论走在岸边还是河中划船，好多人并没有看到水中的倒影，农民、猎人和渔夫等人均是如此。他们滞于表相，每每如此，而唯有沉思的心灵方能看到沉静的倒影。我常常清楚自己在浅薄地纠缠，因而为鄙陋平庸的念想所制，所以，尽管无比壮丽的景象就在眼前晃动，我却视而不见。渔夫若能注视倒影，便无暇执着于鸡零狗碎。根据我的切身体会，他可能就在美如天堂的景观和天空施钓，却又对此一无所知。无论倒影如何清晰，你须摈却纷扰，方能寓目入眼。红橡的倒影让我怵然一惊，好像那是个黑色的水怪。若能全然出神地谛视，连大地都会替我们陈示倒影。我们富于想象，便能目有所见。

11月3日

1857年

从鲍尔德原野返回的时候，我看到十数杆之外有两块巨石，十来英尺之高，间距也与此相若。从两石之间看去，南边四五英里之外山丘绵绵，横在天际，满山泛红，有似栎叶，山间白屋隐隐，已有冬日气象。此情此景宛若置于框中的画幅，可那是怎样的一幅画框！那是两块沉睡的巨石，好像一对乳齿象静卧在草场之上，各自遮去了一英里之长的地平线，相向的一侧却近乎垂直于地面，其间天际微红，远远看去隐隐泛蓝，层林蔽野，清爽肃穆，一尘不染。风景远在天边，居然收纳于近在眼前的两石之间！我还有什么必要为画框镀金？它们恐怕裂自冰山而后滚落至此，世间可有比这更为中意的画框？名为草场的这片大地堪为下缘和前景，巨石充任两道边框，天空本身成了上沿，上帝便是艺匠，大自然就是主题！这类画作耗费无多，仅需一瞥，欲将收藏也不会倾家荡产。它并非攻伐征略的劫夺，没人怀疑它确系上古大师的手笔。拜托，若向镀金的两根木条之间看去，在你谓为欧洲并时时把玩的草场之上还能发现什么？草场上还有若许石块成对劈开，实在不可思议。就连刚刚冒出地皮的矮石也面目自具，它们两两相分，平行而陈，在中间留下了一条小路。

11 月 5 日

1860 年

树木从小长得越慢，树心就会长得越发壮实，我对此深有感触。我想，人类的情形也与此相似。我们切勿希望孩童早熟，而让他们在早年就迈开大步，像芽苞那般抽为柔弱纤嫩的枝条，还是让他们慢慢起步，好似应对挑战那样缓缓伸展，最终自会健壮结实，趋于完美。若然，纵便树已老去，仍会继续成长，不输当年。

11 月 7 日

1855 年

午后雨雾蒙蒙，宁静幽暗，我发现此刻出行感觉更佳。与朗日晴天相比，这时漫步泛舟启示更多，也收获不少。蒙蒙秋雨拢抱了视界，水面无比平滑，这份宁静于倒影颇为相宜。此时没有日光之下和身在风中的呆拙迟钝，我似乎犹在室内，思想格外自由，感觉越发敏锐，因心神收摄而念头纯一。秋雨将人们关进了家里，身外的寂然也真真切切，可触可摸。上下四方的雾气好似房顶和屋墙，我走在里面觉得就在家中。大车隆隆，想必驶过了桥梁，声音比平素更响，其实，这时的声响莫不如此。我不由查看近处的东西，万事万物沉稳安静，熨帖人心。阴云四合，雾气重重，让我感触更强，思虑更深。我的心志不再散佚，世界显得简单，我的生活也变得单纯。此时此刻，欧洲亚洲与我何干？

11月8日

1850年

到了这个季节，原野和林间无比寂静，连蟋蟀的叫声也听不到了。矮栎的枯叶如许之多，可是没有一片发出声音，你只消张口便会让它们窸窣作响，上天的气息却无能为力。树木显出了迎候冬天的神色。秋叶光彩尽失，憔悴死去，林间幽暗深沉。现在，夏日已逝，秋收完毕。山胡桃、桦树和栗树落光了叶子，跟枫树相似无二。树木根端的幼芽曾茁壮拔节，以弥补樵者所致的伤害，此时却因冬天而突然停止了生长。一切悄无声息，意有所待。用心聆听，唯有山雀在啼鸣——它在这里最为常见，跟我们的林子感情最深，容我称它为最本色的土生鸟雀——偶有松鸦的尖叫，甚或有人走了，丧钟迟缓，远远地传入了深幽的密林。鸟儿走了，林间弥漫着沉思气息。可是，只要走过，却会惊飞鹌鹑。林子里寂静干燥，几乎不见树叶，自然没有果实。你都会意下纳闷，鸟儿能在这里觅得什么乐趣。鹌鹑自矮栎下惊飞而起，宛似它的干果。多么超尘拔俗的鸟儿！那声音依旧让我惊魂未定。秋麒麟已经干枯，一片灰白，走过便会挂住衣服。柳叶菜蒴果低垂，茸茸的果皮让人想起了夏天。走在干枯的田野之上，你会偶遇一两株光色微存的紫菀。漆树秋叶尽落，唯有红色的锥果挂在枝头。

11 月 9 日

1858 年

看报得悉，七号早上安卡奴纽[1]因降雪而一时尽白。冬天便这样从北方悄然渗透，稳步南进，行至附近的高山，我们才会发觉它的先遣部队。下个星期这里的山丘大概就会蒙上白色，可我们几乎浑然不觉，还不知道冬天离我们已有多近。安卡奴纽的落雪好似侦察兵捎来的讯息：有股敌兵正在大举逼来，只需一天便会显身。曼彻斯特在山下有顶帐篷，这次是他探得了情报。我们还未将冬天放在心上，沉溺于幻想而觉得安然无恙。

1　康科德附近的山丘，此为印第安名称，梭罗在《河上一周·星期三》中曾予解释：此名意谓“双乳”，可知两峰并峙。

翻过土壤的耕层毫无必要，除非你要执意仿效倚重肥料的耕作方式，在每道犁沟中都倾入粪肥，一言蔽之，意欲再造沃土。但是，不少人总喜欢像追求永生那样郑重处事，可他步入神坛之际翻起的无非是一沟黄沙，而且会将地表的沃土和那点肥力埋入深处，使其荡然不存。与其如此，莫不如宣说节俭之道，鼓荡延迁时日，或纯粹种植豆子即可。他若尽数种了豆子，纵然不能跻身导师之列，也能得膺执事之名。好多人在坚塔硬土中耕得太深，都把犁铧卡进了犁沟。属文之道犹之农艺，需逐日经营以改良土壤，呵护肥力，不管地上产出什么，只需收获这份生命的果实，切勿望外寄想，辛苦营求，好似只能收取花生却要执意于苹果和橙子。在地上挖掘，勿在空中驰骛，生活有多诚挚，土壤就有多深厚。及至土壤肥沃，土层深厚，那就种上小麦，去收获滋养生命的面包。

11 月 13 日

1851 年

今日前往丽津山。

午后阴郁寒冷，西天的阴云遮住了太阳。大地空荡荡的，树木挺着光秃秃的枝丫，天色晦暗，死气沉沉。遇到这种天气，人们也唯有吞声饮泣，独自消受。大自然形销骨立，想揪起一点皮肤都难。树汁流向了树根，不想就此耗竭。现在砍伐树材加工牛轭正是时候，都不用剥去粗粝的树皮——何止加于牛身，这具桎梏也架在你的脖颈之上，自此便为生计所执，终身不休。这天气真够意思，无情的日子来了，没了蚊子的踪影，听不到虫子的嗡嗡，蟋蟀也隐入了冬日的居所。天寒地冻，友伴早已足不出户，你只好将双手置于衣兜独自漫步。可是，难道这不正是让你的内心烈火熊熊而燃的绝佳时机？你那山胡桃和白栎不正可以在满天寒霜中勃发生机，愈益鲜绿？你既然将灵魂付诸交易，现在时至成年，那无所不在的评判者难道不会课税纳捐？大地已然上冻，你难得采撷一朵鲜花，无法挖掘一株防风，也拔不到一颗芜菁。思想能在何处觅得依凭？你窃得天火又有何用？难道一念一想不正是啄杀生命的秃鹫？[1]这个十一月没有朗日晴空，也几乎看不到经年不枯的泉水。天地间一无所有，连寒栗悦目的冰晶和雪景也不见踪影，没有鸟啼，没有蛙鸣，唯有你踩过冻地留下的回声。你心中一片空白，好似绝育无嗣的母牛。大地封冻，容不得一锨一锹。田野休耕不作，你的心灵何独不然？是

1　普罗米修斯盗窃天火，为天神所执，缚于高加索巉岩遭鹰啄受罚。

的，地上一天寒比一天，在迎候万里无垠的落雪，可是你那勇毅的念想依旧会窸窣有声，恰似白栎的枝叶跟寒冬相始相终，好比红似胭脂的栎树让旅人忆及山坡上腾跃的火焰。而或，这念想常青不枯，在盛夏的酷热中显得清醒冷静，却与漫天飞雪格外相得益彰。温暖的泉流将会叮咚不息，氤氲如故，水汽袅袅，腾向天空。

现在，漫步者好似草场上觅食的牛群，那里除却干草一无所有，他仅有胃口，别无其他。纵然只有家中的干草，也允我们食用库房的储藏，因它尚未丧失劲道。诗人的胃口非牛可及，因为仓库中没有于他相宜的食料。他会遵从天性，刨开积雪觅得枯草。

我想，造物者让人类成了几近蛰眠的物类。比如地松鼠，虽则窖藏无数，可挖出之后依旧处于似醒而眠的状态。你已储存了肥腴的思想坚果，此刻便有滋养可凭。

今日的群山幽蓝愈甚，或许因为空气清透而拉近了距离，恐怕也有树叶尽落的因素。由于天气清冷，绵绵峰峦都近了好几英里，热天则烟岚淡飘，山峰便愈益遥远而莽莽苍苍。

皮特布罗山上白雪皑皑，反射出日光。瞭望遥远的冬景兴味无穷，一切寓目入眼却又遥不可及。虽然眼前寂寥荒寒，天际却简约质朴，伟岸壮丽。放眼远眺，山涧沟壑为雪所覆，在日光下熠熠生辉，游目四顾却一片阴郁，昏昧不明。西北风挟寒来袭，这是大地做出的回应。

皮特布罗南端的山丘之间有个巨大的隘口，记得我曾穿过那里，其间也有路可通。虽然这道山脉不及名山大岳巍峨磅礴，可是从这里看去，绝对可以满足眺望安第斯群山的愿望。遥望天际，唯有这道山门宏伟轩昂，气势不凡，那是幽蓝的峰峦裂出的巨大缺口，及至暮云沉沉，若从脚下前往异域，从人间前往以色列子民鱼贯而过的去处[1]，这便是理想恰切的入口。新罕布什尔的农夫在此驱策而过，何尝清楚这是多么奇伟的一条通道。只消一眼，你便能想及一条路径蜿蜒曲折，隐入暮云又迤逦而出。我宁肯在小山上仰望这山岳景观，也无意于邻人的山坡草场，更不要说位于山脚的市镇村落。与其在五月赶着牲口上山，莫如移目于此，双眼饱览之际，鲜活的思想便会顿然升起。那供奉双眼的芳草绝不会凋零萎谢，它纵非四季常青，也会终年幽蓝，就算在你眼中绿意不再，在我看来却幽蓝如故。

我的心灵怎会枯竭，
它强劲灼热，

1　暗指天国，因唯有以色列人是上帝的选民。

足以点燃天空的蔚蓝；
它不会干旱萎谢，
举世注目也一派幽蓝；
我的双眼是摄食的群羊，
芳草在那绵绵的山间；
我不怕它迷途走失，
造物者让它逐日游漫，
太阳落山它也回家，
暗夜沉沉，享受酣眠。

11月19日

1850年

今天开始，天真的冷了。我发现矮栎叶子摘下之后，叶柄根端尚有些微生气，因而保留了点滴绿意。它虽已枯萎，却未到春天即将来临而彻底陨落的程度。除却矮枝，栎叶多已凋零，仿佛那里受光较少而成熟较迟，对节候的转换反应较慢似的。下午，我看到一棵黑色幼栎的残株上抽出了若许嫩条，巨大的红叶绿叶非但未曾枯萎，反倒艳丽悦目，而此时栎树多已枯萎凋谢，遑论午后寒气袭人，更兼四周积雪犹在。丽津南端的一隅暖适怡人，那棵幼栎就长在那里。那里的树木在去年冬天已经伐去，毗连的林地外缘南北延展，跟两侧的峭壁连为直角，形成了一堵挡风的围篱。伐过的林地上一两个残株新枝已生，树叶鲜绿，让我回到十月的光景，而周遭的矮栎却树叶枯死，不异往昔。桦树幼株仅有一岁，树叶犹然鲜亮金黄，野苹果树嫩叶碧绿宛若夏日。地上的一枝黄花品类殊异，或泛白色，或呈微黄，依旧生机勃勃，生在别处的却已经枯萎失色。有一株冒过了岩石，花枝虽已大多枯白，下端却也黄色犹存。有些白色的品种好似再沐春风，新拔节一英尺之长甚或更多，满目鲜绿，含苞待放。在同一枝花梗上，有时旧花已然枯谢无色，成了绒球，新蕾犹自青翠鲜亮，尚未绽放。空地上淡蓝的紫菀不失娇艳，毛蕊枝叶未缩，通身翠绿。用手试试，我发现毛蕊叶子明显温润和暖，一枝黄花根部的叶子却冰冷湿黏。这里还有耧斗菜，绿叶依旧，生气不减。我擦在身上的薄荷虽已干了好久，但闻来仍旧清凉怡人。盛衰荣枯在这里历历毕显，延迁不去，各得其所，这一切鸟虫知道得尤为清楚。如若行至崖壁之下的山凹，你会惊讶于依旧奔腾昂扬、郁郁葱葱的夏日景象。夏日的好多草木技高一筹，层层设防，巧加周旋，与冬寒擦肩而过，可是我们所知不多。若在相宜的去处细心搜腾就会发现，不少夏日的花朵趁初雪未至还在徘徊流连，数量

之多大出意外，仿佛大地尚未着手迎候冬日。

芳草枯萎，枝叶凋零，常青草木便开始亮相，冬青、蔓虎刺和鹿蹄草显得格外抢眼。

松树旧叶凋落，已有一月之久。

我在瓦尔登近旁的密林中发现了一粒玉米，包在一棵松树上的地衣里面，位置与我身高相若。那若非乌鸦的遗落，便是松鼠的残留。最近的玉米地起码也在一英里之外。

很明显，好多物种流连不去，只待冬雪来临。

11 月 21 日

1837 年

若要看看居住的天地，就得爬山。沐浴着印第安之夏的朗日晴空，我栖身于纳肖图科山顶的巉岩之上。风来西南，款款而过，我几乎都能感觉到那轻拂脸颊的小小颗粒。丘陵、山岳和峰峦宛若粗犷的浮雕，在天际一线绵延，我好似置身于硕大的盾牌中央，河流仿佛替它镶上了银边，自此而始，这面巨盾便向天边渐次隆起。空中略无片云，唯有村落、宅邸、森林和群山，一重高比一重，终至隐入天幕。极目四野，天色渺杳深远，好像让人在寻找天鹅绒的片丝断绪。

我珍爱这富丽堂皇的车驾，它艳若翡翠，蓝色镶边，任我在天地间纵情驱驰。

11 月 25 日

1858 年

感恩节的午后狂风大作，寒气袭人，人们大多偎依着客厅的炉火，满心怜悯地想着户外的人们，此时我却发现沼地的南端阳光和煦，暖似他们的客厅，也格外契合我的心灵。这里静谧而温暖，岂是客厅所能想象，更不必说大约十二杆之外，风在沼地西北咆哮。这份暖怡多么健康，又富于启示。

11 月 28 日

1837 年

树木、篱笆和草尖向来迎风傲雪，挺耸而出，今早却为厚厚的冰霜所覆。树木宛若朦胧的灵物，轻盈渺杳，在小睡打盹。它们一面簇拥在暗无天日的深壑幽谷，灰发飘扬，一面纵列成行，循着篱墙与河水匆匆远去，灌木和丛草却似暗夜的顽童和精灵，在积雪之下失势俯首。

树木的枝条和修长的草叶换上了奇幻的冰服，跟夏装一一相应，不爽毫厘，主脉、支脉，乃至细脉都无比清晰，叶缘则是历历而陈的规则齿牙。

只要嫩枝和残茎没有倒向东边，这些冰叶大率会正对太阳，别的叶子则斜倚横靠，随意东西。

不论这奇幻的冰叶，还是它据以塑形的绿叶，居然都是遵循同一法则而产生的灵物，让人不禁为之讶然。草木的汁液渐次膨大为完美的叶形，冰晶颗粒也服从那同样出色的号令聚到了旗下，可谓异流同源，系出一辙。

站在高高的岸上望去，河水碧绿泛黄，走近之后却不复如此。地上落雪依旧，一片茫茫。

1858 年

天灰蒙蒙的，阴郁而宁静，小鸟比平日要多，麻雀和山雀在庄前屋后飞来飞去。雪花优雅弄姿，似有若无，已经飞了好几个小时。此刻是午后两点，风暴开始发力，优美的雪花漫天而降，天地间顿然化作了茫茫。不出半个钟头，赤褐的大地便绘成了白色，笔触所至，甚而遥及天边。悄无声息却遽然而作，你可曾见识过这般变化？

举步移足就会留下脚印，这便是冬日漫步的独特之处，谁都能发现我的行踪。整个夏天，我都在荒寂的沼地边漫步，当时心想自己是本地唯一的行者。然而，事实却非如此。初雪刚停我便行至户外，且看，我那幽僻的小路上竟然有猎人及其猎狗留下的踪迹，恐怕夏天他也走在我的前面。不过我们的出行时间并不相同，所以我从未跟他在途中相遇。

11 月 29 日

1850 年

雾尚未散去，雨丝茸茸而无冰雪。

从大悬崖望去，松树在雾海中移步换形，渐入幻景。近者寥远，远者缥缈，最终都化为影影绰绰的圆锥。一场雾气，便将可触可摸的松树化为无形？视界所及，也不出三四十杆之外。移步向前，树木渐次走出了迷雾，在眼前亮相显形。触目入眼让我想到梦境。生命好似一场梦，人们对幻境和假相满怀期待。

11 月 30 日

1841 年

今日在剑桥学院[1]。

1　剑桥学院即今日的哈佛大学，梭罗曾在此间求学。

详读乏味泛黄的英诗集子时简直不敢相信，那些生气贯注的意中杰作居然给编了进去。自高尔[1]以降的英国诗歌纂辑成编就送到一个幽僻的去处，跟触目入眼的大自然相比，从书斋的那扇窗户看去就越发显得逼仄小气。诗歌在文人的圈子里无法呼吸，奥博雷和希克赛斯[2]虽则学养深厚，可是，恰好因文学热情而在无意间亵渎了诗歌。有人灵光一闪便将诗歌逼入了书斋，对他们又谈何艳羡。想当初前往剑桥学习作诗时，很难说我心中有什么膜拜和敬畏。我想，与其阅读全集借以学诗，莫如满怀不屑地抛下同学和馆员，即刻步入田野森林以为捷径。弥尔顿当初怎能知道，他会被安插到何种阵营。只消看两眼书名，间或瞄一眼扉页或稍多，我便意绪黯然，悲哀难禁。若要梦想依旧，你就得避开守门的馆员，像射入彩绘玻璃的光线那般，从凸窗悠悠地翻入书室而不受打扰。难道瓦尔哈拉神殿[3]会用蒸汽取暖，会盯着表盘、听着钟声出行？

好诗自然天成，读到一首好诗我们会感到纳闷：居然

1 高尔（Gower，1330？—1408），英国诗人，名诗人乔叟之友，作品有法文长诗《沉思之镜》（*Speculum Meditantis*），拉丁文长诗《原野的呼声》（*Vox Clamantis*），及英语长诗《情人的自白》（*Confession of a Lover*）。

2 英国古典文献专家。

3 瓦尔哈拉神殿，系北欧神话中死者之神奥丁接待战死者英灵的殿堂。梭罗在《瓦尔登湖》第十章《柏克农庄》中也提到这一神话胜迹。

有人不曾写诗。诗歌无非常态道白。尽管诗人的吟唱触及万物之灵，他却采用第二人称，乃至好似存意呵护，而对上苍温婉出语。诗人看似异于常人，却时时身在自然，如若真正异于常人就会跟大自然产生隔膜。阅读好诗恐怕唯有这种体会，诗人的所见所闻、所思所想都是我在举手投足之间看到的寻常现象。

若能放下身段自如地走近乔叟，并且了解在他之前的英国诗作，知悉撒克逊人的贫瘠草场，则对这位英国诗人的认识就会极端到位。有了这番滋养，人就会富于人情，充满智慧，都让人误以为他原本如此，不异往昔。

1857 年

天闷热而多云，雨随时要来。

我正在丈量理查森的土地。天上满是大雁。

早上十点左右，不出一个小时就飞过了五群，每群都有三五十个。此后又过了两群，规模更大，少则二百五，多则三百，掠过古斯湖和瓦尔登西南而去。起初，一两声雁鸣自东北而至，你会觉得那是失群的孤雁，抬头看去却有四五十只缓缓飞来，好似弄破的耕耙，御风而进，取道西南。那声声雁鸣让人不解，至少在飞临村镇时显得破碎而警觉，仰首望去，它们又会各就其位，复现漂亮的阵列。

如果传来一两声鸣叫，纵然七次之多，你也觉得天上仅有一两只大雁，待它们显身才会发现其实不然。我算了一下，今天掠过康科德的大雁在一千到一千五之间。它们如果飞得很低，在天空映衬下就会显得毛色极黑。

冬之卷

12 月 1 日

1856 年

取道海登家的屋子，经过林间车道前往铁路那边。

一路过去，雪中觅食的深灰色雪鸟从我身边掠过。雪上满是小小的棕色种子，鸟兽不用费劲就能看到。如许之多的食粮撒在雪上，到了该收获的时候。因此，每逢鸟儿濒临断粮，洁净的白色餐巾上就会摇落若许种子，不为尘垢所染，留待这些领受天惠的小东西前来拾取。这么说来，上苍在高出地面几英寸甚或几英尺的地方为它们摆放了干净的餐桌。难道我内心的好奇会就此泯灭？面对此景，我不该像一朵蘑菇那样无动于衷吧？

车辙的两侧巍巍隆起，红红的苔藓蔓生其上，如同鸡冠兀然耸立。矮栎的叶子鲜艳悦目，洁净坚挺，既没有腐烂变质，也没有像白栎的叶子那样枯败萎缩，反倒越发坚韧强毅，因贴近大地而显得丰润饱满、叶脉清晰。这些叶子一经太阳着色便鞣为上乘的革质，一派棕黄，浑如母牛和驯鹿，背面却像蒙了一层茸茸的银霜，对着褪色不久的黄褐原野。其他叶子，甚至包括莨菪，与它相比都黯然失色了。栎叶成了我冬日生活的写照。我喜欢矮栎，都想把它拥入怀中。

12月5日

1856年

今天无比晴朗，不见一丝云彩，冬日大致如此。天约略泛蓝，半圆的月亮惨白无色，那微蓝泛白的天色仿佛积雪的反光，从四野漫向中天，占去了四分之一的空间。虽说现在是下午四点，我却想到了射向天空的曙光。太阳四周天色更白，甚或显出了似有若无的丁点黄色。

树上胡桃极多，背着天空看去都成了黑色。风已将好多掠在雪上，现在捡取格外方便。

雪上的约翰草和高大的半日花非常抢眼。有些丛草淡黄悦目，宛若幼童脸上的汗毛，纤嫩如斯，居然也冒出了积雪，甚至在四周融出了坑洼，打造得精致玲珑。

太阳西沉，却没有染红天空。早上看到雷奥丹家的公鸡抢出了窗户去雪上觅食，现在天色已晚，我回家时见它卧在台阶前等着开门。

我不愿牵强为文，只想如话家常，谈谈普通现象和意外发现。我的良伴，我的佳游！我友人甚众且灵犀相通，乐趣良多，至于世人，则仅需偶一念及，却无意交谈过从。你谓为荒芜贫瘠的一切在我眼中却是简约跟质朴，如若上帝小试身手，亦非对我残酷不公。我热爱冬天，喜欢它幽闭万物，喜欢它寒冷凌厉，因为如此一来，囚徒们不得不另觅天地，别谋给养。河流封上一个阶段该有多好，让我暂时中断命楫弄舟何其有趣，连不得不收起小船也别有意味。及至春回大地，再度荡舟自然格外诱人。海滨划船难以体验"斋戒自制"的妙处，因为那里的船只始终泊在水上。我无比喜欢一切正当其时，喜欢享受此时仅有，不属其他的感觉。一无所利便是莫大的优势，我越穷则越富，我发现事实总是如此。你若觉得我身在困境，则我认为自己无往不利。你欣然于满腹经纶，无所不晓，我却自得于绝圣弃智，一无所知。我本该生得其地，身逢其时——时至今日，我尚未彻底克除这匪夷所思的念头。

1858 年

火蜥蜴的装扮堪称独一无二！它黄色的腹部，那鲜亮无比、黑斑闪闪的一侧居然给掩到了下方。其实，它的背部也有两行鲜红的斑点，但唯有贴近查看才能发现。如若目力不佳，在我一目了然的时候你仍旧一无所见。

12月6日

1854年

在普罗维登斯演讲。

今年冬天的两次演讲后我心生惧意，唯恐因为巴望成功，亦即设法取悦听众而贬低了自己。我失望不已，发现自己面对听众时几乎面目全非，心中珍爱的一切也荡然不存，情况甚至更加糟糕。我都抓不住那伙人，而我越不像自己，则跟他们合作越好。我发现大众喜欢常人，喜欢思想不偏不倚，说话中规中矩，警悟独到无济于事，就连优秀出色也难以奏效。你只有跟他们一样，跟他们声气相通，才能引起他们的兴趣。我宁肯听众主动选择也不想妥协迁就，这样他们自然会择汰分流，其实我是说，我宁肯著述也不想演说。写作严肃而精致，演讲任意而粗劣。如果面对五花八门的听众，由于他们唯有屈服从命，所以你只能像喂鸡那样使劲填塞，而那样一来，你引为欣慰的精致思想便会遭到亵渎而大谬不然，其实，纵然填食入口，他们也不会上膘长肉。

12月7日

1856年

今天初次溜冰，下午便去丽津湖上。

不一会儿，我就学会了溜冰。来到河上，已有滑冰者在早上留下了踪迹。我时而溜过高低不平的冰面，时而穿过拐弯，从介于河水和堤岸之间宽仅一尺的冰上飞驶而过。突然，河水在四周晃动，我还以为那只是黑色的冰层。河水很浅，无法继续溜至蚌壳湾。行至草场，我困在一条极窄的冰带之上，不过，居然从枯萎的莎草上一溜而过，可惜不时弄折了嫩枝。接着经过雪地又到下一处冰面，不过那里无法滑行。而后叉开两腿驶过光秃秃的黑柳，在风箱树间迂回蜿蜒，循着莎草间的道道细线，竟然又溜到了开阔的冰上。有时河冰发暗而且看上去很薄，河岸也松软不实，我只好走上几步，慢慢地试探两下，但最终只能折回——该多鲁莽！

现在溜过的地方有白色的气泡，紧贴冰层，上面薄似蛋壳，冰鞋划过噼啪作响，非常清脆。河冰泛白，好些地方幽暗不明，酷似蜘蛛，几天前冰上的融水便在那里流淌。

名为冬日的这卷诗章古老而壮丽，它不曾知照便背着我来到了人间。李氏崖下积雪已消，薄荷萎谢干枯，荆芥也已遭冻，我坐在这里，回头望去，眼前一派极地风光，湖上景致也让人喜出望外。日前，这里若非浪涛涌动，则必静水宁波，而不出几天便已白冰幽闭，积雪斑斑，显出了冬日的常态。我看到捕捞梭鱼的渔人在冰上凿开的洞眼，而他已经离去，正拖着雪橇翻越山丘。薄冰又封上了冰眼，我还听到湖水打嗝的熟悉声响。仿佛酷暑既了冬天便匆匆来临，而我也明白，如若再度回望，它又会匆匆离去。一切恍然如梦，可我分明看到农民在应时而作，像平素一样收割庄稼，四季也在缓缓轮转，跟我初生的那个秋天没有两样。冬天转眼就来了，快似飞扬的雪花，奇怪的是老人们依旧抓紧年历不肯松手。夏天刚过，现在，又是冬天。大自然挚爱这种节奏，周而复始，乐此不疲。冬日是这般健康怡人，这般质朴平和，这般称意完美，永远让她的孩子们兴味盎然，流连忘返。冬天，一曲歌咏，一篇朴质的史诗，天地间声韵铿锵，又在锦上添花。这真纯的美景源自诸神的眷顾，也成于岁月的洪荒，它已臻大成，不尚浮华，更兼不朽的艺匠出手打理，因苛求完美而精益求精，丝毫不苟，将它雕琢得尽善尽美，无以复加。

12 月 8 日

1854 年

今日逆向而上，滑过河流与草场，行至哈伯德桥，然后到了瓦尔登湖。

我一直忙于写作，都不知道冬天已经来了。多数人也像这样遗忘了自然，不过我这次实属意外，跟平素的做法大相径庭。有两种生活，或草率粗鄙，琐细破碎，忙如工厂的纱锭，或优雅从容，美好闲适，艳若野外的花朵。前一种纯为谋生，后一种却似漫步。仅在正道上拾阶而进，你便会在山坡上留下条条优雅的曲线，没有刺耳的聒噪，也不会中途迷失。

河水流到这里，好些地方已经彻底冻结，都不知道是四号那天还是晚些时候冻的。可我一路溜得颇不顺畅，河冰好似甲胄的表面，又如盾牌的浮凸，分明是凝在河上的雨雪。光滑的冰面太少。从尚未封冻的地方就着光线看去，河水无比幽暗，四周的冰雪却格外亮白。这条暗黑的水道时而显出了身影，时而隐入了薄冰。

我滑过原野，驶向瓦尔登，溜过拜尔园，狐狸已在这里留下了印迹。此时太阳渐渐西沉，远方的冰雪腾起了一片银辉。薄暮的天空美轮美奂，纤嫩雅致却不失暖意，宛若鸽子的脖颈。群山美丽如许，何以在我的故园难得一见？

12 月 9 日

1855 年

早上寒冷刺骨，阴云四合，寂然无声。八点半开始，美丽的雪花从天而降，越下越密，径直落向地面。不出十五分钟，地上就一片白色，怡人的画幅初显魅力，也将冬日的美景请到了人间。雪临大地，无所遗漏。它飘入林间，透过树冠簌簌而降；飘向牧场，起先隐入了枯草萎叶；飘进河流湖泊，没入了浪涛水波。可是，没过几分钟，它就化为雨水，让冬日的图画延后亮相。

12月11日

1855年

下午前往科南图姆的豪尔敦湿地。

今年第一次戴上了手套，不过这个冬天我外出散步都不算早。

不见鸟儿却听到了鸟鸣，我想那该是一两只麻雀。地上没雪，也几乎见不到冰，没有十二月的迹象，只不过十一月的情况更甚一重而已。湿地上云杉挺耸，枝蔓缠绕，我奋力穿行，一路美不胜收：花楸嫩叶再绽却已遭霜，美髯兰芽苞繁多一片娇黄，越橘蓓蕾滚圆染为红色，桤木含苞未放而硬实鲜红。林间黑桤丛生，越橘横锁，我弯腰匍匐，枫树下分明是野兔的踪迹，灌木丛枯叶尽凋，露出猫鹊的巢来。

满目寥落荒寂，一幅十一月的景象，我伫立于此，却想起冬日的小鸟，想到这不可思议的寒冬精灵。不久便将天寒地冻，雪花纷扬，林间就要飞来一群鸟儿，叽叽喳喳，娇俏深红，宛似冬日成就的果实。那是嬉戏觅食的朱顶雀，森林不仅为它奉上了种子，还在向阳的一侧刚刚备好了花蕾。它们震落积雪，在洋洋洒洒的银屑玉粒间结伴进餐，喜气洋洋，仿佛这并非寒意袭人的冬日，却是生气奔腾的仲夏。这红色的灵物微展两翼就会即刻飞抵夏日，而就在此刻，眼前尽是它们望中的夏日美景。多么冲突的比照：它色彩炽烈，胸脯鲜红，地上却白雪皑皑，冬寒凌厉。彩妆艳丽，身姿俊俏，这缈若仙品的精灵；寒气逼人，贫瘠寥落，这严酷荒寂的寒冬！此情此景让人又惊又喜，宛若目睹炫丽的红花在雪中迎风怒放，欢迎身着皮衣的猎人樵夫。造物者收起最后一笔，便将它们送入了漫天风雪之中。他布设了这幽禁万物的酷寒，使人类瑟缩发抖，却又点化了这热烈奔放的生灵，让它在其间鸣啭放歌，一无拘禁。他不仅将朱顶雀妆点成冬日的红雀，而且予它炫丽的羽毛和悦耳的歌声，并使夏日融入了它的天性。冬天一到，积雪将深达三英尺，寒冰也会两英尺之厚，而就在昨晚，气温恐怕也降到了零下三十度。野外的泉眼即将封冻，途中的旅人也会畏怯止步，到了那时，几只小小的红腹朱顶雀便会结伴而来，好似绽放的花朵，又如熟透的桃子，飞到

那边的桦树林边，震落积雪，啄食种子。大自然满怀信心，事功圆满，让我意下讶然又心生敬畏。这精致的灵物融入了环境，不会面临存活的风险。上苍又特加垂顾，另予妆点，不仅让它线条清新，健康完满，而且流光溢彩，艳若宝石，宛似冰晶的折光那般绚丽夺目。

每逢冬天，北方的珍稀鸟雀便会飞临此地。比如，松雀就在这遥远的南方亮相显身，它无意诉说给养的匮乏，只是为了展示炫目的美丽。它透出的暖意跟消融冰凌的热量系出同源，无所异致。这分明是天国之鸟，毛色热烈，光彩照人，歌声婉转，音调繁复，它双爪灵巧，身被羽绒，置身于新英格兰的冰天雪地。娇嫩的夏日住户飞离之后，这方森林和原野便显得寂寥冷清，可是现在，这俏丽强悍的北方来客御风而至，移居于此。这里完美无瑕，冬日连同冰雪并非宜加剔除的祸害，而是精心设计和着意营造的手笔，因为艺匠有暇另造美景以求升华。此刻我置身沼地而耽于缅想，这些熟识的鸟儿怕是来自北国的天使。换个角度，这种感受便越发亲切而愈加逼真，我为之痴迷，难以自拔。不过，我唯有激动兴奋，宛若陶醉于一段袅袅而逝的旋律。我已目睹天国的美景，领略了那重气息，欣赏了那方天空，不再纯系，甚或仅系身边这片秽土的居民。可惜我在那边还没有立足之地，只清楚自己已经彻底心醉神迷。不过，只消稍许换个角度，捐弃惯常的视角或既有的路径，就至少能够领略这尽管熟悉却无比珍贵的美景和意蕴，而为之震撼，为之沉醉。陈陈相因，执守因循，中规中矩，我们拜受领纳的一切浑似皮屑，不值一提。警敏新颖地感受便会意有所悟，若能更换视角，严冬便像折射虹彩的宝石那般灿烂悦目。

我周身感触锐敏，所到之处，举手投足便有类似触电的反应。就近的碰触只要能鲜活地见诸大脑，我总会逼真地呈之感受。这一切始终重现于脑际，反反复复，不断还原。因而，岁月的奇迹无时无刻不在复现，时而野苹果，时而朱顶雀，时而波光潋滟的河水。同样，不朽的青春和永恒的夏日也留在了冬天，它的头顶不曾花白，它朱颜依旧，未曾失色。

自然界若有什么让我们心生遗憾，乃是我们顾惜自身的缘故，因为其中蕴含的健康和完美超越时空，垂之永恒。面对世间的美景，我们意有偏嗜，仅仅付之一瞥。如果视角适宜，白冰就会折射出炫目的虹彩，如果认识到位，暴雨和雨滴无不藏有彩虹。美景和音乐不仅是个案与特例，而且体现了通例和常态，我们寓目入耳的恰好是特异现象。因而我殚精竭虑，意欲揭示到底是什么呈之想象而让我陶醉，予我升华。若能为思想和感受赋以外形该有多好！只因有些东西难以把握，而每每让我心生困惑，难以释怀。我已目睹万物呈示的另一重世界与景象，心中竟然大为触动，其深度和强度非平生所历可及万一，似乎这一结果本身蕴于自己，源自一粒出色的种子，漂亮精致，令见于别处的菌类孢子相形见绌，也使航至千里异域的船帆所蒙的征尘黯然失色。那隐微难察的种子就播在眼前，破土拔节，开花结果，成就了超尘拔俗的美丽。

12 月 14 日

1841 年

果然如我所料，看过古苏格兰诗人道格拉斯笔下的日落景象，那些乏味沉闷的苏格兰古书总算没有白翻。人性相通，古今无异——若要恢复古风遗俗，使之富于人情意味而欢乐明快，就没有什么能跟窥见的这一本质相提并论。何以古代世界染上了一重忧郁的色彩？那是因为我们忘了，古人尚有异于今人的未来和前景。所以如此，好像古人的未来较我们遥远。不，感谢老天，只要审慎以之，没人会接受今人那无处不在、无时不有的阶级殊等。天空距头顶就那么远，先祖跟我们并没有不同。在他们的作品中，鲜活的辞藻无不在消弭时间的差异，面对这类措辞，我们只需从今人的视角思考解读。

1851 年

就天气而言，所有季节都在孜孜以为，活似林中的忙人。我想，若论气温，一年只有那么两三天炎热无比，极端寒冷的日子也与此相若，其他时候都差别不大。这是我给熟人的答复，他们问我整日在外难道不觉得很冷。

小小的啄木鸟双翼带风，向丽津山振翅而去，那里的树木枯叶尽落，今年冬天注定要砍去。山雀让我想到哈德孙湾不无原因，在我眼中，距此更北才是它的家园。

农田上积雪尚未全覆，夏枯草星星点点，举着洁净干枯的空杯。不久前，那里还盛着一枚俏丽的兰花，现在冬天已到，它只能空杯高举，直待春天来临。雪地上茎秆条条，那是怎样的一番回味和追忆！

沼地上新生的云杉不见苔藓，它常常格外属意于树皮半脱的枯树干株。这些树木好似斜倾的五月柱，花环失色，彩饰悬晃。不论冬日还是其他季节，苔藓垂挂的沼地云杉都是寂静的征象和写照。

眼前的大黄蜂巢穴破败不堪，与其说是黄蜂离去所致的衰象，莫若说好似顽童开火射击的结果——残损狼藉，满是洞眼。那既是黄蜂的作品，也有其他鸟虫的功劳。

我为何不开拓更为广阔的生活天地，在大自然中尽数寻觅亲朋故旧，却要一味地结交镇上的熟人？那条道跟我脚下的这条路渐行渐远，却未遽然分离。哦，这静穆庄严、万古长存的大自然。我岂非吉卜赛人的一员？

太阳即将西沉，西南天空的云彩下方一片蓝绿，相当迷人。由于河水下降，沿岸一带噼啪作响。河水已经浅了两英尺左右，草场上大率有冰无水，坡陀之上高低不平，噼噼啪啪，都无法取直线溜冰滑行。冰霜只要把握了草木的少许特征，便能使它趋于完美，于是，萎败的香蒲和牧草伸开了宽大的手掌，显出了枝繁叶茂的气象。我看到精致的绿叶冻入了冰里，温暖的河底芳草纤嫩，绿色依旧，不久前也将身姿印入了河冰。

河上有些地方始终不会上冻，那里恐怕就有温暖的泉水汩汩涌出。只要相宜恰切，河中总有这种地方，在奇寒无比的冬季一派暖意，不曾封冻。

与几位旧识晤面返回，我都想跟他们缔结友情。不过，跟他们接触后我总会受伤，也只有他们会伤我很重，而他们恐怕都毫不知情。

1854 年

下午跟钱宁一道漫步，沿安塞比河北岸行至桥头。

河水几乎全程通畅，不曾封冻，像一面冰框镶边的明镜那般漂亮悦目。目睹此景，漫步河畔堪称锦上添花。河水夹在岸际的层冰之间，时窄时宽，好似打磨的银镜，又如雕琢的冰块，每因水中映像而跟周遭的冰雪不曾相混。野草、杨柳、榆树和镇上的屋舍映在水面，历历在目，难得欣赏如此清晰的倒影。河中的树干枝条暗黑显豁，只缘映衬的背景不复鲜绿的牧场，而是清亮的白冰，遑论流银满河，光彩闪闪。放眼望去，先是色彩纯一、水平光滑的冰层，次及银色的水面，平缓如镜，好似镶进层冰的珍宝，映照出草木、屋舍和天上的云彩，赏心悦目，美不胜收。河中倒影无比质朴，又极端清晰。若在夏日，水中的细条嫩枝就会让人想及它滋长的天地，那片广袤无垠的绿色草场，可是现在，它非但与此无关且大相径庭，反倒使居间的白色冰原浮现在人的眼前，而且与之相融为一，彼此难分。

12 月 17 日

1851 年

克奈大道右侧有片脂松林，午后冬寒刺骨，我举步涉入雪中。脂松飞雪覆顶，树叶好似圆球，树枝犹如茸条，下方却枝柯掩映，紧贴树干。林间叶簇遮顶，积雪蔽日，一派昏昧暗淡、阴郁幽深的景象，不过间或有阳光射入，光影相形而呈，对比强烈。

冬日的清晨，树林和灌木都霜雪相覆，身姿完美，此时观赏效果最佳。即便在日出之后半个小时，那无比精致却稍纵即逝的美景也会减损几许。时至午后，虽然树木依旧积雪加身，却已优雅不再，难以展示风姿与个性。我发现，清晨的松针都覆有一重霜衣，日出之后却会即刻消失。移步脂松林间，仿佛在遮篷下方漫步，道道枝条映衬于积雪而成了黑色。林间曲径通幽，蜿蜒而去，朦胧而宁静。

不失时机地倾吐心声，诉诸文字，就当那是最后的机会。

我发现松林居然像朋友那般妥实难忘，如果挚友让人满怀惬意，则松林定然使你欣然有加。如果寒风和日光同向，樵者和行人就会受罪，要找个暖和的背风地方坐坐都难。这时，穿过开阔堂皇的白松林诚为一桩乐事。白松的枝干若非旁逸斜出，或不胜重荷而斜倚着邻近的树木，那它宛若羽簇的叶针常常就承负不了太多的积雪。松林深处寒冷而寂静，雪上了无人迹。积雪不时飘下树顶，雪尘洋洋洒洒，在日光下熠熠生辉，如若落上低处的树枝，便又会有一场纷纷扬扬的阵雪。雨后的林中还会有一场降雨，同样，每当风起，林间小雪之后也会有一场阵雪。较之脂松，白松的枝条横向而生，上方的落雪亦复如此。黑栎跟红栎的幼株也不例外，我发现树上既有白雪，也有红叶。午后西风凛冽，其寒刺骨，即使顶有翼庇，身浴阳光，也一定会去林子东南偏南一带找个暖和的地方。

不同的物种差异虽小却干系甚大！某一物种微具优势却事关本质！今天下午我发现一个松鼠的巢穴，夹在高高的白松枝杈之间，松鼠自然能够轻松上下，而其他动物费尽气力也到不了近旁。

毒芹低处的枝条垂向下方，乃至拖伏在地，整棵树酷似阳伞。

一旦渴望友情的人热忱不再，宗教便会得间亮相。

我熟悉一位名流，每每因其人说辞做作而心生反感。那番道白自然显得无比出色，犹如在席间致辞，十分优雅，极端风趣。他仿佛在跟选民交谈，措辞雅驯，鞠躬得体，我都觉得自己成了执掌大学、教化学子的斯林格茨比。拜托你简单直率一些！能不能少来废话！位列绅士，跻身名流真够可怜。什么正餐之后的优雅谈风！此人闻名遐迩且智慧超群，却为可鄙的程式所执。五次三番地絮叨，精雕细琢地修饰！像个初次见面的生人那般问候寒暄。世上再没有如此乏味的说辞，他的嘴里从来就没个简单质朴的字眼，连个正常的哈欠也没有。我身为听众，实在没法做出反应，感觉麻木。顿然之间，我觉得我们近在咫尺却遥隔千里，一番谈话，一无所获。卸任的国会议员对卸任的下议院议员才会这样说话。[1]

之所以跟朋友解释，乃是觉得相互之间没有误解。既然没有误解，又何须解释？

熟人时时感到纳闷，我为何执意远离友伴而形单影只，他们哪里知道，如果维系往来，我会更加孤单。

12月24日

1841年

我想即刻离去，远远地栖居湖畔，那里只能听到苇丛间喁喁细语的轻风。若能抽身隐退，便是一桩成就，朋友却问我前往那边意欲何为！观察节候迁变不就够了？

1　梭罗所记为师友爱默生，两人的交谊时时见诸梭罗日记。梭罗的感受颇为复杂，无法一言相蔽，欲知详情，可参考梭罗的相关记述，尤见于1845—1846年间2月22日前后，及1857年2月23日的文字。

12 月 25 日

1851 年

阵风吹来，刮起了一两天之前飘落的雪花，尤其堆到了背风的地方。眼前的这堆便在南墙之下，其轮廓依墙壁缝隙和风的旋流而定。雪随风滑过地面几乎难以察觉，若非高低不平，经过开阔地带便不会扬到空中。它一路飘去，碰到墙壁就纷扬而过，洋洋洒洒，仿佛日光下升腾的蒸汽。如若穿过墙缝，它却不会径直向前，而会向上堆积，形成优美的曲线，堆出奇异的姿态，略似撞向岸际而浪头后倾的波涛，仿佛穿过墙缝的并非雪花而是雪堆，只因底部磨蹭而涩滞不前。它状似马鞍、果壳和汤碗，在墙后又建起了一道雪花石膏的墙垣，好似白雪形就的齿状山脊。雪花建成了尖耸的塔楼，令人惊叹。这是堆积而成的建筑，却非滞留不前的结果，那攀升的曲线如同古舟之首，好似雕刻而成，又像吹管塑就。扬在空中的雪花也会渐渐飘落，落在大路或原野上，堆出绵绵的山坡，形成齿状的山脊。如此干燥的雪花，如此峻峭崔嵬的飞檐，天工之巧令人称奇，它却没有墙垣侧壁作为参照，比瓦匠摆弄砖块都难。这是飞雪的建筑奇术。高高的山上风吹日晒，雪花向上悠悠地堆积，仿佛晨间屋顶上袅袅而升的湿气。它堆得险峻峭拔，清晰劲挺，好似煤气灯光焰的中心。

12 月 29 日

1853 年

整日风劲雪猛，把大多数人关进了室内，道路阻塞，车辆不行，孩子们也不用上学。向窗外望去，五十杆之外的一所房子也不见踪影。[1]可是，漫天风雪中却有只鸟儿，好像是个麻雀，似为风吹，又像飞过，越过房顶落入了田野。雪透过了门槛，也挤进了窗棂。

下午试了试雪鞋，居然给陷得如此之深，都将雪花甩到了背上。走了二十分钟，回来的时候，深深的脚印已经消失得无影无踪。就经见所及，还不曾有如此狂暴的风雪。北风呼啸，雪花几乎横扫而过，不但要把人冻僵，甚至会让人窒息。风雪猛得都睁不开眼睛，大雪漫天，站在可以躲避的地方也只能望见尺幅之远。尽管如此，甚或正因为如此，我在仓库附近看到了一群极地雪鸟，黑白相间，叫声尖如口哨，这是它们在今年冬天初次显身。过了一个小时，我就发现大衣的所有口袋里都装了半品脱之多的雪花。

与今年夏天相比，此时的街巷又是怎样的一番场景！夏日的榆树枝繁叶茂，绿鹃、知更鸟、蓝知更鸟和火红的悬巢鸟在树上啾啾鸣啭，人们躲在室内避暑，推开花窗聆

1 1854年1月1日的那场雪也下得很紧，但比较常见，我都能看清E.伍德在一英里左右外的房子。——梭罗原注

听这娇美的歌声。如若新地岛上有街衢巷陌，此时我们的眼前便呈现了那番景象。我向邮局费力走去，好似冬日林间小道上茕茕独行的旅客。雪深至膝盖，房屋和篱笆前的积雪有一人之高，到处像雪山那般横过街巷。我从山岭而下，进入宽阔的山谷，在那硬实可行的谷底暂求歇息。街上只有一个大雪橇留下的痕迹，不过也快要被雪埋了。门前没有一条踪迹，可见住户今日不曾出行，恰似林间小道上不见任何走兽的行踪。此刻是午后四点，户门为积雪所掩，触目入眼一片茫茫，落雪纯净，了无足迹。一处的雪堆掩埋了前庭的篱笆，横过院落，顶到了前方的门楣，把全家关进了屋里。在临街的门前，雪每每厚达三四英尺，雪堆高耸，窗户尽为所掩，墙板满目皆白。住户好像全被冻死了一般，穿过荒寂的街道，一派灾难数周之后的景象。水闸前不见雪橇，也没有任何车辆，只有农民进城骑乘的一匹马站在那里，鞍鞯未卸。没有火车的踪影，而今日的车厢当然比哪里都要温暖，都要欢快。人们在邮局里碰到旅客就打听火车的讯息 :“可有火车往来?”雪到底多厚?

今日的樵夫便是荷马笔下的人物，他的活计也不例外。[1]他肯定拿着大槌、楔子和油石，桶里或篮子里盛着饭

1 这位樵夫名唤泰雷恩，加拿大人，梭罗曾在《瓦尔登湖》的《访客》一章中做了浓墨重彩的交代，很多文字便采自今天的日记，因重复不少，今略而不译。

食，瓶里装着烈酒，抓了旱獭，照旧在砍伐捆绑。

夏秋两季的思绪和交游已在我们心中荡然无存，好似树叶那般随风而逝。树上尚有些许枯叶不曾陨落，在寒风中瑟瑟作响，常青植物也在迎风斗雪，翠色不减。我们亦复如此，仍旧呵护着宛似青苔的念想。

1856 年

我们一定要每天走出家门，跟自然重新携手。我们一定要植根自然，起码也要伸出些微根须，纵然在冬天也该每天如此。我很清楚，只要在风中张口，我便能吸入健康与活力，而窝在室内每每会心智错乱。如此说来，房屋跟医院无异。在这种病室内囚禁一个晚上和上午我尚能忍受，因为我知道，就在举步出门的那个瞬间，丧失的神志便能即刻恢复常态。

12 月 31 日

1853 年

大地一片茫茫，篱笆和灌木半掩于雪中，天上艳阳高照，一派迷人的风光。

现在，镇子和郊外都非常安静，听不到车马的辚辚，也没有雪橇的叮当。一路走去，步履轻捷无声，好像脚踩羊毛一般。火车驶过了洛威尔大路，汽笛从铁道上远远传来，非常清晰。四周无比安静，雄鸡的啼鸣在这种日子里显得格外遥远，又格外真切。天地间还有些微声响绝不会让人无动于衷，那便是林间画眉的鸣啭，以及琴弦震颤的乐音。人间的宣说怎会比风弦琴声和画眉歌唱更为真实，更为崇高？而要对我们这种异教徒布道施教，还有谁能跟它们相提并论？纵然我等蒙昧如斯，却好像因之获得了升华，而为之心醉神迷，欣喜若狂。这迷人的旋律广被人间，它若非聚合的糖块，又怎能使空气甜润甘美？我愿沉醉于这世界，沉醉于这旋律，沉醉于斯永远不醒。只要生有双耳，那就尽兴聆听。人的耳朵但凡纯洁如故，未受玷染，便会陷溺于狂喜而与这旋律契合无间。甜润上腭的糖块又怎能跟愉悦健康耳鼓的声音相比？聆听之际，人会豪气满怀，勇毅强悍。

唯有这迷人的旋律让我领略了生命的永恒价值，要不，所谓永恒就成了臆想和空谈。侧耳聆听，其他时候唯能模糊忆及的印象也变得鲜活明了，我也因而清楚广袤的大地和深邃的天空价值何在。这旋律似乎让我脱离了躯壳，让我周身释然，一无挂碍。我溺于狂喜而遗忘了肉体，伴着芬芳在微风中轻飏。

瓦尔登湖已在昨晚彻底冻结，不过上冻之际风紧雪猛，所以湖上尽是冰雪，使整个水泊略似一团冻住的发面。我在林间跋涉巡游，所到之处积雪很厚，平均也超过了两英尺之多。雪沾满衣衫而后融化，所以今日出行没有昨天那般方便。眼前可能是水獭的踪迹，又深又宽，好像木头的拖痕。那分明像人的脚踪，昨晚尚未下雪就留在了那里。为了获取树叶，水獭不时会在雪下钻上几英尺。若非风雪的高明呈示，我恐怕连这动物的一丝踪迹都无法看到。

高高的橡树上有些松鼠用树叶垫的窝，而就在窝的后面，有只灰松鼠溜过树枝震落了积雪。它溜下我对面的那棵树，跑过雪地，又溜上了一棵细高的橡树，这棵树也在我的对面，不过已经落光了叶子。接着一跃而下，跳上四英尺之外的一棵白松，溜得更高，钻进了树顶浓密的绿色松针，藏在树干背后，非常安静，心想已经藏得很好。它为了藏身溜来溜去，却又因此而不得不跑得离我更近。它的前足踪迹在雪上连在一起，宽约三英寸，后足亦然，两者相去一英尺甚或更多，两片足迹分别在前后划出了明显的沟痕。这是它奔跑时留下的痕迹，但我根本无法断定它的四足在奔跑之际可曾同时着地。雪上有好些洞眼，它经此拿取落叶下面的橡子，然后在就近的细枝上进食，四

周尽是掉落的碎壳，还有苔藓和树皮的细末。在好些地方，看到洞眼我就能找到橡壳碎片和其他东西。有时，它略似一只小小的麝鼠，在雪上弄出连为一线的细长小径。它在那里频频跑动，常在地下钻进钻出，有几英尺多深。

1月1日

1854年

雪堆呈示了气流或风相互作用所致的平衡，或者说，两者相峙而静的状态。在我们这里，暴雪常常伴着北风，所以，巨大的雪堆会出现在房子和篱笆的南侧，而在大街上也会堆在左边。我发现，在屋舍和棚子的西南一隅，雪不会紧贴水泵堆积，而会堆在一英尺之外，由此可见附近存在气旋。雪片好似尘土，能够显示上方气压形成的气旋状态，雪堆和其他物什恰好位于气旋中央，或气旋相互抗衡而最终抵消的位置，两者的界限则见于雪堆的峰线。

白尾雀，或曰草雀，成群飞过，它们在冬日逗留很晚。这种鸟儿是冬日的族亲，那尾部的白色便是见证，恐怕它们待冬日临近以染白尾羽才会飞走。雪鹀和麻雀才是狂风暴雪中的精灵，它们御风乘雪，生气勃勃。

雪是呈示隐秘世界的高手。它暴露了田鼠和水獭等动物的行踪，要不，我们纵便窥见一二亦属难得。非但如此，它既让麻雀在茫茫大地上格外显眼，也用雪上醒目的黑色杂草吸引它们。雪还将乌鸦和其他鸟雀撵出了森林，好让它们到村镇觅食。我们或许有望见到某些动物留在雪中的行踪，连生物学家也认不出这批优于人类的生灵。有些生命高于水獭或曰亡命见捕的动物，雪上难道没有它们留下的踪迹？难道我们不觉得唯有它们才是夜间出行的生命？只有野人才会觉得雪上的踪迹跟水獭无异，无所谓高级尊贵。林间积雪半掩，枝柯沉沉，这微茫幽暗的辽阔雪原为何让人觉得惬意称心？难道不因为这里的一切昭示着美德、正义、纯洁、勇武和宽宏的气度？难道我们目睹此景不会欢欣鼓舞？难道不是因为，在高于水獭的生命印迹之上，萃集了这一切品质？难道它匆匆而过，留痕而去之际，不曾以那份美丽，那份乐音，以及芬芳馥郁让人欣悦，予人点化？在这林间，触目入眼者无非生命气息。哪里有天道的完美统治，智识就会在哪里留下痕迹，不论印在雪上，留在土里，还是呈于我们的心中。难道那不是唯有犬类方能嗅察的一重气息？难道，难道没有一缕气息呈之天使而让他追循？难道没有一缕气息连水也难以掩去痕迹，而在诱引人们的朝圣步履？难道天地间没有圣洁的气息？难道它太过古老？难道它在人间早已消失不存？初雪刚至，健硕的猎手追捕的出色猎物无比纯洁，只因它先于野兔和狐狸显身，连低劣无比的野狗都能嗅出它的气息。难道这场大雪仅仅会显出某些胆小的野兔，甚或踪迹难觅的巨大野兔？难道这时连纯洁的丝毫影踪都难以察知？如若有人能够探明雪的意蕴，不就是在探察夜间显身的卓越生命？世间难道没有猎手在追捕高于狐狸的猎物，其感觉较之猎狐的犬类更为敏锐，较之狩猎的号角，他们对超拔的音乐格外钟情？尽管冬寒凌厉，但只要湖冰能够禁受，渔人便会争先恐后地赶到湖上。只要初雪飘临，猎手也会纷纷出动投入战斗。同样，虽然寒意袭人，湿气弥漫，遵循天道，或备极锤炼的人定会终日在户外追逐高级猎物，因为那时它们的踪迹最为清晰。面对猎捕，这种猎物不会藏身于地下，它不会掘穴隐遁却会向上逃逸，不会居于树木却以天空为家，让猎手驰骛思绪、满怀缅想地追寻，让他心存永不磨灭的信念，聆听号角重新谋划，而在返回时身携优于狐尾的战果。我们追寻这种猎物以求自我营救，而非猎获捕杀。难道大雪仅对猎手有用，而对圣者，或热望重塑生命的人无益？难道只有印第安人或猎手需要雪鞋，而圣者会躲在室内给拖鞋绣花？

我乐意成为渔人、猎手、农夫或教士，不过，我会注目于非同寻常的对象。

1856年

午后前往瓦尔登。

湖面已经封冻，冰上布满硕大的晶叶，密密簇簇，极其漂亮，数杆之内随处皆是。这些晶叶轮集辐辏，仿佛羽床抖在冰上，好似连锁的玫瑰纹样，又如蓬松的白色羽束冒出了簇密的绒毛，那条条叶柄隐于晶亮的雪粒，宛若道道羽茎四周绒毛丛生。凑近察看，眼前的逼真叶片好似蕨类，只是，若论长度则叶面过宽，而且主脉两侧明显失衡。这些晶叶长在一英寸到一英寸半之间，宽有四分之三英寸，我看到的那些都指向西南。叶子的主脉极为清晰，不过细得无法掇拾，支脉也显豁醒目，由此分向而出，细脉亦复如此，好似蕨叶那般，各自指向了齿形的叶缘。这些叶片到底有几重分支，单凭肉眼难以看清。它们纤细娇弱，一旦凑近察看就会被气息融化。有个渔人说，这些叶子在早上格外迷人。冰上的其他地方却是霜花，分布的区域不大，好似撒落的燕麦，又像卷起的石棉纤维，长约半英寸或四分之三英寸，宽约八分之一英寸甚或更多。这些霜花簇密成片，随处可见，或一英尺，或两英尺，宛若撒落的北国谷粒。

1月2日

1853年

今早的钟声尤其迷人，我侧耳聆听，较之平素欣赏良久。这阵阵声响更富宗教意蕴，岂是它召集人们的时候所能相比！人们循声而至，涌入炉火送暖的教堂，可是，行至今天这般霜气浓郁的树丛，上帝才会亮相显身，恰似他曾在燃烧的荆棘中示现于古时的摩西[1]。

我们在大悬崖上点了一堆火。在这种冰天雪地的日子里，只有富含松脂的树根才能点着。而就在弄碎一段树桩时，由于找不到石块，我都差点弄坏了鞋子，这时我想，要是有把印第安石斧该多方便。白松树皮虽为冰雪所覆，却烧得很好。不一会儿，松木便腾出火焰，在崖畔呼呼作响，我们居高纵目，饱览千里冰雪。阳光也消融了岩间积雪，雪水涓涓而下，化为酷似蝌蚪的暗黑气泡。火焰是个多么美妙的辞藻，既能勾勒分叉的火舌，又会描画闪闪火光的姿态和灵魂。我们生火无意于取暖，却是为了观赏，因为在这种日子里，火是多么难得的景观。此时此刻，眼睛因烟熏而屡屡作痛都成了一桩乐事。眼前的火焰放射出何其难得而无以言状的色彩！那是微

1 典出《圣经·旧约·出埃及记》第3章第1—5节。

泛红光的明艳黄色，还有什么比生命和热量光彩夺目，辉赫耀人！这肥硕的树根化作了团团火焰，火焰熄灭后又成了浓浓的黑烟，岩石上黑影摇曳，清新悦目。最后，这些烧残的树根上飘出了青烟，留下了美丽的白色灰烬，成了农妇不时利用的肥料珍珠灰。不论纷争的两方矛盾多大，都会欢迎冬日的火焰。耳边传来山雀那尖细的鸣叫，仿佛春天正向我们走来。

瓦尔登北端有个水湾，湖水较浅，已经开始封冻。好几个星期以前，那里已经出现了一层薄冰。

1859 年

上山时，我穿过了斯托家的橡树幼林，枯叶沙沙作响，清亮干脆，冬天的林子便是这种声音。若非这些还不甘心的橡叶，林间就格外寂静，换个角度看，也格外阴郁。这声响听似海涛轰鸣，让人意气昂扬，觉得整个大地都成了空中之海的岸际。那是浪涛在汹涌，是无形之海的躁动，空中的巨浪拍向森林，仿佛海波激荡，冲上沙滩，撞击岩石。它升降消长，往复交替，宛若悦耳的海浪，内陆的人们或许能够借以预知风暴。这宏伟的絮语铺天盖地，蔚为壮观。浪花拍岸，风啸林间，瀑布跌落，都堪为声响的背景。它们看似有别，但是就听觉效果和成因而论，都是同一种声响，那是大地的倾诉，是万物的呼吸或鼾声。大地是艘舟航，这林间声响就是我们扬帆之际掠过缆索的风声。海浪逐岸，永远冲向科德角居民的耳鼓，浪涛的族亲拂过林间的树叶，也在我们这些内陆居民的耳畔回响。尽管它含糊莫辨，却不妨视为倾吐的话语，视为分解细化的元音（虽然更像辅音）、唇音、齿音、腭音、塞音、摩擦音和吸气音，因而，这种林间絮语或许可以谓为叶音，它成于扫向树叶的空气，跟我们通过摩擦或吸气发出的口音最为接近。

依照米肖的说法，冬天树叶犹在的橡树就是白橡，可是据我观察，并不能据此辨认白橡。我们这里的高大橡树在冬天还有点树叶，尽管不多，却挂在低处枝条的根端和树干四周，因而，很难说白橡较之其他品种树叶更多。橡树幼株在冬天一律叶簇重重，反倒是白橡的叶子枯干得最为分明。

同为橡树，为何老树树叶尽落，而幼株树叶犹在？为何树叶系于树干却已枯死，为何同在下方，有些生气犹存，有些彻底枯萎？难道是因为树汁和养分多寡不同？

雪落大地，山上的树木非常清晰。冬日的森林一目了然，因为但凡林木丛生就会显为一片暗影，若在夏日，就无法据此辨认远方的森林。

1月3日

1853年

我热爱大自然，还因为其中绝少人间色彩，而且也能够借以避世隐遁。大自然不受人类习俗和制度的左右，奉行别样的公道和正义。身处自然，我欣乐满怀，如果大地尽为人类所占，我就会一无希望，也无处容身。人类社会拘禁重重，大自然则自由自在。人类社会使我缅想另一个世界，大自然却让我心满意足，无复他求。大自然奉上的欢乐与人类的条框无关，也无法用他们的定义加以规范。人只要举手投足，便会使一切蒙受玷染，见诸观念，他却在恪守道德，指点说教。让人类自由无拘、满怀欣然地劳作绝无可能，如是评判谅非过分。与人类的盛典相比，源于大自然的丁点快乐也显得意味无穷，纯净无瑕。大自然是快乐之本，反证则见于世所挚爱的真率道白：

人类冷酷凶蛮，
确系万恶之源。[1]

---

1 这类思想多见于宗教典籍，因而梭罗在下文有“这些心存敬畏、恪守律法的作家”之论。梭罗的诗句可能基于《圣经·新约·马可福音》第7章第20—23节：“从人里面出来的，那才能污秽人；因为从里面，就是从人心里，发出恶念、苟合、偷盗、凶杀、奸淫、贪婪、邪恶、诡诈、淫荡、嫉妒、谤渎、骄傲、狂妄。这一切的恶都是从里面出来，且能污秽人。”

我觉得，在这些心存敬畏、恪守律法的作家看来，世人若能享受快乐诚属怪事。可有什么智慧和告诫抵得上快乐？纵然世间的律法无比严苛，在点滴快乐面前都会黯然失色。我有一个自己独享的世界，那便是大自然，人类的机构休想在这里评判裁量。任你的著作堆积如山，那是你的箴言和律法，其中写满了忧郁和酸辛。大自然就是书外的欢乐，它那欢快的虫子会钻进你的书山，很快就能让它塌陷崩溃。你的律法之外别有天地，那就是大自然供法外之徒啸聚的山林泽薮。有两个世界我都很熟悉，其一为邮局，其一为自然。我一再忘却了人类及其机构，就像常常将银行置诸脑后一般。

1月5日

1856年

雪花稀稀疏疏，乘着北风而至，落上了我的大衣。那是宛若星星的半透明晶粒，漂亮悦目，苗条玲珑，跟十二月十三日那天绒似棉朵的丰满雪瓣迥然相异。这些雪花直径大约十分之一英寸，酷似小小的车轮，六根轮辐，却无轮胎，又像分瓣的小小蕨叶，六条主脉清晰笔直，纤弱修长，自中央射出。主脉两侧是半透明的细长叶锋，叶缘好似锯齿。这是空气的杰作，多么富于创造的匠手！就算天上的星星果真落下，落上我的衣衫，我也只能如此赞叹。大自然智慧超群，神圣无比，连一片雪花都无法逃过它那精巧的双手。天地间没有低劣粗陋的东西，无论露滴，还是雪花，均是如此。暴雪随后就到，越下越密，已经无法直视，雪片纷纷扬扬，成了更小更白的粉尘。有谁知道，这才是雪瓣的雏形，又有谁知道，就在我目睹这些晶亮的星星落在身旁之际，它们刚在近地的空中成形不久。我离雪花的渊源更近，看到了它在发轫之初，霞彩满天的幼年景观。雪花旅程漫漫，飘至大地便已疲顿劳累，凝结成块，不再那么整饬悦目，最终飘落在地，好似人们步入了暮年。

若论这些晶粒的成因，则是天气酷寒，以及虽然雪花稀疏，却也凛冽如刀的暴风。雪乘着北风，几乎横扫而至，不过我想，这种雪下不了多少。

这些晶粒尚未射落时必然秉承某种神意，它是暴雪座驾的车轮。形就地星的法则同样塑成了雪星。一旦雪瓣的数目准确地命定，无数雪星便飞旋而下，飘向大地，借以强调“六”这个数字。秩序便是法则，法则见于κοσμος[1]。

---

1 希腊语，部署安排之意。

虽然科学家不曾在萨斯喀彻温露面，雪花却依旧会飘向那里，不折不扣地执行神意，间或落在印第安人的脸上而当即融化。我们的世界多么奇妙！空中满是小小的圆盘，在好奇的眼中是那么漂亮。它们飞旋而下，飘向旅人的大衣，也不管对方警敏还是呆钝，飘向躁动不已的松鼠，飘向广袤的原野和森林，飘向幽深的林壑与群山的峰顶。它们远离世人的嚣嚷，滚下缓缓的斜坡，走向自己的归宿，大片地融化而娇容不再，意欲在不久之后奉献力量，好让小溪涨波，最终也使渊源所自的浩瀚海洋浪涛汹涌。它们静卧于斯，仿佛空中交战后损毁的战车之轮。这光彩闪闪的晶亮羽片，这扫自天幕的白色粉尘。田鼠将它们推出了地下的回廊，学童将它们抟为雪球抛来掷去，樵者据以驱驶雪橇，顺畅地滑行。它们在一路放歌，唱着“六”这个数字蕴含的神意和渊奥，在歌声中融化不见。造化之手掬起海水，滤去盐分，化为薄雾，洒过天宇，他储集了这些宛若谷粒的六角雪星，尔后撒向大地，让它们静卧待命，等他再度松开桎梏。

1860 年

人们只会接受意中之物，且不管那是实物、智识，还是规箴，就像动物仅仅选择特定的季节受孕育崽。我们只会关注有所了解的东西，并探索个中意蕴。如果遇到的东西跟自己了无牵涉，或自己一无所知，或基于经历漫无兴趣，因为天资无动于衷，则不管它多么新奇或何其出众，纵然声在耳畔也充耳不闻，笔之文字也无意阅读，即便阅读也漠然无谓。因而，不论通过聆听还是阅读，经由观察还是旅行，人们就这样划定了自己的生命轨迹。目之所见会形就藩篱，如果眼前的一切跟既往的闻见毫无干系，人们就不会投去一瞥。随着认识见长，我们才会乐于接受目下排斥的东西。比如，在读亚里士多德的时候，我发现他有鲫鱼和鲈鱼产卵方面的文字，因为我对此早有了解且有兴趣。可是过了好久我才发现，书中同样涉及其他鱼类产卵的信息，我却因为对这些鱼类没有兴趣而视之不见。

1月6日

1838年

节候轮转永远毫厘不爽，让我们像切盼夏日的孩童，在恬静的怡悦中忖度思量。多少年来，春天在诸神的操持下周而复始，我们也会行至户外歌颂心中的乐园，将它妆点一新，永远嗜之不厌。

1858 年

现在，连穿过铁道对面丹尼斯家的沼地也不再受拒，我为此兴奋不已，因为那里毒漆丛生，触目皆是。这种单茎灌木果实累累，干枯浅绿，松松散散地聚为锥状挂在枝头，有些达一英尺之长。就经见所及，附近还没有如此丰产的灌木。我不禁伸手采撷，将几根挂有果实的枝条带回家里。那里还有些别的果实，不过都属于严冬，诸如坚韧强悍的梫木，以及些许半显衰象的桤木浆果。肉桂蕨枯叶落尽，只在梢端挑着碎叶，任我在光秃秃的叶茎之间穿行。落雪无力尽覆沼地，雪上时有洞眼，但见下方微有积水，暗黑无光。

居然将干瘪的毒漆浆果奉若至宝，我为此深感无地自容。乃至看到大衣衣袖上的一片雪花时，我才知道哪里有些微的神性迹象与人性意味，本该富丽诱人、堪称伟业的生命也韬却光彩，寡然无色。那片雪花规则完美，洁比水晶，状似星星，仿佛装有六根辐条的扁平车轮，只是每根辐条活似一棵小小的松树，凑在羽片周围。这片灵物及其同类附在我的大衣上面，未曾消融而完好无损，十分悦目，我由此明白上苍并未丧失原始活力，却也不解，人类又缘何丢掉了生机？这些松树间或消融而叶落枝残，旋即又似几颗星星任意拼接，交相叠加，形成了一个略似圆球的小团。这小小的车轮从天而降，仿佛空中接战后残损的战车。空中，小小的绒球与星形的雪片纷纷扬扬。此时午后过半，晚上十点，大雪余势犹在。不管夏日还是冬天，天上都会降下珍宝。此刻，我承认自己略生信心，因为一度怀疑上苍已然枯竭贫乏，可现在确信它又开始了往昔的卓越天功。且看，这就是我们生活的世界！珠宝商的店铺去了哪里？除却雪花和露珠，还有什么堪称端庄秀丽？都可以说，完成遣至大地的雪花和露珠之后，造化之手已经智竭才穷，拙于创造。我们以为雪花是机械呆板的拼凑，露珠是信手挥洒的结果。其实不然，两者都源于内衷的热忱，出自痴迷的灵感，成于登峰造极的无上匠技。

1 月 7 日

1842 年

身在冬日，听到人们谈及楸果、商陆和刺柏，我就会格外来劲。难道不是上苍置办了这耗费无多的夏日盛宴？

虽然如此，伟大的上帝却气定神闲。祂出手创造总会让人激动不已，享受不尽。无论是诚敬的信徒，还是教外的人众，只要奉上祈祷，祂都会一视同仁地侧耳倾听。人的性情当如节候的迁变，应该稳步有序地渐渐展开，悠悠转换。太阳照临大地，万古如斯！若要这整饬的运行轮作陡然之间发生巨变，需要难以置信的原因。我却对此兴致不高，因为，如此一来便跟大自然的漫长运行扞格不谐。眼下的一切只能呈于为数极少的受众，因而显得无足轻重——上帝并不会垂顾当下的态势和动向。

1857 年

午后前往瓦尔登。

今天奇寒无比，西北风利如刀割。湖上白雪茫茫，不见渔人的踪迹。天实在太冷，一切生物的活动能力都降到了下限。冷风嗖嗖，其寒难耐，五天来始终如此。所有的道路一两个小时便消失不见，有人不得不一天清理两三次。湖上没有渔人，因为钓线会冻在冰里。

我穿过森林，沿着威尔草场往大悬崖走去。

一路上不见出门游乐的行人，其实，即使现在漫步于森林和草场，其疗救之功和诗意享受也无与伦比。没有什么能像此刻予我启迪，也让我意下恬静，耽于沉思。一切都随着思绪获得了升华。不论身在街巷还是交游往来，我几乎总会耽于低级的佚乐而挥霍放任，生活卑下得无从言说。个中损失任是多少黄金或崇名显望都难以弥补，跟州长或国会议员同桌进餐又能怎样！！可是，纵然天气幽冷凄清，甚或如今天这般荒寒阴郁，都让人们牵挂镇子上的小酒馆时，如果孤身一人来到荒僻的森林或原野，来到一派天然的萌芽林或野兔留踪的草场，我便能找回自己，便能意识到自己跟天地的堂皇关联。我与寒冷结交，也跟孤寂为伴。我想，于我而言，这样漫步的意义跟别人前往教堂礼拜祈祷不相上下。我行至荒远的林地，犹如思乡的游子返回故园。所以，我捐弃了多余的东西，看到了万物的本真面目，领略了那份庄严和美丽。我告诉别人，我每个白天会将一半左右的时间用于散步，但我想他们未必相信。我希望每天有那么一段时间，能将康科德、马萨诸塞和整个美国剔除出大脑，以使自己心智正常。既然异教徒都配有传教士，为何就我不能领受这份眷顾？我渴望增长见识，渴望提升境界，也渴望每天的大部分时间能将平庸、狭隘和卑琐的人等置诸脑后（要想这样，就得富于先见之明，并且长期忘却人际往来），因而能够来到这些人迹罕至的地方，好让生存变得简单。我走出镇子一两英里之远，投身于幽僻静谧的自然世界，身边尽是石头、树木、野草和积雪。我走进林间的空地，那里恐怕有少许荒草和枯叶探出了积雪，而我的面前也好像开启了一扇窗户。我举目四顾，又向天外张望。人们耽于寻常的度假胜地，却将高悬在天的这扇窗户远远地置于身后。普通窗户难称我意，我需要真正的天窗，它就在镇子之外。所以，若与世人为伍，我就无法风神轩举，怡然自适，心下豁然。不论处身农民的俱乐部，还是参加城乡的夜间聚会，我总是难以觅得一扇天窗，总是觉得在这种场合迷失了自己。这些地方让我生厌，相与谋面者每每不及他所打破的沉默富于教益。大自然幽静旷寂，充满野趣，好似哺育心智的贯叶泽兰，我恰好为此而到户外寻觅。走到那里，我仿佛总在跟一位友伴漫步，他隐而不显却伟岸超迈，优雅恬静，永远在催人奋进向上。我最终变得沉静稳健，官能和智识也各得其所。我很清楚，在多数邻人看来，撵到那里逛上一个钟头实属苦事，更不必说在今天这种阴郁的天气，但我所获的报偿却深惬心意，妙不可言。我属意于此，无复他求，可是事实一清二楚，我的钱币在邻人那里无法流通。

我热爱大自然，乃至会巨细不遗地奉上礼赞，因为我挚爱跟它交流相融的那方天地。这是所有生灵的乐园，在记忆中一一清点都是一桩乐事，我也借以免去了鸡零狗碎的人际往来。世人觉得动物野蛮低下，我却难予认同，动物让我兴致盎然，分明因为它们不会妄诞地喊叫。我断定，它们绝不会以蠢笨自大、虚浮傲慢的方式待我，退一步说，它们纵有缺陷也没有予我妨害。一旦有人登场亮相，我的这些精灵总会隐遁逃离。投身自然是一种美妙的体验，在党务会议、礼拜场所、学术讲堂抑或聚会取乐的地方休想有这种感觉。布朗的矮栎林在镇子之外很远的地方，这片林地已于日前以六美元一亩的价格售出，不过我在那里的伙伴英格兰却无法买走，也无力购买。那是我立身的世界，也是我勘测的对象，我倾尽所有奉献于此，其中也有我的生命。

行至威尔草场，我大概进入了相宜的天地，仿佛鱼儿放回了水中。我扔掉了懊丧和不快，一切都像承载天地的转轴那般滑溜顺畅。我清楚记得有个梦境在年幼时期常常出现，夜复一夜，反反复复，或许可以谓之“坎坷和坦途”。人生一世，一切穷达，一切际遇，都可以归并于此。此刻我恐怕就躺在致命骇人的坎坷之上辗转反侧，这一险境必将很快让我了却此生（尽管在梦中我都觉得那只是厄运的一个象征），可是转眼之间，我又卧身于迷人的坦途，那里好比夏日之海，又如蛛丝和绒羽，或似绵软无比的长绒棉，生而为人成了一桩奢侈享受。我始终在“坎坷”与“坦途”之间漫步。“坎坷”和“坦途”？换言之，就是“错乱”和“明智”。

我意欲称颂的大自然恐怕是位雍容优雅的仙子，我得像她那样，稳健而平和。

1月10日

1856年

天气已经十分留情，早饭时也才零下2°，昨晚七点虽然到了零下8°，[1]但夜间最冷恐怕也就这样了。你得腿脚蜷缩窝在床上等待天亮，被单靠嘴的地方闪着晶亮的霜花。炉子上的水早已冻实，洗濯时洒落的水滴也在地上成了冰斑。室内的花草已经冻坏，不久便萎靡不振，显出了黑色。透过窗户看去，有间农舍顶上的积雪到了一英尺，因而思忖，住在阁楼的穷孩子衣衫褴褛，又会想什么办法捂脚取暖。屋顶的烟囱中冒出白烟，烟团袅袅而上，不久便散入了凌厉的空气，凝视之际，我在考虑他们的柴垛还有多大。转念之间我又努力拟想，在今年那些闷热的夏夜，他们又在如何巴望一缕凉风。请想想蚊子的哼哼，如果想象力够好，则请逼真地还原当刻的场景。

看来星期六晚上的那场大雪相当罕见，沿着海岸绵延了数百英里，据称当晚都有数千人待在车厢里过夜。

昨晚厨房窗户上霜花盛开，极端华美，足令所有的窗棂雕饰和毛玻璃黯然失色。

近日积雪很厚，奇寒无比。我喜欢在沼地间奋力跋

---

1 梭罗所用的温度计量单位为华氏度。

涉，出了镇子只消几步，便会进入荒寒寂寥的新地岛。沼地上到处是雪，了无人迹。雪粒干爽，累累而陈，几乎拥到了梫木的冠部，也将高高的越橘半掩于雪中。我涉雪而过，双脚陷入匿迹潜形的泥炭苔藓，登上了夏日难近的沼地小岛。这里的杜鹃芽蕾尚未死去，桤木的浆果也生机犹在，偶尔还有只树雀或是麻雀在身旁咬舌，不过几乎看不到野生动物留下的踪迹。或许唯有几只野兔曾在沼地边的越橘和桤木间蹦跳而过，还有一两只田鼠在嫩枝旁钻出过地面，它们好像不敢耽误，穿过松软的厚雪，径直奔向另一丛灌木旁边的其他洞里。这哪里像北美的湿地之行，简直是追随富兰克林的极地之旅。这里绝少生命迹象，也很难看到其他东西。此时此刻，我们也只能学山鹑夸赞嫩芽，像野兔和田鼠那般欣赏树皮了。杜鹃芽苞挺耸，一派深黄，越橘蓓蕾滚圆，周身通红，梫木幼芽尖锐，红光闪闪，逐条而生宛似圆锥，在枝头享受酣睡。草木的芽蕾各具特色，桤木着有黑斑，毒漆生长迅速，越橘微染棕褐而裂有缝隙。还有些嫩芽几为冰雪所覆，藏在幼枝后面渴望春天，身在白雪茫茫的沼地之中，就连这番景象也足以观赏玩味。我觉得踩到了雪中的梫木，脚下好似松软的织物，接着跨步而下，拔出了齐腰之深的积雪。我偶尔失足，这深深的积雪却兀自默然，无动于衷。就在这深深的雪下，明年八月会挂上多少娇美的浆果!

天寒地冻，我看到水泵要么穿上了草席和破旧衣物，要么裹在了干草之中。高山南麓或密林深处的房子真够幸运，如果建在平川则既无山丘遮挡，也没有树木庇覆，狂风便会畅行无阻，遇到昨天的那种天气，连房子也会成为一片兜风揽雪的围篱。刺骨的寒风显出了威力，没人敢在住房和仓房间磨蹭。路上的踪迹很快抹得无影无踪，早上才挖出绕向屋后的小路，转眼之间又被填平，你再也看不到主人的影子，而在一个钟头前他还在半掩雪中的房子里寻求荫庇。白色的烟团从烟囱刚刚飘出，旋即便被饥饿的冷气所吞，也只有这时你才知道，他还坐在屋里烤火，以免逗趣的双唇无法张开，同时也在琢磨历书，好知道春天还有多远。邻居却将房子建在密林之中，虽然相距仅有半英里，此刻却是另一重天地，他正在雪中刨挖那堆从沼地中拖来的残根断株，为了大小合适填入火炉，常常都磨钝了斧子和锯子。相形之下，这时挖“矿”不但没有风险，甚至会是一种享受。

有人则彻底拉上了窗帘，窗户完全蒙霜而像装了毛玻璃，根本没有住人的迹象。院内院外的小路上全是积雪，没有任何痕迹，房子里也悄无声息。现在，只能通过烟囱探明究竟。我凝视良久，以为有烟雾飘上了天空，其实是个错觉，我们走近空空的壁炉时常常会想象热气袭人，所以，尽管这座房子无人居住已有二十年之久，我依旧相信确实看到烟雾冒出了烟囱。意中的烟雾活灵活现，任何画家都难以满足我的想象。此情此景宛似昔日住户的幽灵再度造访，烧开了一把隐而不显的缥缈水壶——一缕白烟微泛蓝色，飘出便无影无踪，看来炉火正旺，闪着明亮的火苗，若非如此，则午后已到，炉火半掩，住户正在午休。

1 月 12 日

1855 年

下午穿过迈诺特的草场前往弗林特湖。

午前雨雪霏霏，而后显出了斑斑点点的蓝天。太阳出来了，宁静而温暖。地上三分之二没有积雪。我绕过爱默生屋后，沿密尔河一路走去，搜寻生命迹象。

在冬天忆及遥远的夏日也许最能触动人心。我们如何在淙淙的溪畔跳跃！潺潺的溪流中有多少美景！那是什么生命！那又是怎样的世界！寒冷只是表相，夏日仍是主宰。它藏得很深，见于乌鸦的啸叫，见于雄鸡的啼鸣，也见于我们背上的温暖阳光。远远地，远远的地方隐隐传来乌鸦的叫声，在缥缈朦胧的林边回响，仿佛散入了宛似春天的蒸汽，散入了太阳催生的这淡淡雾霭而归于沉寂。它隐入了镇子上的喁喁絮语，那是孩子们戏闹的声响，好似一条河流汇入了另一条河流，野性与驯顺相融为一——多么美妙的声音！那不仅是乌鸦在呼朋引类，也是对我的言说和倾诉。我跟它都在参赞卓越的天功，由它诉说，任我聆听。它一张嘴我就能听到，纵然春天来临它便啸叫，我也不会举枪射击，也不会投掷石块。乌鸦啸叫声声，像初识字母而念念有词的孩童，而在林木镶边的遥远天际，当它飞离长期受拘的巢穴[1]，因永远享受欢乐的假期而啸叫声声，又像个被开除离校的学生。每逢此时，雾气缭绕如同熏香，从春日的田野袅袅而起（虽在冬日，却似阳春）。我的心啊，请你称颂上主，称颂祂呵护野性，称颂祂让乌鸦永离射程，称颂祂造就了母鸡，也称颂祂让它们在院子里吱吱咯咯。

1月18日

1859年

十三和十四号两天出现了奇妙的霜花，罕见珍稀，令

1 “巢穴”一词原文为recess，本为庇身之所，兼指学校的课间休息。

人难忘，可是，尽管连着两天晶亮玲珑，我却有客来访而错过了观赏的半数良机。时至仲冬，雾气横锁长达四天却又没风，不禁让人惊叹称奇。近日天气陡然变冷，我都怀疑这场雾跟暖适的空气有关，这股空气可能来自海上，最终碰到了我们这里的冰天雪地。雾气凝就的白霜亦曾寓目，如此规模却见所未见。很显然，雾气越浓则霜花越白，也越发粗糙而不堪近观，并且较之露水所凝的霜花为厚。我们无缘欣赏它在阳光之下的风姿，不过从雾中看去，那番美景已让人过目难忘了。那简直是身披裹尸布的树木之灵，在雾气重重的灰暗大地上越发白得刺眼。十三日下午我策马前往安克顿，所过之处，那琼枝玉叶无不在路上搭起了奇妙的拱顶。榆树身姿婆娑，大小相宜，显得格外漂亮。据我观察，地势越低则霜花越重，柳树生长的地方尤为分明。读报获悉，这幕奇观遍及本州，人们无不啧啧称叹，波士顿公地上的树木身披雪白的靓装，我们马斯克特奎德[1]的树木也不例外。

这幕奇观持续如此之久，堪称奇中之奇。第一天空气宁静，略无风丝，我发现霜花没有丁点减损，非但如此，还因为那天早上天冷有雾而分明有所加重。

---

1 马斯克特奎德系康科德旧称，源自阿尔冈昆语，意指“草地”。

地上但凡有通风的孔洞，霜花就会竖在洞颈，它美丽如许，屡屡显身于冬日的清晨，人们无不满目惊喜，低头欣赏。而在这次，由于雾气横锁，大地的呼吸清晰可见，因而霜花触目皆是，遍及丘壑，不仅见于裂缝罅隙，而且被覆大树巨枝，我们虽然行至树下，却同样领略了洞中昆虫所见的美景奇观。我们一路前行，一路美景，宛若昆虫爬过满目亮白、霜剑挺耸的地缝。

这玉树琼枝，我有幸身临其境，亲眼目睹，那是大地凝于长髯的气息。

且看那耐寒的树木，因为霜花边沿模糊而蓬松轻灵，如梦似幻。若非允许差错，又怎能描出这雾气映衬的雪白手指？描画边沿无处下手，标示直径亦属枉然。驾车前往集市的新英格兰农夫行至树下，无不觉得他们对美的理解已经呈诸形象，纤毫毕现。只要有暇观览，而或有力鉴赏，任何人都会明白，谓为美的抽象存在已经历历可见。面对树上的美景，我相与骑行的一位磨房主在品评指点，而有位农民真切地跟我说，他得暇乘橇去了瓦尔登林，发现自己此生不曾目睹那样美丽的景致，如果有人精于文字，描绘录存那道美景便是一桩盛举。

我一直在想，如若举国只有某种树木美丽如许，一似我漫步或策马而过的榆树，那么为此而横穿这块大陆专门欣赏都不为过。我相信如果听到如实的描述，肯定有人会当即启程。其实，这幕奇观并未限于单株树木，而是像空气那般平常且随处即是。所有林地都满目奇景，让主人惊讶不已，而对于无由远行以观的人，这幅美景便见于街巷树木和庭中杂草。若论效果，这幕景观好似大雪飘零，落上了松林中已然干枯的近地松枝，这些枝条垂于微明昏暗，唯有风起雪落方能一展风姿。不过，这些霜花却不似落上枝头，也并未单纯限于近地的枝条，却像从中横向生长，无所不至，满树皆是。

沿街望去，你或许会说这番景观非同寻常，如同冻结的蛋糕异于寻常的面包。有时，你可能会怀疑这是施咒作法的结果，似有术士将你的镇子置入了坩埚而使之晶化。垂柳的枝条愈发簇密，较平素整饬清晰，宁静得如同从雪花石膏雕刻而出。枫树长茎稀疏，垂得更低，也更加娴静。令人称奇的是，待雾气稍解，一英里之外的松林便会显出身影，一派幽蓝。霜花所及，树木个性愈明，劲直者越发劲直，优雅者更益优雅，较之其他，桦树的扮相尤为出色。冰上的石块成了盖有白布的小丘，而石块的高点裸露未覆，活似缓缓跃出水面，或静止不动的海豹或海象，此情此景与向时无异。

有人提议，待夜幕降临，便在街道的榆树下点燃篝火。

1月20日

1855年

向阳的山坡上，干枯的绣线菊朵冒出了积雪，此刻显得十分秀美悦目。我想这跟今夏的旱情有关，当时它们即将成熟，却因遭遇干旱而提前萎谢枯败。我就地坐下，天空鱼鳞历历，附近的森林居然卸去了沉沉的积雪。松树一派白色，透出一点暖暖的棕黄，橡树相对泛红，尤以白橡的幼株为然，黑橡较松树颜色更深。到了冬天，橡树和常青树木色彩热烈，既奉上了阵阵暖意，又跟白雪相映成趣。

桦树犹带树种，不过每次下雪总会洒落在地，分明在为鸟儿提供资粮。

或因日照，或因太沉，昨日的雪浪最终崩塌，盘曲的峰头倒入了下方的雪中。

雪上的小鸟踪迹不计其数，也许是金翅雀印上的爪痕。它们在辽阔的草场上蹦来跳去，光顾每一株荒草，比如约翰草和其他常见的杂草。草籽的皮壳形似燕麦，撒得到处都是，雪如此松软，这些皮壳为何仅仅落在表面？雪上的爪痕隐隐约约，它们仿佛双翅未敛，托着身子。

洼地的松树和橡树还多少身负积雪，低洼的沼泽情况更甚，其中一半为雪所覆，厚达十英尺，盖在歪歪斜斜的灌木上方，似为野狼提供荫庇。

遥远的林间，猎狐犬吠声阵阵。我站在寥远旷寂的原野上侧耳欣赏，那声响宛若号角，无比悦耳动听。

能否将昨日的林间印象笔之文字，我没有把握。你若置身林间，举目四顾，大枝和嫩条都积雪磊磊，似乎没有一根垂俯在地。头顶白臂盘错，枝柯掩映，宛若小小的雪堆，完全遮住了视线，四向仰望，三四杆之内一无所见。极尽想象，冬日的景象也无过于此。林间小道上筛落的雪花比别处干爽轻盈。

1月26日

1853年

虽然清早寒风刺骨，却已属罕有其匹的良辰美景。有时，在夏日和冬天的清晨，天地间昭示的全新气象尤为分明，我们却无须因回忆而轻加否定，因为昔日的回忆无法随后复现，过往的生活也不会后续而至。如若创造之力像清晨的霜花那般形诸图像，则世界分明已在夜间完成了再造之功。展示创造的清晨，这是我送上的名字，这是一重征象，可见创造之力方才还在忙于事功。置身其间，目睹灿烂无比的太阳冉冉升起，我回首反顾，追忆那始创的纪元，它见于黎明而非夜色，那是无论怎样早起都难以企及的黎明——它让我们溯至先于摩西创造的时刻，彼时晶亮的世界未曾消融，一派清新。这是属于诗人的时刻。清晨便是人类——尚有生命种性的人类——的新生，此时外出便是我宗教生活的一个方面。今天早晨却属例外，只是个冬日，寒冷清朗，空气清新。

人若追求正道，大自然所予的选择多得惊人。原野广袤，森林廓大，河水源远流长，可是，我在这里却没有遇上任何行人，从农庄的后面走过也没见到一个人影。三百年前，印第安猎手曾在林间巡游，恐怕我在那时才会碰到不少。我欣赏早期居民的那份幽僻孤寂。毫无疑问，大地是漫步的天堂，可是人们已经有所开发。有时远远看去，有人或在林间砍伐，或在野外挖掘垦殖。虽则如此，夜间却有一场学术讨论，镇上也有一家书店和图书馆，而不出一小时，我也能够奔至波士顿，并且能一天跑上五次。

草场上有些薄冰，冰下的气泡好似分币。昨晚微有降雪，雪花细碎，应风而积，在冰上等距分布，相当讲究。我发现同一现象也见于田野的积雪，仿佛这些雪片在遵照形就水波的法则运筹安排。此刻冰上雪尘纷起，如汽似烟，它随处停留，即刻显出了累累而陈的小堆。可是，它何以会如此规则地均匀分布？我看到远处的雪花随风而起，扬至十到十二英尺的空中。所以如此，或许跟风袭地面的方式或角度有关。

1月27日

1858年

午后登山，而后翻过了山岭。

我沿着山丘之东的墙垣闲步，天温和清新，微有湿气，让我满怀期待，忆及往昔。记得一场春雨来得很急却又暖适可人，大地积雪方消，南风漫吹，潮气浸润，石蕊地衣叶片肥大，生机勃勃，举步之际便陷入其中，如在海绵中踩出了水分，都渗入了沙地之中。上衣满是水珠，双腿早已湿透，我漫游而去，坐上苔痕斑斑的石块和树桩，徙临的鸟雀在矮栎中疾飞，传来声声啼鸣。我每次都坐上好久，思绪也牵得很长。雨安详宁静，如平和的天气，由此可见天气会越来越好。你会不惮弄脏衣衫而攥紧泥土，在心中领受这场春雨的滋养之功。心已被雨水浸透，如地衣那般充满生机。你已经洞见了永生的迹象，神灵对此仍旧一无所知。此时此刻，死神也止住了脚步。你还探得了生命的幼芽和嫩枝，在古老的黑麦地中每走一步，脚下都是一片尚待垦殖的土地。

雨越下越紧，越来越密，消解了地上的残霜，也止住了鸟儿迁徙的脚步。我将脊背递给了雨丝，满怀恬静，满心喜悦。雨一刻不停，滋润着枯枝败叶，也熨帖着我的心田。我人在户外却胜似家中，身遭雨淋但格外舒坦，举步移足便踩入了融雪，兀自满怀欣然，在销蚀的残冰间奋力跋涉。春气所感，连无比乏味的声响都成了甜美的乐音。我下了小路，走进春黑麦田，惊飞了林地边的狐色麻雀。我尚未回家，留身户外，坐在雨中。我从遥远的林地边一路滑下，其乐融融又满怀期待，触目入眼无非美景，萦绕耳畔尽是音乐，自由得如同狐色麻雀。我翘首遥望，一似勇敢的骑士，又如高明的哲人。这场解放首先得益于霑溉万有的四月之雨，与学会了无牵涉，也跟大学毫不相干；我是向立法者致谢的法外之徒，不会因路人怂恿而行动，也不会受激于神明和教授，甚至，想及华盛顿的那个政府我也无动于衷。

每当我提笔撰文，意欲录下所思所想，时间就会毫无来由地急速逝去。难道是钟盘的指针拨快的缘故?

这个冬天积雪不多，我很少留心幼芽和嫩枝。如果雪满大地，我们定会属意于新枝，因为它们会冒出积雪。

我发现李氏农庄上有块巨石，离安塞比河上的老磨房不远。这块石头颜色很白，光秃秃的，覆有几年前伐去的一棵枫树的根须，上面还有薄薄的一两块霉斑，其实那是泥土，颜色深绿，一美元大小。很明显，这块石头埋在三英寸多深的土中已有几年，因为上面的枫树老根也有两英寸长，待这些根须清除烧掉之后，石块上就一无所有，显出了一片白色。石头的一端长出了几片地衣。

前天我取道大路回家的时候，适逢太阳落山，阴云遮住了天空，仅在下方露出了一条灿若琥珀的亮色，随地平线延宕而去，沃楚西特便矗立在天际。我想知道，跟这绵绵的山峰相比，天上的阴云到底多远。它横在天际，似乎落在群山之上，隐去了若许山峰。我想其实不然，因为头顶的云彩高迥如许，而顾盼之际眼中的群山轮廓又一清二楚。我自然不知道阴云的下缘距群山到底多远，但我想，那琥珀色的光芒应该来自狭长的“窗口”，而那窗框的上缘相去甚遥，在四十英里开外。总而言之，我看到的阴云远在群山之外。

雨滴滴答答，从从容容。雾气廓清了视界，风儿阵阵送暖。我行至林边，坐在高高的沙地上，享受着四月的时光。

1860 年

此刻，我站在哈伯德家草场的冰上，看到几缕水汽在

西边和西南一带缓缓推进。这些白色的水汽轻盈如线，一端翘起，宛似冰鞋。难道在冬日，析为丝线的云彩不及夏天常见？不会像夏天那般状似火苗，色如石棉？遇到温暖的天气，云彩是否也会显为优美的丝线？这些云彩已经拧干，非但没有膨散，反倒收缩身形，好似骨针。冬日的天幕上写有怎样的象形文字！

这些西天的云丝在推进之际不断增多，仿佛火舌摇曳的白色火焰，又似呈于白昼的东方曦光。接着，我又看到些微波痕与之垂直，硬挺而清晰，跟地平线相并而呈，其峰脊见于那一道道纹路。这些波痕好似蛇腹，仅在天上占去了极小的空间。仰望头顶，天空的云絮缥缈如纱，微显灰色，成了一袭状似脑髓的纱网，尽管纤细如许，却像一张拉紧的薄膜。我想，这种现象只会出现在头顶。这时我又发现，在那些形如火苗的白色云丝下面，还隐隐有些微似涟漪的水汽，若论状貌则如初生的鱼鳞。而就在接近穹顶的地方，天幕上并非历历而显的鱼鳞，却是蓝色跟微淡的蓝白相混而呈的效果，两者相得益彰，活似精选的羊毛散落在湛蓝的背景之上，那些白色都是小小的团状云絮。天上的长方形鳞片排列规则，极其遥远，看去一动未动，低处的水汽却匆匆飘过，飘向东方。

这些轻盈的絮彩是后续云团的先遣部队，大部队很快从西北压来，蜂拥而至，涂黑了一切。

1月30日

1841年

遥远的田野上，在对面两片林子的上方，我看到一缕纤云，不过壶中的蒸汽大小，任意随心，西向而去，跟大地的旋转方向相反。它飘过溪涧，飘过林壑，方才还在眼前，转眼飘过一棵松树便了无痕迹。它没有心脏、肺叶和脑颅，也没有借以寄寓的腑脏腔体，我不由纳闷，它会在何处驻留庇身。

目睹它任意东西，我想起了弥尔顿的诗句：

遥远的海上信风劲飙，
有支船队翼帆隐隐冲破云涛，
它来自孟加拉或马来亚的岛屿，
汇入了商贾的洪流载负香料，
它连夜驶入浩瀚的印度洋，

驶往天际，驶向好望角。[1]

油松羽枝上的积雪好似菠萝，若将这种水果从正中剖开，就会露出三枚红色的果核，仿佛罗望子的籽粒。冬天也扮出丰收的假相，以嘲弄夏日的诚挚劳作。热带水果不似我们的夏日水果那般青涩，俏皮的冬日便在极尽想象，恣意效仿。

冬天的暖意直接来自太阳，而非大地的反射。身在夏天，我忘了向太阳致谢，可是，待我穿过积雪沉沉的山谷，感到后背暖意融融，便因这份特别关照而感戴它的恩德。它垂顾义举乐而不倦，乃至一路相随，来到这人迹罕至的幽僻之地。

轻风乍起，金尘纷扬，雪末透过枝柯撒向林间小道。

树上白雪磊磊，光线射入林间，宛若透过镶有毛玻璃的窗口，柔和而洁净，断无灿烂的气派，那白色的幽暗世界滤去了太阳的华美光彩。

林间的时尚都比巴黎纷纭多变，飞雪冰霜依次亮相，绿叶黄叶轮番登场，提供了最新的式样。树木的俏影是荟萃相状和色彩的万花筒，又是陈示设计和缀饰的纹章全书。

---

1 见弥尔顿《失乐园》第二章636—642行，梭罗原稿略去了第641行。

每当松树点头，新款的羽状饰物仿佛正在一时风靡。

两头牲畜窜出了林间小道，它们仿佛原本就归于森林，钻进林子根本无从谈起，只是蹿身而出，像以利沙的熊[1]那样而已。这种动物完全属于镇子，跟森林没有一点关系。

早上风过森林，雪尘飞扬，掀起了轩然大波，成了林中的早间新闻。雪尘有时也会扬上树顶，一似风中的瀚海沙粒。

举目看去，林间树木垂柯，小路逼仄，好似穿过教堂的侧道，以期聆听森林深处的悠扬唱诵。可是你从未走近，一如那里距你太远，所以如此，乃是因为你不在其间显身，也从未尝试涉足。

有只狐狸在我前面窜过，可能是受我惊吓逃遁而去，我仿佛咬住了林中的精灵那般，好几个小时都循着它的踪迹，并且心怀切愿，巴望随即将它按在窝里。

树木着雪的效果绝不雷同，叶片枝条气象万千，飞雪便会随形取姿。树木似有灵气，预先做了安排。所以，尽管灵物随雪而降，遍及林间，却为每一棵树木塑就了独一无二的果实。神明也会俯就众生，好像飘上悬岩和原野的

---

1 以利沙为以色列先知，曾师事先知以利亚，后蒙神召而接替乃师的工作，本事见《圣经·旧约·列王纪上》第19章，及《列王纪下》第2—6章。据《列王纪下》第2章第23、24节记载："以利沙从那里上伯特利去，正上去的时候，有些童子从城里出来，嬉笑他说：'秃头的上去吧！秃头的上去吧！'他回头看见，就奉耶和华的名咒诅他们。于是有两个母熊从林里出来，撕裂他们中间四十二个童子。"

按，英文中表"秃头"和"熊"的词读音相谐。

雪花会随遇赋形，最终塑就了形形色色的罅隙和地面景观。

眼前的狐狸踪迹历历在目，它跑过湖面，留下了四分之一英里长的痕迹。我真想知道，是谁形就了那优雅的曲线，是谁确定着那或大或小的清晰步幅，又怎么保证它跟那犹疑踟蹰的念头丝丝相扣，又何以诱我时而向右两步，时而又向左三步？如果这批生灵因忽怠而失录于《羔羊生命册》[1]，我便会替那些粗疏的点录者特加录存。眼前便是圣灵在今早的道白，湖泊是它记录的日志，昨晚的雪地就是任它抒写的白纸。从这一串串印迹就能知道，今早它经由哪条路线奔走，它面对的是哪个方向；而通过步幅的大小轻重，我又能知道它是在飞奔，还是在慢行。因为，即便是最为轻捷的脚步，也会留下一时难以消失的痕迹。

有时我来到户外，突然之间便会置身于一块高原，那里似乎地势更高，也才算真正的大地之表。它气势凌厉，上薄云霄，似有圣人化身示现，而或垂示生命的戒条。

我看到林间的柴堆中有一匹马和几头牛，那匹马双耳直竖时，我却称它为牛，将它们区分为牛马到底有什么不同？这类错误会随时发生，而我们也习焉不察，浑不在乎，

1 《羔羊生命册》即离苦得救、获得永生的众生名册，信仰上帝的义人著名其中，得居天堂，斥逐在外者将会堕入火海遭刑受苦。详情见《圣经·新约·启示录》第13章第8节，第20章第12—15节。

想来不由让人暗自吃惊。

丽津湖上的狐狸踪迹斑驳散乱，可以看出它们在哪里玩耍嬉闹，又在哪里摸爬滚打，放纵闲逸源自天性，眼前便是典型的例证。

我正在向河中张望，突然发现大约六十杆之外有只狐狸正在爬越左边的小山。它行动迟缓，因为地上的积雪有五英寸厚，不过对我却不算妨碍。我无法克制猎捕的冲动，于是头颅高扬，拔腿就跑，像猎狐犬那样东闻西嗅，一脚踹远了动物保护组织设置的藩篱。霎时间，狩猎的号角在林间回响，狄安娜和诸林神出手相竞，为我喝彩，奥林匹亚和埃利斯的青年也在山上挥舞着棕榈叶片。于是，我当即赶上了那只狐狸，可它从容镇静得让人吃惊，发现前面山坡陡峭且没有树木遮蔽，便掉头跑向了森林那边的斜坡，纵然因此冒险失利也在所不惜。它即便恐惧不安，也不会惊慌失措，有失风度，仍会留下一串优美无比的曲线。它的步态略似豹子慢跑，积雪似乎根本奈何它不得，而它也会一路调节体能，量力处之。看到它加快了脚步，我便活力倍增围追堵截，雪上每跨一步就像安泰那般获得了气力。在它刚要溜入林中的时候，我已就近大饱眼福，于是心甘情愿地认输放弃了。看它那轻软的跑姿，脊背上简直就像没长骨头。有时候，它会鼻子贴地嗅上一两杆，对脚下的路放心之后，便会把头高高抬起。遇到斜坡，它就前足相并，像猫那样滑溜下去。它步履轻盈，离得多近都很难听出动静，灵妙如许，无论远近都捕捉不了它的响动。我沿着河边的大道返回了镇子，一路在想，今天遇险，但愿它能汲取教训。

我精粹的青春时光是一幕见之音乐的传奇，天国犹在身边，无异于孩提时期。我们尽管野蛮放恣，却还不至于让这幕传奇流为空想。我只会将一己的真切感触付之梦想，并使自己的信仰飘逸灵动，而唯有不可思议的境界方能称心如愿。我还获悉，我应该相信，无比邈远精微则愈益神圣显豁。我只会寄望于勇武气概，借以砥砺警策，强化信心。我要颠覆往昔，超拔流俗，以这种方式度过此生。时不我待，迫在眉睫。

1854 年

跟昨天早上相比，今天早上也就低了一两度，屋里却冷了好多，寒霜也光顾了此前未曾涉足的角落。睡觉的时候，贴脸的被单都要冻上，车夫的胡须也会蒙上一层白冰。昨晚九点到街上时，冷气简直刺进了骨头，耳朵脸颊冻得发疼，天上的星星却灿烂晶亮，越发耀眼。冰霜封住了所有的窗户，似乎镶了毛玻璃一般。

外面冷得让人缩成了一团，上苍将冬天扔给了我们，就像抛给饿狗一根骨头，我们也想砸取里面的骨髓。寒冬的早晨，太阳尚未升起，人们已在郊外给那么多奶牛挤奶，我们的任务是挤取冬天的奶汁。但事实却是，这天气像头缺奶的母牛，我们的手指已经冻木，也没人叫我们起来干活。有人逃离农村，逃进城里过冬，他们在欣赏神迹剧，而我们这些乡下人耳边的音乐却只有脚下积雪的咯咯吱吱。可是，冬天并不会无缘无故来到人间。我们须满怀热忱地消解冬寒，我们的任务是找寻并获取它提供的养分。如果这个季节寒冷严峻，则所奉的果实也必然是萃集精华的干果。如果说十一月的清凉荒寒成就了胡桃，则人类的头脑便是冬日滋养的果实，直待那时脑壳才会发育成熟。节候的安排各具用意，不能因为大地的果实已然成熟，就认为并没有留待冬日成就的果实。春夏秋冬及各色果实因人类而存在，冬日专为他的大脑而备，使之锤炼升华，强悍坚韧，趋于完美，也让他的思想富于格调，坚毅果决，矢志不移。一年四季，这时会迎来最美的收获，那便是思想的成熟。与之相比，此前的收获成了残茬断茎，无非充作饲料的青草。冬日剔除了我们的油脂，让我们燃为灿若星辰的纯净火焰。

到了十一月，难道我们该去城里避寒越冬？难道坚果颜色尚青就会掉离枝头？切莫让岁月的丰收期待落空。我认识的一个人极为荒唐，他在星期天钻进了空荡荡的教堂，拿起一本圣咏评头论足："玉米和土豆收成很好，金秋已过，那就为冬日放歌吧。”我闻言说道：“还是在冬日放歌吧。”我们当为四季奉上恰如其分的歌声，舍此还能歌唱什么？

2月2日

1860年

我们像平素那样跟着狐狸的踪迹，那些脚踪非常明显，如果积雪很薄，前趾甲和足垫的印痕便清晰地分成了两个部分。我们在湖上燃起了一堆篝火，离小岛不远，这时发现河流的入口处刚好有只狐狸。它在雪上闻来嗅去，沿着湖边的风箱树和柳丛东寻西找，忙个不停。它对我们不甚在意，慢慢地在湖边一路搜腾，绕着湖岸搜了半圈。转至欣乐草场后，它分明在搜寻岸边丛草中的田鼠（鼹鼠？），在薄雪覆盖的残茎间不住地嗅探，时时退后几步，在某些地方停下。这只狐狸急于觅食，想找几只田鼠填塞空空的胃囊。它黑黑的尾巴，黑黑的四足，身形瘦削而高大，换作其他动物，那条尾巴就未免太大。它步幅轻盈而优雅，比家犬更配得上豪宅庄园。今日天气寒冷，一派极地光色，我想，如果天气暖和，它未必会涉险出行。

狐狸谋生似乎全凭勤勉和执着。它会沿着中意的路线嗅上好几英里，尤其属意于河边和湖畔，待嗅出雪下的田鼠气息或鹌鹑新留的爪痕，便会咬住不放，逮住猎物才肯罢休。它连着好几个小时跑上好多地方，广事搜寻，屡经挫折后才会成功。周圆一英里内的雪上应该有十来只鹌鹑，它忙来忙去也只是靠鼻子嗅查。跟犬只相比，这纯正的优良品种让人意有所动。它血统至纯至洁，跻身于高贵的种群，这类种群的优势见于幼崽，一代胜似一代。它不时出行，一路犹疑踟蹰，似乎听到或嗅出了危险（我通过望远镜观察）。我们相距仅有六十杆之远，它却满不在乎。今天，连我都发现有只田鼠在某个地方钻出了雪地，当然了，它可能早已嗅出了如许之多的地下回廊，大概已在雪中逮住了它们。

2月3日

1859年

二月三日下午两点五十五分，父亲去世了。[1]

父亲抱病已有两年，天气晴好他会上街，也会不时干

1　在日记原稿中，这句话独占了一页的篇幅。另外，父亲一词通篇皆用大写，以见怀念和郑重。

又，梭罗曾以讣闻告人。1859年2月12日，他致函丹尼尔·雷克松："兹以家父讣闻相示，因你跟他熟悉且与我往来。我几难相信他已故去。他抱病已有两年，病情持续恶化，终至愈益其甚。辞世前十天左右，他还想目睹春天来临，但很快清楚于愿无补，且因念及时日无多，故而数番作别。迁延数日，他有一两次微显烦躁。他很清楚大限已近，所以走得镇静从容。我们连日守在床前跟他告别，每次总有一两个小时，可是待他离去我们方才醒过神来。"

点活什，比如侍弄几下园子。一月十三号开始他就一直待在房子里，从此再也没有出门。生病期间他咳得相当厉害，痰也很多，最近不再咳嗽，却时时会出现痰涌的症状。去世前他一直坐在屋里，不过一星期前又开始走动，但又在四天前的那个星期天坐了一阵。好几个月来，他很少说话。直到最后，他依然十分清醒，虽然我们都围坐在床前，可是，如果不贴近察看，都不知道他已经处于弥留状态。

我摸了摸他的身子，余温犹在，尚未变硬，不过人已经走了。那又是什么火焰在维系体温？为肢体赋予活力的神识一旦离去，谁能让它重现生机，又有什么能让它再度复苏？

我们的肢体究竟有多么坚韧耐久！我们的兄弟姊妹、父母妻孥静卧在我们身旁，长眠于山丘和原野，更不必说我们的远祖，构成我们始祖的生命质料也不曾湮灭，只是换了个名字而已。

一旦遭受病痛，身体就显得瘦弱憔悴，面部表情也会发生种种变化，你会突然发现家庭成员的相似特征；仿佛较之性情和面容，家族的相似之处更多地见于面部的轮廓。

父亲起初跟着他的父亲移居此地，那大概是上个世纪末的事情，当时他约莫十二岁（他的父亲是一八〇一年逝世的）。后来他上了莱克星顿的专科学校（可能是帕克办的？），时间不长，大概一年左右，然后去迪克·怀特的商铺当了店员，接着又到塞伦的一家店铺学习纺织品生意（简妮姑妈让我看了父亲刚到塞伦的一封来信，那是一八〇七年）。当时，他跟一位名叫哈撒韦的人在一起。大概是在二十一岁那年，父亲在街角开了个自己的店铺，后来，我们在镇上的家也坐落于此。那是一幢黄色的房子，现在已经转手，到了约翰·凯斯的名下。他生意很好，连伊萨克·哈德也跟他联手经营，不过他却因此蒙受了损失。他们不久终止了合作，可是非要诉诸法律方能解决纠纷，父亲将账簿带上法庭，最终赢了官司。我想，他是在那时去了班戈为比林斯供货，也跟印第安人做起了生意，然后结婚成家，住在波士顿，一八一五年在班戈给姑妈们写信时，怀里已经抱着约翰。后来他移居康科德（我就是在那里生的），接着前往切姆斯福德和波士顿，而后重返康科德，最终住了下来。母亲初到康科德的年纪大概跟父亲一样，不过时间稍稍早些。

父亲已经去世了。据我了解，他辞世前，不仅在康科德最为年长，而且在这里交游最广，熟知本地的掌故、社会的变迁和街巷的旧闻。说得特别一点，他就属于街巷，喜欢坐在商店或邮局里翻阅日报。不论通过经商还是私交，父亲记得本镇四十年前的出色人物（当然还有糟糕人等），我想谁都没他记得清楚，因为旁边的人要么移居这里比他更晚，要么跟居民的关系比较冷淡，不管现在活着还是最近去世的都是这样。

有人提到印第安人时口气颇为不屑，认为这一种族拙于手艺，短于智慧，不仅地位卑下，而且生性粗野，糟糕得简直不配存录，所用的辞藻无非“劣等、糟糕和可鄙”之类。写及印第安人在这片大地上的历史时，他们草草地打发了这批人类垃圾（这是他们可能使用的称谓），因为这些人不但玷污了海岸，而且弄脏了内陆。可是，就连这里土生土长的动物也会激发我们无尽的兴趣，那么，世居美洲的人类又该是何等地意味盎然！野人跟我们相似者众而相异者寡，既然他们先于我们居于海滨，我们就格外想知道他们曾是怎样的部类，如何在这里生存，如何处理跟自然的关系，拥有怎样的艺术和习俗，耽于怎样的幻想和迷信。他们在水上荡舟，在林间巡游，海洋和森林激发了他们的想象，也奠定了他们的信仰，这一切跟我们有莫大的干系，个中意蕴毫不亚于东方民族的神话传说。不论是布设陷阱的猎手，僻居丘岳的山民，还是欲望膨胀的淘金者，都会像射杀野兽那样击毙人类；尽管史学家较这类人生性仁慈，可恰好是他们常常暴露了相似无二的兽性，这是事实，他们在运作兽性之际手握笔杆而非枪支。

有人说印第安人没有宗教，辞色之间与其说心存同情，莫若说满怀鄙夷。在肤浅之徒或脑中有蛆的人看来，双手合十这一动作意味深长，其实并没有什么特别之处。请问，史学家又有多少信仰可言？如果亨利·沃德·比彻[1]知悉上帝较常人为多，如果他在这方面揭示了若许真相，那么他若将这一切呈之《希里曼月刊》，并且尽量避免招摇，我就会向他奉上谢意。

人性不但让所谓的野人活力四射，也使开化的民族生气贯注，它如果自然地体现于人类，而非他们的口中道白，才会让人兴致盎然。就心念而论，所谓的野人部落每每远较开化的个人公正合理。

我发现，但凡友伴或近亲故世，我们都会因为痛惜也差不多丢了性命。每逢此时，我们的生命都会遭受一次凌虐和蹂躏。有人丧失了好多朋友却能安然无恙，都让人纳闷不已。如果长期照料卧病的朋友，连我们自己也会变得虚弱无力，面对类似的情况，我们越来越难以关照施助。

作家不能单凭灵感，须在一定程度上苦思冥想。文中的好多词句起初漫无生气，可是一旦全文布局得当，这类

1 亨利·沃德·比彻（1813—1887），美国教界名流、牧师和演说家。

辞藻便会因理想完满的文句而活力四射，大放光彩。而且，不但如是词句会生气贯注，作家还会挖掘出潜在的意蕴，让它们跟全文显得般配一致。面对既定的话题初次涉笔，也只能为情思和诗意提供框架和草图，经营之际，围绕着清晰的思路，好多片思段绪都会各自就列。作家乃至需要为自己另创题旨，起初服务于某些中心的文字大多只是为后续的探索，只是些毛石和基础。唯有全面处理不同时期的观察所得，作家才能切中题旨，深中肯綮地公正发论。

2月9日

1851年

一月过半，天气就开始转暖。冰雪融化，小河解冻，麝鼠在水中泳戏潜没，捞取蛤蜊，将贝壳扔在冰上。我们忘了夏天和秋日，已在翘首迎候春风。渔人也前往冰上钓取梭鱼，为越来越暖的日子锦上添花。此前俨然一副秋景，只不过盖上了一层薄雪，但见百花萎谢，枯白凋零。此刻目睹积雪，心头浮现的已非秋天。现在雪满大地，时届仲冬，尽管日子越来越长，连日来却寒意尤甚。此时我穿过原野，脚下是一月消融后又复冻结的层冰，河上的好多地方都能横穿而过。河流和草场已然封冻，四处巡游都格外容易，不似夏日得避开疯长的丛草或庄稼，也不像十二月那样尚未结冰。

2月14日

1851年

人们通常认为农夫最为健康，其实不然，他或许坚韧无比，却跟健康没有关系。农夫的肢体已不再灵活，既不能奔跑，又无法跳跃。健康是能力的自由运用和全面支配，也意味着官能的均衡发展。农民的健康状况与耕牛无异，都因过度劳顿而关节僵硬，非但如此，两者的相似甚至见于细节。他脚穿牛皮长靴，走起路来像牛那样慢慢吞吞，有时候，他确实将双脚穿进了牛小腿的皮中。他该彻头彻尾地大洗一场，好让身体灵活柔软。农夫对一切刺激麻木不仁，又谈何健康？完全健康的人则不然，也只有他能察觉微乎其微的刺激，就连空中的电流也能让他有所反应。

若想理解眼中的一切，所知就会非常有限。智识能够把握的现象何其有限，而寓目入眼的事物又是何其之多！

十一月二十一日，秋天的一个午后，我来到了丽津湖边，看到了湖中小岛和草甸。小岛避风的一侧和湖岸之间湖水平滑，静到了极致，两只野鸭优游裕如。眼前的一切难以言状，我不禁暗忖这道景致已经无以复加，都看不出它还能怎样加以完善。我迄今也不知道这究竟是怎么回事，待我弃绝智识，事后回忆时，这些情状才显在眼前。此前我不懂欣赏，难解其味，也只是看看而已。那片草甸，那些小岛，并其相状和色彩，多么地惬心如意，悦目美观。这到底是怎么回事？鹰隼和野鸭满不在乎，大自然又是那般含蓄内敛。欣赏河流和草场是我们的事情，正如风赋有使命要吹皱湖水。

2月15日

1855年

雨暖适怡人，下了整整一天，幽闭了万物，带走了积雪，在屋顶上噼噼啪啪，悦耳动听。它为午后无由出门的学生和读者提供了良机，当然得他们离床动身，因为遇到这种天气，我们老是跟猫一样昏昏欲睡。此时来到户外，漫步无从谈起，都成了跋涉蹚水。雨不断下泻，浸透了木瓦，奏响了乐音，我已经好久不曾聆听这悦耳的声响。炉火无须添加燃料，也让我们省下了柴禾。春天将至，这场雨好似它遥遥在先的前驱。我与万物同宗共源，所以也在享受雨的抚慰。这雨声透入了大地，也浸入了我的心灵，眼前浮现出冰雪消融的时节，大地解冻，痛饮着雨水。

2月16日

1851年

我们将这里称作自由的大地？它何以摆脱了英王乔治四世的奴役，却还要执守蓄奴制度？它何以生于自由和平等，却不能自由平等地发展成长？政治角度的自由除了限于说教，又有什么价值可言？这到底是畅享奴隶身份的自由，还是我们引以为豪，自由生活的自由？我们的国家属于政客，它瞩目于外在的自由，那只是维护自由的底线。彻底享受自由，那恐怕是我们孙辈的事情。我们课税不公，部分民众在国会没有代表，征税并未获得普遍认同。我们将军队驻扎在自己内部。若论道义和勇气，我们在骨子里依旧处于一隅乡曲而非前沿的都会，只是一群不折不扣的美国佬。我们的价值之旗尚未飘扬在家里，我们崇尚的是真理之影而忘了真理本身，我们专注于商贸和农耕而视野促狭，须知那是手段而非目的，正因为如此，我们才呆头土脑，处于乡曲。美国在骨子里难脱乡下的土气，英国的国会也不例外。一旦遇到重大问题，它们的土包子面目就暴露无遗。它们的所作所为决定了它们的实质和本性。

较之特见卓识，连优雅无比的礼仪都显得笨拙而愚蠢。礼仪无非一种观念，无非一种落伍的时尚，无非谦卑的仪态，裹腿的马裤，以及膝部的搭扣，难免陈旧过时的弊病和缺陷。礼仪的弊短在于屡屡为人所弃，它虽属弃置的衣物或空壳，却还要活人礼敬膜拜。人每每以外壳相示而非血肉，若论某些鱼类，外壳优于血肉却常常无可置疑。有人将礼仪强加于我，视其举止，似乎执意于呈示他那布列奇珍的橱柜，却不管我的兴趣只是他本人。仪态系有意之举，人格是本真流露。

跟邻人愉快地照面之后，我早已匆匆而过，他鞠躬施礼的腰身却尚未挺直。

2月18日

1838年

春

今天我在户外待的时间不长，不过新春似乎已经来临，虽然尚未彻底断奶，但确实已经来到了人间。且不管地上还有十八英寸的积雪，大自然已经轻轻地哼唱着“草丛中的那首老歌”，我低声询问：“哼，就这么一点？”却努力藏起了一抹满意的笑容。

1842 年

我备有两部札记，一本纪实，一本写诗，可是，该如何录存类属不明的鲜活感受却常常让我左右为难，因为无比迷人也极其漂亮的景象格外富于诗意，它所以美丽悦人，原因也在这里，那是从大地升华至天堂的景致。如果目之所见活力四射，意蕴无穷（也许那已属胸中旨趣而非眼中景象），我便清楚只需一本诗札就能一举两得，兼录所有。

人既能从诗歌的角度观照万物，也能从科学的方面审视一切。待诗才耗于鲜花，诗人可能会转而属意于科学。行至中年，人的诗意感受便会枯竭衰零，但我发现，有些人生来就是这样。

2 月 19 日

1852 年

天越发邈远高迥。日子睁大了双眼，在许久前已经拉长，出任春的前导和先驱。万象更新的事业就此拉开了序幕。

前往怀特湖。

现在，甚或近年来，我的灵感已经枯竭，像冬日的鸟儿那样很少展开歌喉，只有一两声隐微难察的泠泠鸣啭，那歌手若非啄木鸟，便是粗粝的乌鸦或松鸦。它们的吟唱从未汇成曲调，只是山雀那般好奇的“嘚—嘚—嘚”。

雪到处都是，沿着墙垣和篱笆聚成了峰岭，雪下大地凝冻，人们不得不效法地松鼠，也将夏日的资粮藏入了洞穴。好多动物不敢涉险向前，遂在秋日迁离，人却留了下来，走上冷脆的冰雪，走上冻实的湖泊河流，也打开了自己的夏日窖藏。生命的活力已降至下限。寒风凛冽，若非夏日构建的屋舍，现在你便无家可归。此时此刻，你会跨过原野，一刻不停地径直向家里奔去。我都记不清何时去过河上，我的心同样已为冰封。那是我在夏日漫步的地方，我在那里采撷花朵，卧于河畔的草地上纳凉；可是现在，那里没有草地，没有鲜花，没有河水，没有阴凉，只是单调的积雪，茫茫远去，遥至天边，哪里又有地方可坐？

眼前便是怀特湖。那是掉在人间的一块水晶，岸际的树荫映照在水上，鲈鱼和小银鱼成群涌至湖面，宛似神话场景，若在夏日午后经此前往洗濯的地方，就得沿着镶有卵石的湖岸费力穿行。而今，湖面较平素为高，寒风拉出了道道沟槽，我裹紧斗篷匆匆而过。它那精致的住户和岸际的卵石隐而不见，已为忘却，想到湖水打湿双脚都让人不禁一颤。

1854年

大蛾子显然喜欢近水地带，常将卵囊挂在河畔或是草场边缘，起码也在人们不易靠近的地方。我发现有棵风箱树上就粘有卵囊，一眼看去，像刺槐或水生马利裂开的豆荚。那是普罗米修斯蛾的浅灰卵囊，有四五个，完全裹在萎叶之中，又用细丝牢牢地缠在叶柄或嫩枝上面，一丝不苟，相当灵妙。由于这是一年即生即落的叶子，所以无助于托生卵囊，仅仅意在伪装保护，纵然距离很近，都会看成尚未陨落的卷曲萎叶。有些嫩枝系有卵囊却树叶很少，甚或没有，而另有灌木或乔木，比如枫树，有足够的叶子管保它伪饰乔妆。然而，不可思议的是，有人据此得出结论，既然好多树木不曾落叶，行人便有理由怀疑上面是否系有虫卵。所有这些伪装及其类例让我们明白，万物都会属意于各自的特定目标，孱弱的蠕虫会基于我们所谓的本能而做这种选择，甚至连我们身与其中的宇宙意志也是如此。世间一切都秉有慧性，都会以各自的方式保全自我。卵囊何以能够完美地系于枝头，许久前召开的一次学会做了讨论，与我共倡此议者提供论证并予称赏，因而确定了上述结论。

地上尽是字母点画，或如识字教本，或如圣典经文，或字迹粗陋，或印制精美，难道制作者无意于我们理解识读，揣摩审度？大地之表无论何处都不容长期裸露，就连崩落的悬崖碎片也覆有标识地理信息的地衣。卡德摩斯在创制文字的时候，难道不曾从造就地衣的人物那里获得启示？地上的各色印迹排列有序，形就了文字和词句，恰如尘埃因磁性所制而各有位置。地衣密簇而列，位于纸上的中意位置，那便是印刷的字体！亚麻让自己加工成纸，好让《衬衫之歌》[1]印在上面。将我们的眼睛置于显微镜和望远镜之间，这到底是谁的主意？

2 月 20 日

1857 年

鸟鸣魅力无双且意味深长，那么，歌唱的鸟雀跟欣赏的耳朵到底是什么关系？它们自然关系密切，互为倚重，因对方而在，这是不容置疑的事实。如果岸际的某类石块为天然声响所感，诸如鸟鸣或虫吟，因之崩裂一二，我若目睹这一场景便会明白，若非深透地交代一方，便无法彻底地说明另一方。其实，我就是岸际的一块石子。

何谓缅想，何谓期望？那无非注定收获的播种时光，

1 《衬衫之歌》系英国诗人托马斯·胡德（1799—1845）的诗作，饱含对制衣女工的同情。

也是无法抗拒且终将凯旋的心灵之旅。

2月25日

1859年

照你对清晨和春天的感受深浅来判断你的健康状况。如若大自然已经苏醒而你却无动于衷，如若晨曦渐至你却昏睡依旧，如若第一只蓝知更鸟在声声啼鸣，你却不为所动，那你该清楚，你生命的清晨和春日已经成了过去。不信，请你把脉试试。

今天早上，街道的榆树上传来五子雀的叫声。一旦春天临近，那阵阵鸣啭会愈益频繁，反反复复，而山雀也会在这时放声歌唱。所以，那歌声是报春的佳音。

约尔·斯密斯说，他在今早看到了黑鹂，据说，知更鸟在一两个星期前就显出了身影。这么说，今年的鸟儿来得很早。

下午，我踩着河冰逆流而上。

沼地中有一株柳树，丫杈距冰面一英尺甚或更高，我在上面看到了一掬草原蔷薇的猩红色种子。有的已有咬噬的痕迹，我想该是麝鼠带上柳树去的。而在几英尺以内，蔷薇依旧竖在冰上，还挑着些许种子。古德温说，他曾看到水边的苹果树旁留有麝鼠的行踪，在八到十杆开外，那是它采食苹果留下的印迹。

河中央的冰块时而晶亮泛白，时而黯淡无光。冰层极薄的河段已经呈为黑色，如同廓大的弯月，或单独一块，或连为一片。

2 月 27 日

1852 年

苔藓已经结果，抽出了顶着藓帽的细丝。

除了个别地方，康科德河仍为层冰所封。河水北支则不然，由于河道陡峭，我今天走过时发现，塔贝尔和哈林顿家附近的河段已经解冻，河水满川，岸际冰块逐流，在寒栗澄澈的空气中熠熠生辉——河上的晶晶闪光跟天空相得益彰。

地上的积雪消融过半，残冬将尽，今日的天气克制有度，清幽怡人。我们几乎彻底遗忘了夏日。这涨波奔流的河水已经打破了冰的桎梏，我伫立河畔，举目远眺，但见它西向而去，略事蜿蜒，在高高的岸下绵延了半英里多远。河上银斑点点，熠熠泛彩，呈现出天堂意味，而少了人间色彩，面诸此景，我们都觉得它在替荷马笔下的盾牌镶边。

河水闪闪发光，生机勃勃，既然它能走出冰的幽禁，我为何不能满怀欣悦，饱含期待地重获春日的生气？难道我不愿在生命的川流上耀光泛彩？

虽然坚冰半覆，河水却涨波涌流，漩涡点点，目睹此景，我们真该唤醒信仰，重塑自身。

雪上脆皮相覆，确有一月。现在地上残雪斑斑，间或消上半日半周，又冻上半日半周，所以举步横穿还不算费劲。

我在河上涉冰而过。

今晚月轮圆满。山杨的嫩芽已经绒球初显，葇荑露面（?）。塔贝尔大道旁的河边生气奔腾，各色各类的石蕊在那里争荣竞胜。

后 记

梭罗的日记始于一八三七年十月二十二日，止于一八六一年十一月三日，前后二十七年，共计两百多万言。

一八八一年，梭罗故世近二十年后，由姑妈索菲亚委托梭罗友人布莱克编辑的首部日记文字在马萨诸塞的河畔出版社结集出版，名为《马萨诸塞早春》，辑录了三月、四月和五月的文字。一八八四、一八八七和一八九二年，名为《夏》、《秋》和《冬》的其他三卷也相继问世。布莱克瞩目于景观文字，注重文气和文意，因而删落了日记之为创作初稿的文字芜累和语意枝蔓。

一九〇六年，河畔出版社刊行了二十卷本的《梭罗全集》，日记全文也得以面世（第七至第二十卷）。该版尽最大可能保留了梭罗日记的文字原貌，只做了基本的编辑工作，包括标点、勘误、注释等，也做了必要的文字删芟，诸如因梭罗创作直接撕去而残遗的少许句段、篇幅较长的原文征引、少许重复的拉丁学名、若干植物名录等。

一九八一年，普林斯顿出版了最新的日记全集，录入了河畔出版社一九〇六版失收的若干内容，是迄今最完整的《梭罗日记》。

此外，一百多年来，美国出版了旨趣各异的诸多选本。

本书翻译所据底本为一九〇六年的河畔版，同时参考了布莱克辑本、普林斯顿版全集和《纽约书评》社二〇〇九年的选本。

全书选录梭罗日记二百一十一篇，篇目基本由美国梭罗专家伍德丽芙教授择定，以见“节候递嬗”，彰显作者钟情的“轮回”、“复生”题旨。全文以四季编次，序以月令，系以时日，题名由译者拟定。

鉴于梭罗专注于自然，属意于科学，且系“有悖流俗”的文学人物，译者特别录入了他涉及亲情的若干篇幅，诸如兄长亡故后的沉思默想、父亲辞世当日的纪念追忆。另外，与伍德丽芙教授选旨微有出入的内容是梭罗关于自己日记本身，以及语涉废奴和政治批评的几篇文字。

本书选文多为节录，全文录入者五十余篇。由于日记文字是梭罗创作的“初稿”，且为后世研究的文献依凭（比如，由著名诗人、梭罗挚友钱宁命笔，于一八七三年成书的第一部梭罗传记《博物诗人梭罗》，便援引了好多日记文字），所以，本书特意全文移译了一八五一年九月七日的长篇日记，并特加注释，以见梭罗的创作资取，以及后世研究的资料渊源。

与正文相辅的若干速写系出原稿，为梭罗本人所绘。

译者　谨识